原田喬全句集

九鬼あきゑ編

ふらんす堂

1970年5月　金子幾平氏撮影

年かくて花ちる事も噂けり

松生の都かしこと渡りた

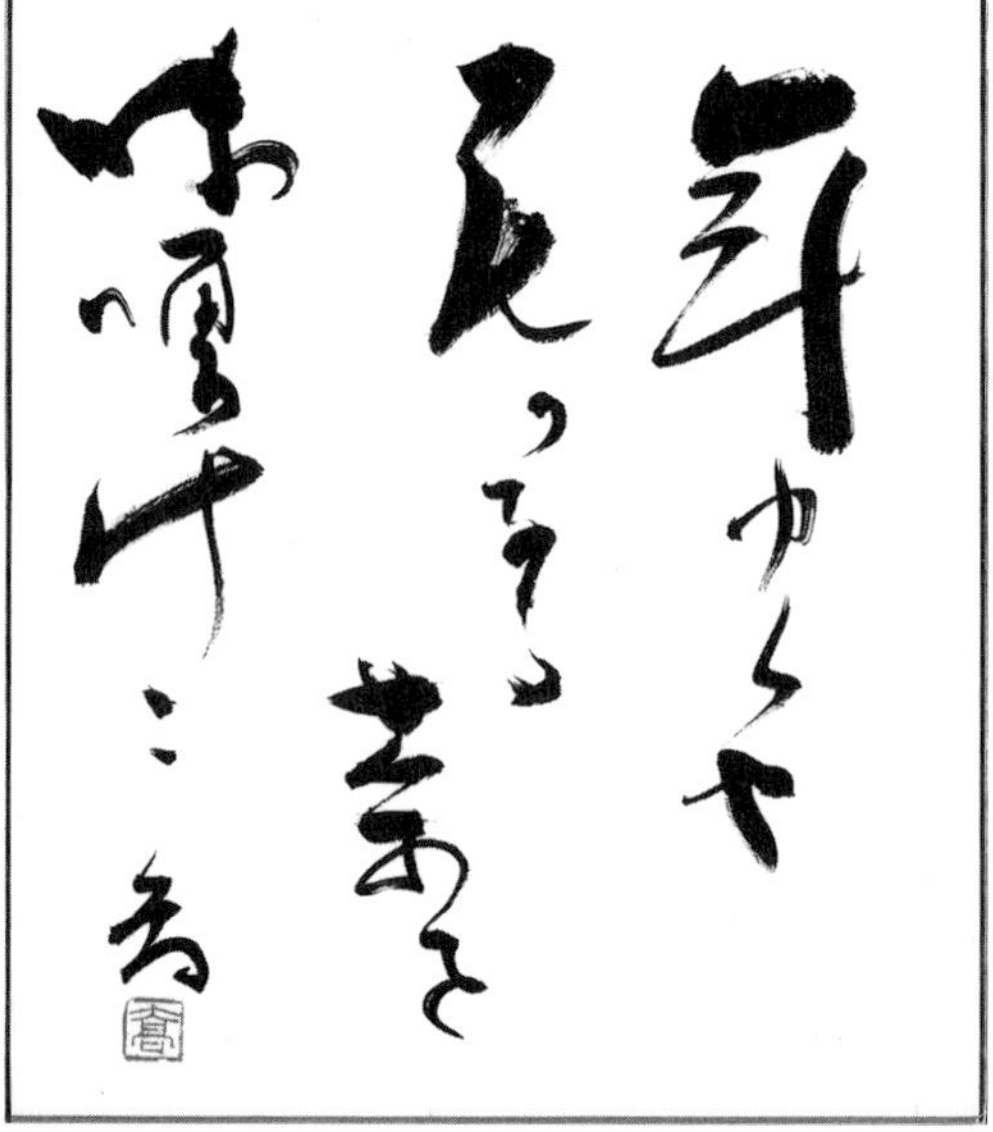

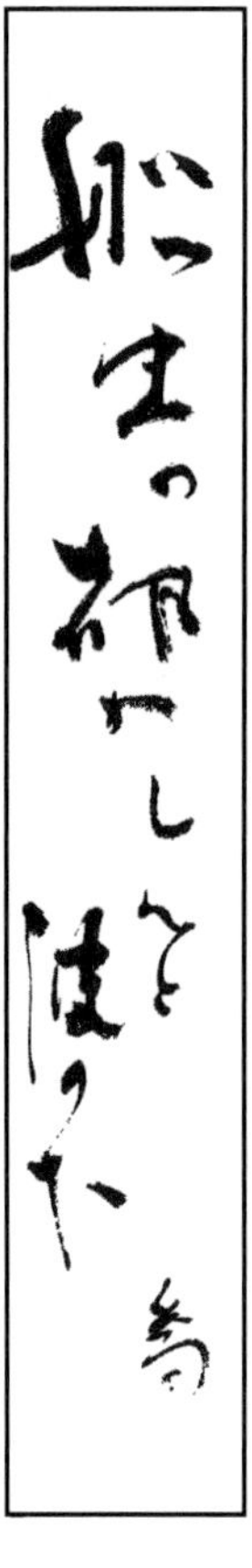

原田喬全句集目次

第一句集　落葉松　5
第二句集　伏　流　75
第三句集　灘　147
第四句集　長　流　221
『長流』拾遺　263
解　題／九鬼あきゑ　273
年　譜／九鬼あきゑ　291
あとがき　301
初句索引　305
季語別索引　333

原田喬全句集

凡例

○本書は原田喬の既刊句集『落葉松』『伏流』『灘』『長流』の四句集に「『長流』拾遺」を加えて収録した全句集である。
○既刊句集の作品は原則として初版によるものである。重複句などについては、検討の上削除した。
○句の仮名遣い表記は初版にしたがったが、漢字表記はいくつかの漢字をのぞき原則として新漢字表記とした。
○巻末に初句索引と季語別索引を付けた。
○明らかな誤記・誤植は、刊行委員会の判断によって訂正した。
○本書に収録した作品は二四〇七句である。

第一句集　落葉松

句集　落葉松
一九七〇（昭和四十五）年十月二十日　発行
造　本　A判変形上製函入り　一八四頁
総句数　六一一句
定　価　一〇〇〇円

目次

朴落葉　昭和十四年〜十六年　9
凍江　昭和十七年〜二十年　9
解氷期　昭和二十一年〜二十三年　10
西日中　昭和三十二年　11
木の芽坂　昭和三十三年　11
初蛙　昭和三十四年　14
蜜柑時　昭和三十五年　16
冬蜂　昭和三十六年　18
石焼甘藷　昭和三十七年　21
冬木　昭和三十八年　24
野仏　昭和三十九年　27
春の月　昭和四十年　31
烏瓜　昭和四十一年　36
残雪　昭和四十二年　42
辛夷　昭和四十三年　50
落葉松　昭和四十四年　61
きんぽうげ　昭和四十五年　70
あとがき　72

朴落葉　昭和十四年〜十六年

赤城山総落葉して冬来たり
ゆらゆらと朴の落葉や山の昼

凍江　昭和十七年〜二十年

「満州」ハルピンにて

面しづかにリラに歩移す兵ありき
凍江や夕日朱金に雪やみぬ
霾吹くや山なき国の地平より
霾風をしづめて春の驟雨来ぬ
夕焼けて凍原果つるはるかかな

三寒の靄を血塗りて旭しづしづ

草紅葉乏しきながら一葉一葉

解氷期　昭和二十一年～二十三年

シベリヤにて（抑留生活）

凍死体運ぶ力もなくなりぬ

囚列遅々いづれ死ぬべき雪を行く

雪に垂らす血便ああわれ生きてあり

オーロラ見たりと生きて告ぐべき春いつぞ

倒れ伏すや雪茫として綿のごとし

生くるは飢うることとあかあかとペチカ燃ゆ

雀烏われらみな生き解氷期

羽衣のそれより淡し春の雲

西日中　昭和三十二年

魚雫汗雫男らどつと汽車へ

甲虫黒つややかに死ぬと見ゆ

受胎聞く百方に蟬湧き起り

西日中人ら行く何か持ちながら

吊皮つかみ考へる顔冬帽子

木の芽坂　昭和三十三年

下駄脱ぎすて夏草の子となりゆけり

夕野分爪切りをれば子の体温

霜の軌条地の涯つねに希望あり

いつまでもコスモス咲けり瓦礫の中

勤労感謝日起きぬけの髪に日がふつくり

今も軍手と呼ばれ吊され売られけり

牛の前あたたかに家教へらる

ずる休みの子に犬ふぐりがもう明るい

木の芽坂一散に駈け五歳になる

下宿もありて初めての道あたたかし

新任式終りしズボン東風やさし

春星や聞けば聞こゆる子の寝息
われも触れゆく薄暑の手摺屋上へ
ぶら下る水筒春灯に廻し買ふ
原爆忌ブリキ屋光るブリキ抱き
会議果つ西日の鞄にパン突っ込み
仕舞西瓜の尻が可憐に拓地の朝
巣燕は喉の奥まで明るくて
蘆刈れり枯色なす目見ひらきて
貝殻を砕くしんかんたる西日
夕野分子が寄居蟹と話しをり

初蛙　昭和三十四年

芒金に読みつぐキュリー夫人伝

木犀匂ふ正しく深く墓石の文字

夜勤戻りの瞼いたはる霧濃くて

芒にひらく鮨の飯粒艶しまり

声あげて遺跡がすきな石叩

マラソンの寒の汗の目ほのぼの過ぐ

ぽつちり芹乳母車くる日あたりて

よだれあたたか荷牛と荷牛街に会ふ

吾子受洗水にひろがる若布のきめ

霜を喜び樅の針葉密集す
ゆたかに尿る荷馬冬日に耳あげて
縁先のひよこの楽隊冬あたたか
初蛙眠る子の指少しひらく
場末床屋あたたかひよこ籠に飼ひ
雀浮くよ沈むよ会議の窓旱
父母金婚ほのぼのと夜の鰯雲
朝の向日葵呼んで豆腐を窓から買ふ
胸に泉持ち手鞠歌くりかへす
浜の子の臍まで日焼唐辛子

のぞみ明日へ夕日真っ赤な青毬栗

蜜柑時　昭和三十五年

葉生姜抱へくる妻と会ふ夕日中
曼珠沙華朝の汽笛をふりかぶる
ぐつたりと田舟に積まれ泥田稲
蜜柑時の水すきとほり鉄男亡し　出石鉄男急逝
笹鳴や富士川いそぐ青一筋
肥桶洗ふや冬田の艶に負けられず
廻し洗ふ肥桶の木目年逝くよ
声がまづ来て冬嶺真青き浅蜊売

ひろがりゆく声夕焼の地搗唄
桃満開蒟蒻桶を抱へ出す
空肥桶かつげばゆるるあたたかに
田舎バスゆれて霞の呼ぶ方へ
寒の浅蜊掘る黙声がかけられず
仲間離れて出てゆく蝌蚪の幼なさよ
蝶がめざす崖みづみづし吾子合格
春昼や豆腐ゆらりと沈みゆく
大井川線北指す固き土筆の頭
はるかなる風ときて売る風鈴屋

夕焼へ駈け出してもうはるかな声

つかむ受話器へ指令いきいき梅雨越えて

油照万の乾魚目をひらく

泥鰌掘る幼なき息をまきちらし

台風圏ずっしり受ける醤油壜

冬蜂　昭和三十六年

曼珠沙華道標読めばひかりだす

社会党浅沼委員長刺殺さる

虫も終りの星との会話生命欲し

冬に真向ふ没日がのぞみ坂下る

息しづかに埋めゆく原紙黄落す

口を離れて声あたたかし大根干し

干物にきて冬蜂のかがやくよ

凜とその茎コスモスつひに花終る

芽麦夕焼あしたへ残す声しまふ

牡蠣売りのきらきらと出す棹秤

冬の蝶遠く体操腕ひらく

川鳴つて春くる土橋犬と越す

瓦葺く声やはらかし二月過ぐ

雛の日近き雲が溶けさう皿買ひに

蝶放つて原木置場奥光る

明日も天気の金星青し苺掌に
日が没るときの明日への青さ麦育つ
デモさなかうすきはがゆき夏星よ
いつしんに照る青棗子供会
緋カンナと汽車待つ異郷雲重し
ロダン見たし銀河の下の一人にて
東京夕焼電線はみな声あげて
胡麻刈るや絶えずやさしき鶏の声
生姜枯れて拓地風音澄んでくる
昼こほろぎ子が粘土練るいつまでも

遊ぶごとく蟷螂ゆるる妊りて
面あげて案山子はばたく台風裡

石焼甘藷　昭和三十七年

曼珠沙華うごく保護帽うごくたび
炎昼や孵卵器の奥灯がともり
顔暗き案山子よ走る海の音
尾長鶏仰ぎゐて目が乾く十二月
白菜積んで童話の国の乳母車
牡蠣売りの硬き瞬き年過ぎゆく
切に磨く柱杉の実充実す

冬あたたか千の空樽海へ向き
犬とゆく冬川光るところまで
むせて食ふ石焼甘藷よ多喜二の忌
土筆一点空気濃くなる東から
牡蠣の海を貫く汽笛成人す
鉋磨ぐ春雪消ゆる地の明るさ
雄鶏の一塊の胸東風萌す
犬の息わが息露が目ひらく中
茹卵しんじつ光るデモ起す
御前崎（四句）
目に燃ゆる無風の岬若布干し

沫あげて暗礁青し初燕
咳一つ生きて玉葱岬に積む
若布乾く真昼縁下しんの闇
一語湧いてはばたくごとし枇杷むくとき
変はる蟬声一日ものを言はざりき
遠く白くまだ見ゆる子よ鰯雲
密閉されておのれの復る貨車西日
運べば鳴つて炎天樽の充実感
藺刈時夕日に向きて耳ふる牛
唐辛子遠く日あたり船がくる

日暮たしかな水音藺草抱きおこす

冬木　昭和三十八年

昼ちちろこくこく充ちて醬油濃し
曼珠沙華の全裸が燃ゆる鉄下す
化石のごとき蟇の眠りよ野分雲
初鵙や起きれば時間隙間なき
唐黍枯るる底なしの天松川へ

みちのくへ入るとペンギン型の稲架がいっぱい

幾千うごく「ペンギン稲架」に声あげて
安達太良にとほり柿もぐ声が湧く
焚火囲む新しき声誰も持ち

組織固めん冬星おのづから光る
犬葬る父子の日向鶫啼いて
風花やはげしき木の香いま欲しき
牡蠣を剝く精魂の息わが前に
マラソンの一列燃えてゆく枯野
鶴を折る子の目が熱す夜の雪
連峰雪その北知らず夕映す
ブルドーザー眠る目深に雪かぶり
箱根（三句）
子ら二人牛と光れり残雪帯
春の雪麓泉のごと灯る

遠き回想藁塚一つ肩やさし

デモ終へし息深くして冬木の前

マーガレット詩が湧くときのまばたきよ

独り見つけし山葵田にわが息充たす

妻遠し蹠熱く掘る山薊

梅雨夕日ほのかに匂ふ糊のばす

人送りきしが蜻蛉の翅やはらか

父濱人四十八年の業績をまとめ句集出版

脚揉んではつたなかなか跳びたたず

螢あはれと思ひしよりの一生涯

干せばかがやく飯釜茶釜へ赤蜻蛉

鳳仙花その子そつくりの母と会ふ
尾をふれる晩涼の馬デモの日終ふ
烏瓜手にゆく空のどこも深し

野仏　昭和三十九年

何の穂絮かわが胸にきてなほ躍る

学徒出陣二十周年

柊咲く日あたれば香を高めつつ
甘藷うまし父が来たれば父と食ひ
笹鳴や葬後の卵ゆつくり呑む
冬青空叩けば肥桶よき音す
葱背負ひゆくきらきらと川渡り

爪あげて髪かがやかす一人つ子
枯草のこのやさしさよ百日忌
笹鳴かやさしきものはひびき持つ
どの鈴もよき音霜夜を分ちあふ
子とあぐる凧よ山脈あきらかに
海士の墓砂風椿ひびきあふ
俵一つ春昼の刻すすむなり
水温む遺品のごとく壜ひかり
春月や野をゆくパイプ内鳴つて
梨の花わが黙雲の黙と会ふ

旅終りぬどの筍に声かけん

田舎駅どこか風鈴鳴つてゐて

麦秋のわが息子の息亀覗く

南風はるかどの乳牛も耳ふつて

炎天の蝶がまつすぐ貨車めざす

飴色の代牛どこも幼なくて

田植すみし夕日に身透き烏らと

代掻きの向き換へて身をかがやかす

蜻蛉生れ息みなぎらす風の中

二十日鼠がひそと輪廻す原爆忌

樅大樹霧はそこより絶えず湧き
風鈴聞く父の声とも母かとも
風呂敷手に見知らぬ灯下蟇と遭ふ
水を上りし蟻が一点岩濡らす
蜻蛉交む羽音きよらや夕星に
空蟬のきびしき日焼何を待つ
黍の風ひよこ啼きやみ目をつむる
風鈴しまふおのれの声をしまふごとく
霧にめざめてわれらと北へ阿賀の川
鰯雲河は音なく海に入る

冬濤をきりいつか烏らと

大綿や野仏と会ふ目を澄ます

磧へ出て影失ひし寒雀

冬川に杭打つておのれ光らしむ

冬あたたかわが野仏に会ひにゆく

十年ぶりに父の主宰誌へ投句再開す

父へ帰るや綿虫流れつぐ日なり

朱欒仰ぐやはらかな息わが持てる

春の月　昭和四十年

一つゆつくり元日の蟻足許へ

年逝くよ青き藻の水日が透り

竹伐れば湖にひびきて冬深し
冬鵙の去りし羽音の重かりき
干藷俵どれもふつくり下されぬ
落餌呑んでは鳥北風聞きてをり
沖縄返還要求行進に参加
返せ沖縄玉葱育つ砂嵐
海苔採りの貌昏れてゆく海の上
ゆるく息してわが影とをり春の月
瓦焼く火がみづみづし夕桜
水汲めば音のぼりゆく春の月
百のたんぽぽ灯るごとし操車場

牛を見てをり野仏とゐてあたたかに
初蛙満月なりきのぼりゆく
蜂ゆらり蜂の生命はかがやかに
苗代にひびきて鶏の声やさし
わが足へきて惑ひをり日暮の蟻
てんと虫わが影を出てどこへゆく
汗の少年その子鳩まだ目が見えず
烏ひそと過ぐ炎昼の物干場
かくれんぼの母子の暮光遠蜩
開けば白し蜩聞きし夜のノート

紀伊（四句）

鳶群れて墓の西日に眼磨ぐ

岩の西日をどこまでのぼる島雀

島晩夏鶏鳴はなほつづきをり

紀伊夕焼艪を漕いでゆく喉仏

赤蜻蛉われとうごかず没日の前

靄流れて仮死の蟷螂みづみづし

妻放たんかうかうと夜の唐辛子

サッカーの子らへひたひた森の晩夏

鰯雲川を隔てて馬がゆく

曼珠沙華屋上の人いつうごく

水飲んで鹿ほのぼのと貌をあぐ

稲雀高し信濃の光得て

新雪に声あげ父と伊那にあり

蓼科山八子ヶ峯頂上

山枯れて栄光のごと父立てり

冬凛々金星燃ゆる歳月よ

落葉松に雪積むごとき言葉欲し

人形と息交しをり野分過ぐ

茶の花やゆつくり行けば水音す

木の葉降りやまざりき師と夢に会ふ

卵呑むや寒雨雫きらきらと

尾をひらきとぶ一羽鳩冬没日
冬夜霧わが顔はいまやさしからん

烏瓜　昭和四十一年

鶫の森空青ければ空ひびき
水あれば冴あをあを鶫の森
水音のあたりまぶしき初歩き
初歩きわが野仏にまづ会ひに
初明り目覚めゐてまだもの言はず
満月生みて深き眠りの鶫の森
藁抱き出づ冬星どもの凝視の中

鈴木秋男少年急逝

藻が泳ぐ寒流亡き子目みはれる

大寒のオリオンの声いつ聞こえん

掌ひらけば立春の星降るごとし

灯れば春灯なりき沖の船

鶲らに草みな枯れて日あたりて

出歩きてわが家の蟇も大人びぬ

おのが卵に息深くして雨の蟇

夜蛙に耳よりも目をひらきをり

風過ぎゆく蝌蚪の水底水湧いて

晩春の夕空渡る虫一つ

信州諏訪（三句）

山霧濃くて暁の鶯啼ききれず

会へばまろき赤彦の碑よ囀れり

幼な落葉松呼び合ひ芽吹く霧の中

虹刻々信濃の山はもう見えず

黒南風の貨車へゆらゆら蝶一つ

案山子建つ老の目言葉溢れしめ

炎天の蟻の邂逅すぐ終る

鳥らと田水湧く音聞きてをり

深田打つ音を離れず鳥の子

空梅雨の石をつかみて蝸牛

人形掌に炎天の子の目が深し
こんこんと寄居蟹眠るビルの根に
灯蛾美し一つとなりてもうごかず
ふりかへりふりかへりゆく子蟷螂
病葉の炎をひきて落ちゆけり
まだ消えぬ門火の跡や蜥蜴過ぐ
ひとすぢの光のごとく遠蜩
西日額にアルミを磨く光るまで
芙蓉ひらく芙蓉の他は茫々と
晩夏光断崖は胸をひろげをり

遠雷の絶ゆる間充たす水を飲む

烏瓜肌燃やす人過ぐるたび

杉の実青し心を洗ふ日暮来て

栗大粒刻はゆたかにひつそりと

とぶ穂絮わが野仏に会ふらんか

柿は朱に失ふいまは何もなし

欅立つ金剛力に葉落して

野分雲走るはどれも消え失せぬ

木椅子一つ野分の月と対ひをり

深く身を屈して椎を拾ひけり

鵙の天墓みな胸を正しくす
稲架どれも朝日の中へ息しづかに
鳶の胸ふくよかなるを冬日に見き
全山枯れぬ一坪ほどの水の上
耳底にいつも鵙をり離別以後
事ありておのが顔眺むること多ければ
烏瓜死顔をどう磨かうぞ
稲刈りのもう暮れられぬまで暮れぬ
何の羽か冬日に舞ひてうすみどり
おのれ光りて幼なけれども冬椿
ひれ伏して鷺みな祈る虎落笛

冬田鷺一羽頭あぐるは何ならん
冬椿と黙分ち合ひわが刻待つ
いまは亡き名よドングリ走る風の坂
またたきてどの冬星もわが星ぞ
さるをがせ煙るがごとし年暮るる
帯ゆるやかに少年仏山眠る
もう会へぬ野仏冬日に目つむれる
冬の川肥桶燦とわたり終る

残雪　昭和四十二年

元日暮れぬ今年はつひに蟻を見ず

愛耐へよ冬芹滴り滴るよ
大寒の砂美しき海苔を干す
除夜ゆたか親星子星みんなゐて
鳶つひに日に透けてきぬ冬の海
立春の大路さやかに乳母車
立春の昼真つ青に牡蠣の島
冬の川禱りの齢われにきて
光るところへ光るところへ冬の川
冬霧や下水さえざえ街をゆく
雪降ればここも地の涯しあはせに

笹鳴か受胎告知か雪降る中
冬霧へ盲のごとく耳澄ます
てんと虫何ぞ可憐な脚持てる
卒業近きどの白息に声かけん
芽吹かんとしてまだ冷たくて青桐よ
連翹に夕日ある間の硝子拭く
青澄みていま一つ星春疾風

伊豆（六句）

かうかうと鵜が身を立たす春疾風
群の鵜の砥のごとき黙春疾風
父鵜かあはれ春日の岩に立ちつくす

春潮重し鵜の羽荒く過ぐるたび

羽搏つ鵜へ春潮傾き傾きぬ

春暁やほのぼのうごく天草採り

芽吹かんと夜空をつかむ大欅

海を隔てて朧の奥の逗子の灯よ

蝌蚪を得て一世界なす硝子壜

出歩きて身透けて蝌蚪の幼なさよ

何もかも火さへやうるむ初蛙

八《や》ヶ岳《つ》残雪からくも芽吹く落葉松は

牛と聞けば八ヶ岳にひびきて揚雲雀

駒ヶ岳《こま》の残雪深くかぶりて苗代田

千曲川まづ蝶渡り朝日さす

鯉幟木曾駒朝の胸ひらく

月も屋根もほとほと疲れ麦の秋

考へてさてわが方へ小さき蟻

大旱の人影一つ大井川

洗はれて炎天の亀火のごとし

亀抱いて炎天の子の独り言

喜雨いたるちちははの目に灯がともり

初蟬のりんりんとして惑はざる

おのれ燃やして紅殻を塗る炎天下
葉裏ひしとつかみて暮るる唖蟬か
基地晩夏立ち枯れ松が脂を噴き
夕蟬は椎の老木の真中より
雨蛙夜更けてはもう息短か
汽車過ぎしより赤のまま充実す
鰯雲放牛はなほ足運ぶ
かなかなや放牛の貌もう見えず
ビロードの目の精薄児西日中
親友小池和一死す
和一なき蝗螂今日もきてをりぬ

灯を消せば虫の彼方になほ虫あり
露大粒鉄音ひびきわたる中
母のごとく鶏頭の茎枯れゆくよ
何の虫か光のごとく鳴きゐたり
竹林は海の深さよ昼こほろぎ
しづかなる枯野の鼓動みづうみへ
奥山方広寺（五句）
木の葉降るひびきに耐へて野仏達
秋深し山蟹の背を水走り
鶺や仰げばゆらぐ塔ありき
朱の塔に対ひてわれも露けしや

実南天淙々と水ひかり出づ

久能山上に山本勘介の掘りし井戸あれば

鶫ふりかぶりて永久の勘介井戸

鹿の上もつとも木の葉降りやまず

落葉中尿して鹿の目がうるむ

竹林は夕日の海よ烏瓜

もう眠い兎真つ赤な夕焼稲架

蟬ことごとく亡し相搏てる宙の鉄

冬鵙に硝子ひからせ駄菓子屋よ

一本の道標山も秋も深し

冬青空過去より未来ひびきけり

柿は朱へ心行きつくどこならん
綿虫や土蔵内側暗からん
綿虫や浄土の日ざしわが辺にも
柿の村水流は青を加へをり
綿虫とぶダムの蕎麦屋に薄日さし
菊の前鎌ひからせて人通る
笹鳴にまだ遠き死と思ひをり
寒暁の一羽雀のほの明り
烏瓜の亡骸ゆるる恍惚と

辛夷　昭和四十三年

干蕎麦や山日しづかにわが鼻にも

ともに中透け初空をとぶ親子雲

遠き乳牛もじつと動かず冬没日

菊切つて見ればさびしげ家兎

老父母の深き目雪は舞ひ始む

寒苺夜の充実もうそこに

枯蓮の折れてはおのれ全うす

剝製の雉子くらがりに春の雪

手にとれば冬日たばしる物干竿

弟子となりて十一年、初めて楸邨先生に会わんと（二句）

師へいそぐ紅ほのかなる冬芽を過ぎ

師に会ふ今日空へ空へと冬の竹
雪無限川音無限暮れてゆく
竹林のまつくらがりへ春嵐
土筆探す股間きらきら水が過ぐ
肥桶置く立春の日のまんなかに
瞼にたどる飛驒の奥山雛の日過ぐ
木曾長良呼び合へどもう冬怒濤
鳶と渡る早春の川ゆつくりと
雛の日のちちはは眼鏡ともに澄み
春の雲子の掌の砂と光りあふ

春の月莚ゆつくりたたまうか

わが顔いま煙りてをらん春椎茸《はるご》榾

星つれて春月なりきのぼりゆく

粘土掌にたそがれをれば春の月

はこべらや罎罐なども真昼時

風とをれば椿の奥のものが見ゆ

奥嶺残雪ここも音たて大井川

雲のごとく春日の樅に向かはんとす

うららかやあの水音が寺への道

樅に対へば春雲うごきやまざるも

花散るや仁王のまはりうらがなし

氷砂糖買ふ紙袋あたたかに

春の暮仁王の臍もおぼつかな

籠編めるうすくらがりよ四月過ぐ

壜の蠑螈切に素直に尾をふれる

飛驒（八句）

物言はぬ苗代と石奥飛驒へ

まぼろしの飛驒に入りゆく花辛夷

大銀杏芽吹きをり時流れをり

われを包みて飛驒いま暮るる桜草

朴の蕾へゆつくりと霧飛驒深し

囀りのこぼれてはつと黄の世界

花の盆地の雨聞きおはす樹胎仏

木仏のどこもやさしき春の雨

鯉ゆらり五月鬱たる水の中

麦枯れて地蔵の瞼重くなりぬ

梅雨の星鑑真はもう来給はず

人去りてまたふかぶかと梅雨の竹

小笠原諸島復帰す（二句）

島帰る梅干一つ白皿に

夜の蟇の背に雨ひかり島帰る

灯を負ひてまろくてかなしてんと虫

葱坊主風と空あるばかりなり
青透きて喜雨の真中の壜一つ
青葡萄大事の前の時間澄み
雨蛙竹がもつとも暗かりき
蜉蝣の声も身もなく舞ひはじむ
竹林にきてしづまりぬ黒揚羽
かなかなや水輪ぽつんと奥三河
歳月やかなかなの前水いそぎ
父死なばわが家西瓜は誰買はん
夕蟬のまつしぐらなり竹の森

夕蟬に瞼をあげて父ありき
長き長き貨車音なりき蓮の花
水瘦せてあはれひかりて水馬
黒揚羽煙のごとく人通る
炎天の竹見て老いぬ美しく
カンナ咲けど咲けど電柱さびしかり
何か持つ真昼の老婆大蓮田
野仏の目の父がくる西日中
いくたびも蜻蛉過ぎぬ岩の上
父「みづうみ」主宰者の地位を去る
一代終る天にひびきて法師蟬

硯の辺いつも暗くて法師蟬

法師蟬死に死にて屋根ばかりなり

唖蟬のいつまでも幹をまはりをり

ひつそりとマラソン過ぐる曼珠沙華

金の芒分校の中まる見えに

曼珠沙華この村はもう峠口

風はもうどこにも見えて鵙の丘

ジープ過ぎ鵙過ぎ眼乾きをり

隣組どの屋根も露流れをり

靄はしづかに眠れ眠れと稲の上

父の句碑笹子どこかにゐるごとし
鵙啼いて人みな帰る没日の前
虫も終りのオリオン青し風の上
露深し欅に朝日さし入りて
綿虫の息を見んとて立ちつくす

籠坂峠　父の句碑へ（四句）

稲架結ひの山に対ひてみな独り
秋深きたどりつきたる句碑の色
母とゐて枯野の青き水を見る
母がゐて枯野の真中炎えてをり
笹鳴や一灯すでに野の涯に

笹鳴や炎暮れゆくまのあたり
笹鳴や時流れゐるわが前後
蜆蝶枯れゆく草の声聞こゆ
玉葱畠夜は年歩む風の音
冬虹や鉄門の奥少女過ぎ
烏瓜見つつつ弱虫の独り言
末枯や遠く無音の一水車
群を出て冬日の中へ幼な牛
遠き雪嶺牛が歩めばわが歩み
山枯れぬ巨石一つがふところに

桑枯れて土ゆたかなる村を越す
牛と青年美しき冬もうそこに
桑枯れの空を見てゆく男旅
年新た船着いて水ゆたかに吐く
ふかぶかと桶を浸すや冬の湖
冬あたたか人見えて何か拾ひをり

落葉松　昭和四十四年

年の瀬や底うごかして牡蠣の海
弱虫の焚く炉火走り大晦日
大晦日父がつぶやく椅子の上

年毎に雑煮うまくて死ねられず
冬燕砂丘さらさらさらさらす
畦枯れて縦横に日を走らしむ
寒椿水深くして暗かりき
風花や古物息する中通る
寒椿血の音かくも澄むことあり
冬燕砂丘の時間誰も知らず
はこべらや少年砂をこぼしゆく
焚火して腕組んで何を待つならん
冬の竹没日は今日もその中に

限りなき天を残して蘆枯れぬ
冬霧のどの畦行かんみづうみへ
啓蟄の桶したたたれり杭の上
鳶去りて夕日ばかりや枯蓮
立春の星の彼方のほの明り
羽音抑へ抑へてあはれ冬の鵙
駄菓子屋が真つ赤に灯り雛の日
少年一人春の夕日に罐抱いて
パン袋掌に冬鵙とはたと会ふ
土筆探す眼裏いつか汽車走り

壺一つ風花はみな闘へり
幼な埴輪がいつもうしろに二月過ぐ
遠雪嶺羽毛一片きらきら過ぐ
水を過ぎ椿過ぎわが誕生日
雪茫々欅の街を通りけり
かがやきて澄みて方寸の蝌蚪の水
美しき父の顱頂や牡丹雪
母の膝しづかなりけり牡丹雪
花ひらく癒えたる父の眉の上

信州遠山郷　八句

霞背に野仏おはす奥信濃

くらがりに雛見ては過ぐ奥信濃

雪嶺の真下小さき麦踏めり

墓にひびきて青滔々と雪解川

炎一点伊那谷いそぐ雪解川

桑解かれ学帽目深に山の子ら

春疾風矮鶏懸命に道走る

春灯伊那は水音ばかりなり

藪の上殊に春星満つるかな

苗代にゐてまだ啼かぬ山鳥

苗代にまだ何もなきさびしさよ

陽炎の真中さびしきパン工場
天使となりぬ石鹸玉吹く口すぼめ
砂掻いて白蟹は何言ひたきや
白蟹の掌にとれど目は煙りをり
奥信濃花菜終らば何あらん
茅花吹かれ帽子目深に一農婦
おのが影をしづかに移し籾蒔ける
初蛙杉空ことに深くして
麦秋の黙の奥なる一母子
てんと虫かく美しき朝ありぬ

三溪園

六月の塔おろかなり雀らと
干涸びてまばゆきばかり蚯蚓の屍
天の青さに雲雀は消えぬわが刻も
石の神よりもひそかに蟻の道
朝明けてまた美しき梅雨の竹
螢待つやはらかな闇唇に
螢火や夜が充ちくるわが眼
螢火のまのあたりなるうれしさよ
螢火や闇ことごとく水の音
背てらてらあくたれ小僧舟虫は

おのが穴へ帰る舟虫髭暮れて
白粉花に咳して漁夫の深まなこ
遠花火運河見つめて一老婆
迎火や今日うつくしき日暮きて
炎天をひたひた団子虫一つ
目をあげて蟹が見てゐる西日の街
摩訶耶寺（二句）
法師蟬ばかりとなりぬ弥陀の辺も
蟬啼けど啼けど口閉ぢ阿弥陀仏
信州富士見
蟬死んでさびしくなりぬ落葉松は
富士見高原赤彦碑
赤彦とをれば芒穂動乱す

柿蔭山房（旧赤彦居）

青胡桃おもかげそこを過ぎゆけり

木曾馬籠（三句）

馬籠見ゆ蟬声一つうちひびき

秋風に声すきとほり馬籠の子ら

血を伝へて重たき山河青毬栗

枯蓮田ただきらきらと人通す

木曾（八句）

蔓枯れて是より木曾路雀らよ

逝く年の木曾の日の香の真中に立つ

笹鳴や雲はほのぼの御岳へ

柿を吊して碑に生きてきし村一つ

雪解音一番小さきこけし買ふ

蕪掘りの老婆の正座天真つ青
結氷音馬籠眠れぬ灯が一つ
息白く妻籠の宿の馬屋覗く

きんぽうげ　昭和四十五年

死に近き父か恍惚と雪を見て
春一番わが家も闇に声あげて
椿仰ぐや人のうしろにやすらかに
疾風の椿の中へ石の道
遠椿樹間しづかに燃えをらん
一本の椿まぶしき山の村

春星や阿波は夜の国太鼓鳴り

薬師寺（三句）

いぬふぐりまぼろしの塔もうそこに

春日をきて暗き仏に灯をささぐ

築地塀たまゆらの蝶湧き出づる

唐招提寺

鶯やどの円柱に歩みよらん

雲雀の子もう飛びたくて飛びたくて

きんぽうげああ父死なば母死なば

籠下げてみどりの梅雨を母がくる

梅雨茫々芋虫すすむきらきらと

蓮咲いて漂へり貨車過ぎゆけり

あとがき

私の人生は失敗や過失の連続でした。そのことを後悔しているわけではありません。しかし、親も妻も子も友も悲しませたことは事実です。よかったことはただ一つ、俳句をつづけてきたことです。

　私の俳句は、父濱人を師として始まりました。私は伝統俳句がすきです。句会も俳論もきらいですが、俳句をつくることはすきです。形式的なこと、特に格式ばったことはいっさい大きらいですが、俳句の十七音形式だけはきらいになれませんでした。

　それにしても、四十歳代に入って、加藤楸邨先生にめぐり会えてほんとうによかったと思います。先生との出会いがなかったら、私には句集はできなかったでしょう。考えてみると、怖ろしいことでしたし、また、しあわせなことでした。

　長い間ありがとうございました。

　私はこれからも俳句を作ってゆきます。

最後に、この句集をつくるにあたり、原稿の誤字訂正その他数々の助言をしてくれた友人沢木勝郎君に心から感謝します。

昭和四十五年九月一日

原田　喬

第二句集

伏流

句集　伏流
一九八一（昭和五十六）年四月二十日　発行
発行者　「椎」発行所
造　本　四六判上製函入り　二四二頁
総句数　六六二句
定　価　二〇〇〇円

目次

残雪　昭和四十五年八月～昭和五十年五月　79
蘆の角　昭和五十年六月～昭和五十一年十二月　90
大風　昭和五十二年一月～昭和五十二年十二月　103
楢山　昭和五十三年一月～昭和五十三年十二月　112
鳶の木　昭和五十四年一月～昭和五十四年十二月　122
鵜の海　昭和五十五年一月～昭和五十五年十二月　133
あとがき　146

残雪　昭和四十五年八月〜昭和五十年五月

日盛りの一本蓼や飛鳥川

柿つかむ八十八年生き抜いて

金の芒は母に捧げむゆるるまま

冬蜂のくるもかへるも日を負へり

冬鶯少女のかたき足いそぐ

恋猫の目にものぼりし月ならん

護符を身に佇てばはこべら花もてる

青蛙母の精根つきざるや

母疲れをりかはたれの爪を見て

父をはじめに四代の長男四人揃ひたれば

滂沱たる汗の中血は濃かりけり

父　危篤

夕蟬に命の果の口あけて

炎天の三輪山に入る鳥一つ

炎天の遠くを見つつ墓地買ひに

満月と位牌の間《あひ》の母の座よ

山頂にとどろきて栃散りにけり

海上に出てなだれけり天の川

蘆枯れて疾風のごとき郵便夫

寒雷の二度目はやさしかりしかな

二つ目の池も無音や石たたき

元日ののどの蟻もまだひからざり
興亡の亡のみ見ゆる四十雀
鶺去つて墓の絵島とのこされぬ
葱のせて音のやさしき乳母車
雛の前海人の両眼血走れる
鶏鳴いて春まぼろしの幾峠
襟かたく渚に遊ぶ流し雛
芹の花鶏鳴一つにてやみぬ
わが声ものぼりゆくなり春の月
はこべらや法隆寺道雲迅し

一輪の一日風の木瓜の花

声落す鷗もありて春疾風

雫して瓦重たし月見草

舞ひ狂ふ茅花の中の一家族

春尽きて鶏鳴遠くなりにけり

炎天の絮飛んですぐ落ちにけり

首塚へ青一途なる芒道

盆三日眼くらくら過ぎにけり

楸邨のいまほのぼのと羽抜鶏

父に「夕蟬のふるさとに着く倖かな」とあれば

一周忌夕蟬のほかみな消えよ

子が泣けり西日まみれの紫蘇畠

さびしくて男臭くて旱畑

芋虫の疲れては空を見てをりぬ

虹二日草の間深くなりしかな

送火や川底はもうどこも見えず

盆過ぎの月日みるみる唐辛子

くろがねの蟹の背に秋立ちにけり

からたちの実は重かりき夜も昼も

なにか鳴く金の芒の日暮時

十月の頭小さく水馬

少年少女指きらきらと冬の川
牛がゐてどつかりと冬阿武隈川
蕎麦湯呑みし瞼あたたか眠りゆく
抱へ出て日はすぐ強し漬菜桶
桑枯れて墓がずり出す半日村
屑繭をびつしり軒に冬籠
寒雷の置きゆきし闇猫が鳴く
雛の日の川越えてゆく雀たち
曇りきて蟇のごとくに野焼人
奈良井川春雪とめどなかりけり

花曇地図ずつしりと掌にあまり
初声のあと只眠き青蛙
籾蒔に欅の冷の迫りけり
ひとり立つ眼鏡の駅夫遅桜
蝸牛遊びをりしが月のぼる
空梅雨の面《つら》並べゐるあめんぼう
室生寺へあと山いくつ合歓の花
草蜉蝣金の目もちて現れぬ
伊賀甲賀梅天隙間なかりけり
山椒魚生きとほす趾《ゆび》ひらきては

盆に来て頭大きくもの言はず
炎天の涯はありけり鶏の首
ひぐらしの聞けざりし山夜も見ゆ
あをあをと盆来て過ぎぬ帚草
烏瓜の花も休暇もけぶりをり
喉易々と見せて九月のいぼむしり
夜に入る母の首筋はたた神
鬼城忌の金平牛蒡嚙みにけり
桐一葉あと頰かたき郵便夫
夜叉ぶしの実の鬱勃と夜明け前

こほろぎの死に果てて貌なかりけり

かまきりの貌まだ見ゆる一茶の忌

碑への一歩は柿への一歩関ヶ原

地の神の小さき日溜り七五三

枸杞の実を嚙み東京を憎みをり

地の神へ目がもどりゆく秋の暮

抱擁のしづまりゆけば蒲の絮

亡き父の見てゐる柿を食ひにけり

一本の棒の荒魂楤枯れぬ

年の暮ひとの墓にも日がさして

しんしんと母に年立つ鰹節

てのひらや石焼甘藷の笛が鳴り

薄氷を舐めては猫のまつしろに

一隅に笊俯して冬田村

ふりむきて滴りやまず二月海人

天暗く水仙立ちてゐたりけり

河豚食ひし眼へうへう日本海

寒雷やこけしは眠り埴輪覚め

桑枯れてもう逃げられぬ仏たち

寒鮒をまつくろに飼ひ双生児

われを出し嘘朧夜のどこにゐむ
梅の風野風となりて果見えず
ときめきてきし竈火や花杏
老母や薺の花の数知れず
つぶやきて春の夕日の鬼嫗
地の神も泣かんばかりに春夕日
春昼の位牌怖ろしひとり立ち
菩提寺も朧のなかの一つにて
鈴鳴らし三月童女風の中
野良猫のまりてさびしき花薺

梅かたくマリア地蔵は山曇り
おんおんと鳴る捨井戸や斑雪
蝸牛身を起しては彷徨へり
貌あげてうしろ暮れゐる孕猫
残雪に棒二三本峠神

蘆の角　昭和五十年六月～昭和五十一年十二月

「椎」創刊

発心や朝日たばしる蘆の角
身辺やかたばみの花照り曇り
葉桜や生あたたかき赤ん坊
父死後の風の三年白絣

黒南風のいんいんとして男神
暮六つの雨滂沱たる夏蓬
ことごとく蟹たちどまる没日かな
夕凪の底ひあああを喉仏
まだ見ゆる黄塵の雁四十年
葛籠りして火を焚けり伊賀の国
ほととぎす夕闇を絵馬かけめぐり
地球儀が見え秋風の子供部屋
毛糸解く母まつさをや法師蟬
鑿を研ぐ目が充ち満ちぬ百日紅

馬追の脚を失くしてかへりゆく

くらやみに立ち鶏頭は祖父の花

見送られつつゆつくりと墓

家を出て満月の猫となりゆけり

畚《もつこ》置きて秋風を野に溢れしむ

路地裏も日中となりぬ紫蘇の花

曼珠沙華水映りして走りけり

楸邨先生を浜名湖に迎ふ

蟹釣つて楸邨先生膝あたたか

土器《かはらけ》が根元照らして冬欅

竈火や末枯はもう十重二十重

秋風の木を見て歩く喉仏

柿捥ぎの背中一日日本海

一片の木の葉ゆきつく余呉の湖

こほろぎや柱暮れゆく裏日本

あきらめて案山子とならば何見えん

萱刈の萱に沈める眼かな

沢蟹を待つ山中に目をみはり

近づけば冬木微塵の襞もてる

強霜の藪ほのめける東かな

凍てきつて仏光りの犬の糞

方寸の冬日に眩みめんどりら

雪降るや見えきて縷々と衣川

椋鳥といそぐ胸中悪路王

註　悪路王は蝦夷の首領アテルイのこと。八世紀。

源流は飛雪の天にありにけり

山中の池のみ見ゆる夢はじめ

鳥声を身近に雪の啄木碑

六根をとほりて雪の衣川

白河の船田蹊史よりわれら五人達磨をもらひて旅をつづく

目なし達磨五ついそげり枯野道

荒風に鳥ちりばめて三月野

水澄目が見ゆるなり雪解谷

海髪《うご》採りの老の股間のしづかなる
立春の怒濤の隙のいかのぼり
ひよんの実のきよらかに手を渡りけり
末黒野の一本の川夜がくる
耳鳴りや蕗味噌の壜すきとほり
古草をかき鳴らしてはめんどりら
弱星も渡りゆくなり雛祭
初午の野のうすぐもり幼妻
落日や声なく鳥の交りをり
大風の賢治の夜鷹飛びゆけり

月の出の本流迅し葱坊主
大空の榧のくらがり春の雪
花時を見送る海に出でにけり
うらがへりうらがへりては蠑螈《ゐもり》消ゆ
両眼にいたどりの野の豪雨かな
姨捨や花渦なせる直中に
火の神の山這ひのぼり蓬摘み
姨捨の春の夕日の雀ども
胸先の雨の樒の花盛り
諏訪人の巨きな足やさくらどき

夏の蝶七谷越えて落ちゆけり
かたばみの花の小声をまだ聞かず
いたどりの夜のいちめんの雨の音
藪を出るかごめかごめの春の月
卒然と髪切虫の来りけり
禁欲や青松毬の乳首ほど
黄金虫の無数無音の咀嚼かな
おほばこに黙りてゐしが男ごゑ
おほばこを打ち擲つて父の忌なりけり
街空に来てははたはたと残り鴨

青梅雨の深井戸に身をのぼらしむ

秋邨先生に「吹越に大きな耳の兎かな」とあれば

吹越や楸邨が過ぎ兎過ぐ

明神の森の荒星ほととぎす

ほととぎす闇中なにもまだ見えず

初蟬とならざりし空吹かれをり

蟬二つ一つは歩き始めたり

唖蟬も遊んでをりぬ濱人忌

盆三日三日胸中親不知

初蟬の天の薄日の濡れゐたる

しばらく借りぬ安曇野の子の兜虫

まぐはひの空を流るる合歓の花
干梅に大木の影来ては去る
秋深き仏の国の竈火ぞ
濁流の空の万朶の竹煮草
紅花に近づく口を閉ぢにけり
稲妻のひそかに来たる竈口
羽抜鶏聳ゆるほかはなかりけり
茄子の馬ひとり歩まば滴るや
夕闇を飛ぶ一塊の油蟬
東京の子の肘ゐくぼ鰯雲

夏果ての淦《あか》汲む諸手あがりけり
蓑虫の暗し暗しと妊るや
観世音まつくろに夏果てにけり
裸子とをれば大粒海の雨
車前子《おんばこ》に川風強し秋祭
悼小菅幽玄居翁
幽玄居忌ひとつ加へて九月過ぐ
半日は山影を出ず唐辛子
短くて奈落をのぼる曼珠沙華
まつさをな虫一つゆく震災忌
寒木瓜に残る夕日や七部集

山柿の固きひかりも塩の道

蜉蝣の濡れざるはなき信濃山

一切の青断つ刈田中学生

冬瓜をまはしてなにもなかりけり

返り花ひとつは赤し塩の道

天道虫溺るるばかり露の墓

大綿に出づれば遠野物語

しづかなる雨に眠れば富有柿

こほろぎの跳ねて消えたる不破の関

まつくらな海渡りきて酉の市

大綿を見てきたる火を強く焚く
田の涯に山うごかざる根木打
母に見えてわれには見えず狐火は
唐辛子燃えつきし川流れけり
牡蠣打ちの牡蠣のなかなる鼻梁かな
蓮掘りの降りりんと手足鳴りにけり
あたたかければ人には言はじ蒲の絮
師の顔を宙に探せば冬の鵙
蓮掘りの笑へば股間滴るや
年の瀬の駅裏や鳥かうと発つ

目印の枯野の豚のよくうごく

わが声を冬の泉にのこしおく

大風　昭和五十二年一月～昭和五十二年十二月

大風の吹きめぐりをり初硯

目くるめく雪のうつばり女ごゑ

火の奥に父まだひとり初竈

牛蒡一束泉に座る年の暮

掌中の無音の炎雪の国

橇の子に翌檜の山そびえけり

田を通る産土の風猫柳

立春の満目の田や赤ん坊
歯を抜いて草の絮よりひかりゆく
夢にきてまばたき一つ冬の鵙
立春の満月をとぶ破れ壺
初午の風吹きとほる男の手
風塵のかたまつてゆく一の午
雲のなかの火の神の山蕨餅
歯を抜きし口中鬼火遊びをり
大いなる羽根越えゆけり仏の座
陶狐爪立ちゐたり春の闇

婆二人春田に出でて漂へり
月が出て重たくなりぬ紙雛
馬がもつとも美しかりき春の雷
幼ごゑ一つ走れり苗木市
春の暮火を焚きて火は見ざりけり
牛はみな耳ひらきをり桜の夜
鉄を切る炎中を過ぎぬ葱坊主
春祭鵜の岩に鵜の立ちあがり
朧より出できていまも悪路王
いたどりの風雨をいそぐ壺一つ

空谷の宙にのこりて春の鵙
満月をのぼりて樒ひらきけり
鳥声の下に黙読啄木忌
をうをうと爺が鳥呼ぶ菜種梅雨
蟹別れ別れ流速見ゆるかな
祭近き星の鋭き雪解川
闇中の水見てをりぬ孕猫
ぜんまいのほかはまひるの男神
藻刈見し眼一日流れけり
春暁の雨がよぎりぬ黒漆

けぶれるは羅漢の山の父子草
蜘蛛の子の空を渡りて来りけり
学校の隅にまばたき羽抜鶏
恋猫の恋の目閉ぢて眠りゆく
蟹群れて大雨の川見てをりぬ
絵馬の馬も火を見てをりぬほととぎす
なめくぢの冷えきつて壁のぼるなり
水呑んで植田の隅の捨子猫
惜別や雲のなかなる青胡桃
山神は米ひとつかみ梅雨の森

ががんぼの鳴きては脚を揃へけり
にんげんの舌ばかり見え仏桑花
藻を刈れるしづかさやその背が一つ
駅裏の阿呆榎も喜雨の中
ひぐらしや卵手にひとほのかなり
てのひらの沢蟹に雲満つるかな
烏瓜の花の渦巻少年期
残雪の月山の音が君の音
鬼やんま交みて村を越えゆけり
臍の緒やのうぜんかづらは空の中

盆近き大樹の下の山の子ら
かたまつてみな瞼も青蛙
父の忌の騒然として松落葉
晩涼の川見てゆくや男ども
手を入れて鉄の重さの噴井かな
秋風や鶏屋のうしろの杏の木
一団の蟹ひらひらと道通る
秋蟬の幹を濡らして去りにけり
木瓜の実を発してひかりゆくものぞ
ふりかかる神の信濃のいなびかり

入りつ出でつちちははの野の曼珠沙華

鬼やんま虚子がのこしし眼はも

幼くて真裸なりき曼珠沙華

冬瓜の雲のごとくに抱かれぬ

裏口の紫蘇の実つつとのぼりけり

蟷螂の妊りて木をのぼるなり

蓬枯れて村は漂ひ始めたり

仏より石榴が黒し飛騨の国

ばんどりは三階にあり秋の風

註　ばんどりは蓑の一種。雪国に多し。

われのみの父の横顔藪柑子

やどかりの嬉々とあそべる野分かな
蓮枯れの果の短き音一つ
ねこじやらし消えてのこりし没日かな
綿虫の間を通り火に近づきぬ
ひよんの実の闇こんこんと流れをり
夜叉来つつあらむしぐれのさるをがせ
北岳の新雪に出て鋳物工
海人の子の大粒涙恵比須講
蓮洗ひ一歩歩みてはたと暮れぬ
どれも短し焚火をめぐる鳥の声

寺高く置き川涸れの甲斐の国
大風のかたまりとなり火床《ほど》祭
露霜の炎となりぬ桜の木
冬眠の蛙の瞼思ひをり
喝采や木も草も枯れ始めたり
柚子とペンあひふれずして暮れにけり
冬菫泣声遠く起りけり

楢山　昭和五十三年一月〜昭和五十三年十二月

只の木の下に初日を迎へけり
海人の子のものまだ言はぬ初詣

南部鉄の蝸牛を贈られたれば
鉄にこもりて渦千年の蝸牛
初声はわが雀らぞ幾羽ならん
一月の虹高々と産井跡
大寒の夜祭の犬真赤なり
寒念仏ひとりとなりてひかりけり
紅もちて二月の山に入りゆけり
はこべらの縷々の終りの善光寺
遠国の川のことなど春立ちぬ
ふぐりまだもたず疾風の犬ふぐり
野良猫の恋の三日月走りゆく

きさらぎの雨の雀や越天楽《ゑてんらく》
雛の日の風かすかなり竈口
忘却や寒の一つ葉波うてる
卵手に風ちりぢりのはこべ道
鳥交りをり方丈記ゆらぎをり
か青なる海髪のみづうみ母子たち
春浅きにはとり人に蹤きゆけり
田の涯に鳶の舞へるは午祭
炎々と鴉相搏つ午祭
いちめんに春田流るる父子かな

わだつみの最中も見えて春の寺
火を焚いて雲を見てをり受験生
葱坊主川は重たくなりにけり
鴉落ちてゆく大雨の椿山
へろへろと彼岸の空へ鉢の草
雲深き仁王に会ひに春の山
忽然と百済観音春の暮
新月の木へかへりゆく蝸牛
鉄鉢にひびきて天の雪解かな
さんざしの花の盛りの木椅子かな

黄塵をのぼりつめ鳥交りをり
春菊の黄金の花一家族
藻を刈りし奥眼二つやかへりゆく
門の辺の朝日夕日や苗代田
鶏交む間も竹落葉とどまらず
筍を断ち割つて日は高かりき
葱坊主いつまで待たば消ゆるらむ
火も人も青蘆原の中を出ず
桑の実をみつけて仏忘れたり
十薬の四弁分れて日暮れたり

がらんどうのあたたかきこの梅雨の海
百姓の立てばまつくら夏蓬
満開の榊の下に逢ひにけり
鳥曇おんはは転びたまひけり
青梅雨のてのひらに乗り屋敷神
草蜉蝣羽搏たばみどりとび散らん
悠然と髪切虫の門を発つ
腹空いて河鹿のほかはきこえざり
水楢の一散の青伊賀甲賀
臼のなかはなにもなかりきほととぎす

親鸞の髑髏二つきりぎりす
くちなははずずの追ひゐたり
ひとところ風鋭くて麻畠
油蟬紺屋の屋根へ鳴きにゆく
うねりては西も東も盆の海
固く封じてレーニン全集曝書せず
のうぜんは円空さまの火柱ぞ
五箇山へ瑞《みづ》のおほばこはるかなり
絵馬堂に入りてもどらず鬼やんま
輪《りん》蔵《ざう》を廻したる日の天の川

註　輪蔵は、自由に旋回できる装置の経架。飛驒国府安国寺。

箸と膳ひぐらしの山暮れてゆく
柿の終りは今年の終り磨崖仏
冬瓜のうつくしかりき盆の町
暗々の暗はいとどの暗ならん
鶏死んで韮高々と咲きにけり
砂をはなるる一塊の火や渡り鳥
少女一人少年二人草の花
十一面しぐれ一面ゆるるなり
味噌漬もわれも渦なる秋の風
空谷の幼瓢よ鳴りてみよ

鬼城忌の蹠きらりと青蛙
けんらんたるしぐれの奥や鶏が鳴く
新月や鞄の底に文庫本
椋鳥も仏も溢れきたりけり
初鵙や一遍絵伝まつさをに
蒲を切る鋭き音を過りけり
おんぶばつたを夕日にのこし不破の関
あたたかし手をはなれたる木瓜の実は
椋鳥の信濃の子らの瞼かな
石の火を待てば八方秋の暮

いなびかり欅の匂ひ宙に満ち

草の火に雨二三粒神送り

那須野の市村園子より曼珠沙華の絵を贈られたれば

火の国の火のはじまりの曼珠沙華

水飲みに十一月の山の鳥

口紅や田も川も冬立ちにけり

天心をめざす鳶あり神無月

蟷螂の羽根ひろげたる砂の上

にはとりの上はまつさを十二月

鶏飛んで枯野の景となりにけり

山は今日も生れつつあり火床《ほど》祭

冬蝶の羽音ほとほと千枚田

鬼子の背まだ見ゆるなり芒原

寒卵海はそこよりひろがれり

楢山に雪くる夜の框《かまち》かな

鳶の木　昭和五十四年一月〜昭和五十四年十二月

鳶の木を真東に年迎へけり

桐一本金色の年立ちにけり

ひよん笛を吹きをり山が見えてをり

元日の汝が膝にある広辞苑

にはとりの鳴きつつ越ゆる冬の川

極月の壺のなかより梓川
日も月も通る冬至の巨榎
あすなろの春の雪なり漆掻
貨車は只一方向へ冬の虹
一月の木賊《とくさ》の闇の信濃かな
土に絵を描く早春の国分寺
はこべらの風もきてをり国分寺
乳房熱からむ彼岸の千枚田
母たちの睫のひかり梅ひらく
田の涯の仁王の山の朧かな

かんざしや今日雪しろの奈良井川
菩提樹の花のまひるの来りけり
春田越え春田こえ雛鳴いてゆく
足音はみな川に消え虚子忌かな
吹きめぐる春の大風きんざんじ
手の甲をながるる朝日午祭
枕木を野に置き去りぬ春の鳥
ひとりゆく高《かう》虚子先生春の鵙
笛鳴らす二月の童子地平線
茎立ちや四方に目つむる媼ども

門を出て彼岸の潮迅かりき
地獄絵を見にひらひらと三月野
満天の木賊の上の春の星
山上の幣うつて鳥帰るなり
啓蟄の風はるかなり母の椅子
春菊の一坪畠海鳴れる
古草の鳴りつつ暮るる啄木忌
鳥交る榊ひさかきまつくらに
湖渡りきてうつくしき春の蟻
山中に赤子と逢ひて桜かな

にはとりの眼凝らせる霞かな
をみならに春の豪雨の栃欅
霾《つちふ》るや阿修羅ひつさげ駒ヶ岳
山神と会ふ春の闇ざんざ降り
鳥交る浅《あさ》葱《つき》のこの峠空
天の木の朴うちあへる雪解かな
路地深く山椒の花盛りかな
裏側は千枚田なり桜山
ことごとくはなびらとなり慈眼仏
らくがんに雲かぎりなき春の暮

鳥鳴いて野火の火《ほ》中の八ヶ岳
竹秋の石階われものぼりけり
庭先のわが野蒜夜も見ゆるなり
ありがたき春雷のなほきこえをり
かはせみの巣ごもりあとの青ならん
あめつちに父ありて雉鳴きにけり
石中も梅雨深からむ鑑真忌
鬼城翁に「新茶して五ヶ国の王に居る身かな」とあれば
新茶して王にあらねど雲の中
子を呼びに出て六月の澪《みを》標《つくし》
爛々とはへとりぐもの通るなり

筒鳥や天《あめ》のみ中の独神

越《こし》の土産とて弥彦神社の絵馬を贈られたれば
短夜の越の国発つ絵馬の馬

天の川本流となる飛驒の国

青瓢うつくしき声立ちにけり

冴して盆の山々近づけり

裏口は鳶の群れゐる盆の海

八階に顔洗ひをり原爆忌

盂蘭盆の少年一人青畳

短夜の魂一つ河童の図

満願の森の明けゆく土用かな

しんと立つ裸子は臍一つかな

姫蒲の姫は大風出でざりき

烏らの空高く会ふ蓮の花

炎天をおしいただきて奪衣《だつえ》婆《ば》ぞ

盂蘭盆のよせてはかへす草の原

唖蟬もきよらかに喪に加はりぬ

夕　蟬　の　羽　音　鋭　き　山　の　墓

川は海へしづかにかへる秋の蟬

縁側に椅子ありて雷かすかなり

送火に人立ちあがる海の町

一本の榊溢るる晩夏かな
をののける雄鶏一羽春の虹
天上に鳶の木赫と雁渡
ひとびとに山神様の油蟬
千年の木ぞゆふぐれの鵙の木は
甕伏せて天高かりき長楽寺
まぼろしの秋茄子の月浴びゐたり
はらからに那須火山脈渡り鳥
ひとりゆるるは八重撫子にあらざるや
霧に追はれ修羅に追はれてやさしけれ

殺生石ほとほと鳴れよ渡り鳥

伏流は葛の荒野をいそぐなり

飛ぶが見ゆ桜並木の法師蟬

遠野分桜子はどこ歩きゐむ

川はみな山を出てゆく曼珠沙華

故峡林に「霧が怒濤となり枯木怒濤となり」とあれば

はたはたと霧の怒濤の羽抜鶏

ヨハネ伝たんぽぽの絮高かりき

落花生の小さき影の数知れず

萱刈つて青星ばかり秋葉講

親鸞記一日柚子の前に置く

桐一葉水呑んで母しづかなり

自然薯掘り真面目に飯を食べてをり

はればれと地の神様の大根ぞ

神の山眠らむと天に入りにけり

顔干してをり梟の信濃人

飛ぶほかはなし楢山の冬の鳥

馬頭観音暮れむとすれば鷦鷯《みそさざい》

冬霞にはとりの陰《ほと》はどこならん

鉄鉢のなかは怒りの冬の海

寒念仏見えなくなりてあたたかし

日月を同じ高さに冬の海

鳥かへる千秋楽の冬木立

寒雀となりきらば虹見ゆるべし

冬瓜を起して人はしづかなり

母が焚く小さき紙の火年の暮

笹鳴や幼子がわが門にゐて

人麻呂の闇ゆるがして雪おこし

鵜の海　昭和五十五年一月〜昭和五十五年十二月

一枚の田を胸中に読始

馬は老いてお降りに魔羅濡らすなり

うなづきて欅の下の春着の子
鳥の目にもはるかなるべし神の旅
火の星に天窓開けよ薺打ち
薺打ち了へし目やなに見しならん
きりきりりと木目走れり飾り舟
全景ゆれて一本は藪椿
父の鬼はわが鬼なりき桜咲く
芹噛んで吉祥天にまだ逢はず
春雪の欅の町の裏通
にはとりはいまが真白花杏

寺田達雄に「眼中に石榴一塊となりにけり」とあれば

眼中の石榴は鬼の火なるべし

音立てぬ学校の鶏春の暮

風濤の栄きはまりし彼岸かな

川も木も二月に入りし紬かな

峰一つ見せ春雷の八ヶ岳

あかあかと二月の海にあそびけり

軒下に一束の棒午祭

卵呑んで立春大吉のなかに立つ

うつくしき寒の鰻の鳴きにけり

こんこんと半日村の四十雀

苗木市とどろとどろと遠鳴れる
水底の一塊の鉄春の山
桃の花用宗の海高かりき
登りきて山井戸覗く彼岸かな
ゆれるゆれると春の祭の屋敷神
水うまき大風彼岸十日前
焼山や一本の楢高く出て
新しき俎があり春の寺
槇垣のなかの青空雛祭
はりつめてこじきいちごの花弁かな

田の隅の矮鶏の絶叫花祭

木の国の小学校の鬼やんま

山本茂実著「あゝ野麦峠」のみねたちを思ひて

みねたちの闇底知れず桃の花

蕗煮えて日は石倉に移りけり

はなびら遊ぶ鼬の消えしあたりにも

神の山筍掘りのかすかなり

ひとりしづか鞍馬を出でてどこへゆく

てのひらを付け天上の苗代田

桜咲く脊梁山脈鬱々と

汝が声もあり朧夜の御《おん》柱《ばしら》

註　長野県諏訪大社の御柱。樅の大木である。

山伏の空にひらきて朴の花
春の蟻疾駆して相逢ひにけり
畦塗つて春台先生遠くなりぬ
註　太宰春台は江戸中期の儒学者。信濃の人。
安産の護符漂へるにがなかな
羽蟻翔つ五右衛門風呂のほとりより
くらがりに飼はれ山蟹聳えけり
ががんぼのいくたび鳴かば眠るらん
孕み猫がをりて韮山小学校
ころがつて槌のさみしき田植時
ゆふぐれは牛の目ばかり夏隣

日本武尊泰山木ひらく
荒梅雨の鶏の一語をききもらさず
新刊書荒梅雨は隈なかりけり
桜の木よりりんりんと雨蛙
まつさをな夏至の木賊の背丈かな
あめんぼう群れて三方ヶ原真赤
指長き念仏僧や雲の峰
倉陰のほたるぶくろを見にゆけり
釈迢空いかづちは海渡りをり
火を見つつ蒲の大気のなかをゆく

かもめらも翅たたみて半夏かな
やどかりに歩かれし掌も暗くなりぬ
みゝたちを呼び始めたる油蟬
爪立ちて見る炎天の雉の森
雉を見に田を越えてゆく土用かな
送火を千回焚かば鬼にならん
ひぐらしの山のどの木も男の木
ひところ照り晩涼の南部鉄
良寛の天上大風羽抜鶏
吉《きつ》川《かは》郷《がう》炎昼の鶏うつくしき

天井やひぐらしのこゑ湧き起り

晩涼の鍬神の目にたどりつく

すさまじき山の桑の木星祭

蜉蝣に桜の幹のつづきをり

遠目して修那羅峠のいぼむしり

日盛りの修那羅の水を呑みあへり

風さわぐ部落の上を黒鶫

玉蜀黍あましもうすぐ善光寺

大毛蓼涙を溜めて人通る

かはせみを見てきし香を焚きにけり

終戦日空井戸の声聞きとめつ
嚔《くしやみ》して過ぎたる少女鰯雲
天《あめ》の火も秋の暮なる信濃かな
蒲の穂の千万年の没日かな
曼珠沙華部落二つがすきとほり
荒天に蕊をかかげて棉の花
蒲の穂のいつまでもよく見ゆるなり
三日月の落ちかかりゐる草の花
伏流の上は雨ふる曼珠沙華
木を打つて木を思ひをり秋の暮

秋風や寺を出て人あきらかに
初潮の海見えてをり切子皿
一弁のたちあがりたる返り花
穴まどひ漣かぎりなかりけり
大声にむくろじの実を呼ばふなり
砂畠きれいに打つて秋祭
納豆の渦しづまりぬ野分満ち
田のなかの納豆寺の冬の鵙
秋の木となりて姫娑羅鳴りゐたり
蜉蝣の渡り終へたる欅の幹

黒羽やきらりきらりと四十雀

伏流を追へば追ひくる初時雨

年々の柊の花小学校

新米や坂東太郎真暗なり

どの山も見えなくなりし柿を食ふ

奥州白河金売吉次の墓

あかあかと棒稲架吉次目みはりぬ

雀らもほむらとなりぬ下り簗

桜落葉の極みの眼馬がもつ

みどり子に翌《あす》檜《ひ》の山の冬の虹

角々に満潮の海七五三

牡蠣打ちを被ひつくしてかもめどり

楢山を出て父と子の冬の川

馬の神に馬のくらやみ雪がふる

十二月八日の日差がんもどき

蟹食つて冬三日月に向ふなり

知らぬ木のみづみづと神還りけり

冬至南瓜海越えてきて座りをり

鵜の海に額づきて冬日浴びゐたり

あとがき

昭和四十五年八月以降約十年間の作品をまとめ、句集伏流と名づけて上梓することにした。まず二十四年間ご指導下さった加藤楸邨先生に心から御礼申しあげたい。

次にこの句集は、なによりも「椎」の人たちへの報告であって精選集ではないことを記しておく。私が多少とも本気で俳句づくりを始めたのは「椎」が生まれた昭和五十年九月からのことだ。ここにはよかれあしかれ私のすべてがあるはずである。この本をつくる上で、「椎」の藤田黄雲、守谷鷹男、小石波奈子、木下統一郎、寺田達雄、中澤康人、池本光子、九鬼あきゑらの激励と助言は特にうれしかった。九鬼あきゑには、原稿づくりの段階で随分ご苦労をしていただいた。中澤康人には、印刷、校正、装幀、発送のすべてにわたってお骨折を願った。私のまわりにはこういう篤い心の人たちがいた。これにまさる幸運はあるまい。

昭和五十六年一月

原田　喬

第三句集

灘

一九八九（平成元）年三月二十五日　発行
発行所　株式会社富士見書房
造　本　四六判上製函入り　二二〇頁
印　刷　菅生光男
製　本　鈴木俊一
装　幀　松浦澄江
総句数　五七四句
定　価　二五〇〇円

目次

破魔矢　昭和五十六年～昭和五十八年　151
ほんだはら　昭和五十九年～昭和六十年　164
裸木　昭和六十一年　175
庚申講　昭和六十二年　184
驟雨　昭和六十三年　196
『灘』について・今井聖　209
あとがき　219

破魔矢　昭和五十六年～昭和五十八年

海人の子に真紅の破魔矢にぎらしむ

初釜に座して少年まばたける

手をふれてなにも起らず飾り船

読初は飛騨河合村辰次郎のこと

卵一つ立春の藪動乱す

木の王となりて朧に幹ひらく

鉄工の短き指や春祭

海人の子の大きな耳や花曇

子を海に送り桜を見て歩く

桜あふれをり永平寺素通りす
九頭竜の春の驟雨の雀たち
涅槃図のなかに哭かざるもの探す
鵜のあそぶ春の怒濤に神輿着く
満月に海立ちあがる苗代田
筍の怖ろしきまでしづかなり
門にきて田のかげろふのあそぶなり
青蛙初めての顔見せにくる
山繭と別れて雲の中をゆく
雨は山を濡らし蟬の目仏の目

青蝗のせ絵馬堂の藁草履
金環をきびしく撓め捕虫網
祖母が目ひらく門前の紫蘇畑
秋蟬や槐多の裸僧真赤なり
姨捨山上台風を見送りぬ
転輪蔵こほろぎの貌つよかりき
鳴いてみせよ牛方宿の青蛙
街中に木を見送りて秋彼岸
門口に青竹二本秋の暮
いくたびも鵙聞きし日の夜の海

冬至南瓜われも抱かせてもらひけり
大綿のこんこんと湧く春屋かな
声かぎり鳴きたる鴨の頭見ゆ
竹伐りを終へし横顔竹の中
香合の側に瓢の置かれあり
室生寺の榧の実食べてしまひけり
冬霞菩提樹の只ごつごつと
如月の水母ゆつくり湾を出づ
天保の絵馬の人々はこべ咲く
春筍を掘りゐて稀に空を見る

節分の小さき川を渡りけり
初午の藁の穂先のふれあへり
恋猫に旧本陣の玻璃つよし
海越えて春大根の町に着く
点々と森点々と午祭
三月三日いろいろの木の声聞けり
鳥かへる風雨の夜の時計かな
芥菜を食べてまひるの墓にゆく
ズック並ぶ納豆寺の春の暮
駅一つ清明の日の雀鳴く

御岳のこと聞いてゐる粽かな
子雀の街にかんざし見にゆけり
むらぎものこころたのしも薄氷
焼山の上は檜山全天青
輪蔵にふれ黄塵のなかにあり
八十八夜一枚の田へ歩むなり
鍬神の手の甲二つ油蟬
源五郎のこと二三言郵便夫
にはとりや伊勢の終りの葛の村
泣き羅漢もとびたかるべし青嵐

石立てて村始まりぬほととぎす

日に一度暮るる道べの水馬

青桐に対ひ死なずと思ひけり

ここからは道元の道青通草

藻刈二人一人は顔が真赤なり

のうぜんかづら川は全面うごきをり

初蟬や柱にかけし紙袋

街空をぎくぎくとわが油蟬

万象のなか昼顔のひらくなり

アメリカ大西部の旅　七句

鬼やんまの無限飛翔のなかに入る

蒲の穂をユタの荒野に見とどけぬ
コロラド河に脚震はせて源五郎
ふりむけば蟻塚は茫と一火焔
鷲消えし底なしの天泉鳴る
祭壇は真裸つばめ溢れくる
インディアンと逢ふ蠍座のしんの闇
馬追よ父よ日本真青なり
盂蘭盆の河岸ゆるやかに傾斜せり
帰国して雨に歩けば貝割菜
いつまでも蜻蛉水うつ法隆寺

幼子の満面つばめ帰りけり

曼珠沙華ゆつくりと消ゆいまも消ゆ

何もなき空に手をあげ稲の中

天明の空から桜落葉かな

紺絣冬の初めの音立てぬ

頑丈な木の梯子あり笹鳴きす

十二月八日卵黄張りぬ

縁先の一人は赤子黄落す

臍の緒や遠く日あたる冬木立

綿繰機種子はうしろにこぼれけり

長安大根もらはれてゆく年の暮
大風の棉の実大唐西域記
七種の小学校の雨の音
寒明けの山つらなれる紬かな
鉄の鍬蒜畑に立ててあり
自然薯を下げて最後に現はれぬ
榾の火の框の高さ越えにけり
初午の村にかぶさり聖岳
まはらんと花の上なる北斗星
黒糖を割つて朧のなかにゐる

界隈の床屋の桃がまづ咲けり
涅槃図のそとは驟雨の日本海
日時計のあらゆる線や鳥曇
源流の頬白辛うじて鳴けり
鶏鳴の大いなる円桜咲く
蟇二度鳴いて山二度暮れぬ
紫陽花の家が盛んに火を焚ける
市に出てひとかたまりの紅の花
鬼やんま見しこと幼子に話す
前をゆく人のつぶやき海の盆

鯛をきく包丁をはなさずに
紙魚が歩きて良寛伝の静かならず
袋二つ下げて我鬼忌の駅にをり
晩涼の楸邨の臍やさしからん
青蜥蜴完全な尾をもつてゐる
田螺飼つて真夜中の雲ゆたかなり
誰か咳して大寺の赤棟蛇
しほからとんぼむぎわらとんぼ木喰よ
仏にはふれず青田を帰りけり
三日目の脚ふんばつて茄子の馬

藻刈鎌夕日の中にふつと消ゆ

婆が出てくる初秋の種物屋

鉄道が見えて九月の二階かな

捕虫網倒れて音を発しけり

海渡る酢橘の箱の側にをり

法師蟬春屋の壁を濡らしけり

榧の実の榧をはなれて匂ひけり

百姓のくろがねの錠雁渡

黒人のてのひら二つ秋の寺

青天に理髪師のもつ烏瓜

大風のぶつかつてゐる酉の市
盛砂に立つ五六人渡り鳥
めくるめく朝の直線冬の駅

ほんだはら　昭和五十九年〜昭和六十年

鵜はかならずわが前にをり冬の灘
東京を瞼に消せば冬の虹
隼の岬に人としたしみぬ
干棹の先端が見え冬の寺
少年の褌一月うららかに
立春大吉鶏が木に舞ひ上り

寒の水墓にあまりてこぼれけり
長安の夢のつづきの赤蕪
寒のトマトは光のかたまり食べてみよ
牡丹雪は鳥の祭飛驒の国
ユーカリをずたずたにして冬銀河
畑打つて喜寿漣のごとくをり
縁側の母に紅梅ひらきけり
金平牛蒡春の三日月見ゆるなり
陽炎に修羅と会ふ目をひらくなり
根まで見ゆ春の岬のほんだはら

朧夜の真赤な網をひきずれる
身を重ね仏の国の蠑螈ども
つばくらめ姉川に雨ぽつぽつと
抱卵やしんかんと国かげろへる
人の背を見て六月の海の木場
正念場の空にひらきて桐の花
羽抜鶏転べばこの世真赤ならん
菰抱いて春の怒濤に下りてゆく
筍ものせてたのしき乳母車
水呑んで泰山木は父の花

優曇華やあかあかと星南中す
虚空なりつばくらの子も良寛も
炎天の榁と我の間かな
かはたれの鬼が下げゆく仏桑花
棒分けてをり秋風の砂畠
鬼薊クレージーホース必ずくる
蟻地獄より戻りきて火種吹く
天牛を夕日に放ち寺男
終点はどしゃ降りの背高泡立草
秋彼岸本を束ねて捨てにけり

鵙の時間なり三方ヶ原郵便局

仰向きに面流れゆく秋の川

獺祭忌本流はいそがねばならず

鶏頭の発止々々と心電図

週刊誌手に初冬の海の駅

黒靴の海人が佇む秋の寺

満月の蒟蒻玉と駅にゐる

綿虫のもう出る頃の道具箱

赤飯や台風遠く海にあり

初冬のこだまが通る棒置場

年ゆくや花のある菜を味噌汁に
籾殻山に手を入れ十二月八日
冬薔薇天上《あまがみ》知子《ともこ》明日くる
濡れづめの海鵜の眼光悦忌
紅梅と畚の間通りけり
百姓の顔にかかりぬ春怒濤
紙切つて十七日の春の月
水絶ちて梅の季節の地蔵様
人参を供へてよりの春祭
町へ出て無限反転鳥交る

一本の榲をもてば陽炎へり
あぶらげを下げて街ゆく茂吉の忌
完全に濡れし魚河岸彼岸入
大甕を少女と廻り虚子忌かな
山蚕生れしとふれ歩くなり
尺蠖をつれて去りたる大没日
にはとりが跳ぶ姨捨の青嵐
生臭き踊子草を捨てにけり
羽抜鶏相ふれつつ相弾けけり
六月の鳥激しくまばたきぬ

水張りし田へのり出してお婆様
石棺から塔までの距離青嵐
羽蟻とぶか東京湾がぐらぐらす
水馬巨大なり寺かんかんかんす
桐の箱田植しづかに進みをり
ちちちちと古事記の春の石叩
空壕にぶつかつてゆく油蟬
夕立の百日紅ふと越天楽
望楼の蟬鳴きやみて交尾せり
伝道や遠く驟雨の大毛蓼

子を生んで大向日葵に蹤いてゆけ
白桃を睨み幼子ひとり立つ
見尽くして遠雷をきく棉畠
引潮の怖ろしき時門火立つ
はなればなれに時の真中を法師蟬
ごそごそと袋の煮干天の川
荒畑を突つきつてゆく獺祭忌
凄じく濡れて九月の兜虫
海高くなりゆつくりと秋祭
ありたけの幡出して待つ渡り鳥

花数知れず荒天の明治草

一面に火の粉がとべり返り花

フォッサ・マグナの南端を秋の蛇

つぶやきつ嫗の渡る秋の海

水馬全く濡れず神無月

虚子に「蓑虫の父よと鳴きて母も無し」とあり

蓑虫はみなゆれてをり父も母も

帰りには欅をまはり七五三

荷車を垂直に立て神の留守

木の高き北の盆地の年の市

冬麗の駅頭一人本開く

真裸の桜と桜ふれあへり
一人づつ水呑んでをり黄落す
交淡く信貫けり冬の海
吹き降りの甕に灯を向け親鸞忌
綿虫の時間満ちきし軒端かな
裸木となりて初めて聳えけり
眠りたる女の神山を一瞥す
遠巻きの幼き声も成木責
崇神天皇陵北面の笹子かな
この青の密集が冬の曼珠沙華

大年の田にきて雉が翅ひらく

回廊をまはりて同じ寒雀

芋粥を少女と食べぬ冬木立

唐辛子の空の隣に塔がありり

ひとり乗る真冬の奈良の昇降機

真暗な厨子より流れ冬の川

ふぐりもつ鹿が見てをり落葉焚

裸木　昭和六十一年

田が氷る前の青天煙出

万の鴨の二羽燦々と闘へる

くれなゐの裸木に水注ぎけり

只眠るなり雪嶺の前の山

水仙に近づき日輪に近づけり

目白ひきつれ眼前を寒気団

一弁ほぐれ青年寮の冬薔薇

海へ出てもうどこも見ず孕み猫

春月や庄吉は祖父祖母はかも

俎の前は真赤な春の灘

吉野葛二月半ばの炎立つ

湾深く海上の道雛祭

犀星の花の一文字雪催

蒜のまばゆき畝よ母が死ぬ

一の午二の午山が遠ざかり

梅林をつつつつと鳥走りけり

啄木の空八方に花菜漬

男来て彼岸の海に顔つけぬ

ほんだはら滅多うちして春休

日暮から桐の木のぼる蝸牛

新月の川面埋めてあめんぼう

寺に生れ春大風のあめんぼう

日がまはり月がまはるよヒアシンス
秋桜子にあらず虚子なり葱坊主
北窓にありあまる空鳥帰る
陽炎を千里歩まば虚子に会はむ
雁風呂と思ひて浴びぬ手術前
執刀医とわれをかこみて朧は神
朧なり次の朧はまだ見えず
鉢を出て雷にうたれに茜草
森青蛙泳げば田水うごきけり
葉桜がすきでずぶぬれ雀ども

海近きほたるぶくろのふくろかな
逆さ旋毛の子が熱中す蟻地獄
天牛の来し日の赤き星探す
おほばこの葉脈深き塩の道
玉虫の大河を前に交むなり
北向いて北が見えるか燕の子
六月の菊もて馬穴満たしけり
紅藍花の抱へられゆく朝の市
舟虫のきらりきらりと子を捨つる
左千夫赤彦茂吉三人青嵐

嚢中にナイフ一本夏椿

郭公の呼べる盆地の植字工

水馬に乗つてゆきたき国があり

星歩みをり昼顔の急斜面

みんみんの今日から盆の終着駅

雷鳴をきて真青な瓜の馬

送り火のゆれやまざるを怖れけり

盆の雨階を洗ひて流れけり

雨の日は森の音して風知草

髪高く結ひて我鬼忌の観世音

甚平を雲のごとくに終戦日
遠雷に列を正して棉畠
濱人忌帚木のほかなかりけり
立秋の寺昆虫の眼満つ
桜落葉して少年に祖母があり
ひぐらしの短き交尾雲の中
郵便局鶏が鳴き秋立ちぬ
海の鳥をすべて迎へて秋祭
盆の海に陰《ほと》を濡らして母子かな
棒直進す秋風の棒置場

一人子にいくたびもくる鬼やんま
稲の上に赤星が出て秋葉講
鵙がゐて滅法暮れぬ家の中
盛砂の上をまひるの天の川
火中深く秋の彼岸の火掻棒
桃食つて雨美しと出てゆけり
風浪の一夜きりなる酉の市
海が洗ふくろがねの蟹秋の暮
本流にきて頭を高く秋の蛇
海の鳥を母が呼びをり神の留守

田を刈ってこれからが風の又三郎
すべて見ゆ秋の驟雨の魚市場
新藁の穂先まだ見え一番星
東京へ東京へ背高泡立草
枯山に尿ゆらゆらと測量士
粒餡や大和矢田坂しぐれをり
香焚きしあと裸木を見てゐたり
ここからは田の中の道七五三
眠らざる雲中の山が普羅の山
綿虫の湧くごつごつの木のほとり

笹鳴の真赤な時間綿繰機
蓮掘りしあとの狼藉見事なり
冬三日月鶏がまだ鳴いてゐる
立ち暗みして鬼灯にかこまれぬ
嬰に見せる粗樫の幹十二月
奈良の菴羅果大風の闇に棄つ
市へきて羽根強靱の百合鷗
うるはしき冬至鷗外一代記

庚申講　昭和六十二年

元日を被ひつくさんと鵜が渡る

国府跡真白な凧ひきずれる
この二日鶫のころの駅の空
鶫を追ひつ去年の顔は捨てにけり
一月の海たかぶれり負ひ紐
松過ぎのまつさをな湾肋骨
鵜の海の一端を踏み寒念仏
天窓や山の辺の道雪催
山はまだ眠れり赤子日あたれり
節分の豆まつくらな海に打つ
子がなくて立春の川海に入る

立春の海に滴り鉄鋤簾

野火を前に棒数本の遺跡かな

菜の花の輪《わ》中《ぢゅう》となりぬどこも海

眠る間も椿の国の怒濤かな

真夜中のでんでん太鼓春の雪

ワンタンやいまほんたうに牡丹雪

越後屋も徳利屋ももう春灯

春荒れの果の曲線磨崖仏

魦売欅見上げてゆきにけり

伎芸天茎立に雨しづかなり

千年樫のなかにお日様荒田打
川に沿うてどこまでもゆけ春の鴨
たっぷりと彼岸の風雨悉皆屋
ずぶぬれの橋見えてをり桜餅
クロッカス大屋根はまだ雫せり
弟が掻く鰹節花ぐもり
槇垣のなかの嬰児春の暮
如月の青の奔流ヴィヴァルディ
金精様と向き合ふ少女春の暮
鳥雲にずつしりと北一輝伝

海間近にて朧夜の昇降機
雉のくる土に寝かして鉄梯子
草木瓜にかがめば修羅は消え失せぬ
雄鶏よ雌鶏よ今日啄木忌
大湯屋を上から眺め春の暮
苗代から真つ縦に甲斐駒ヶ岳
菜の花の笛吹川の谺かな
日曜の子供が二人桑の花
遠景に八十八夜の理髪店
見えてゐて全く暮れぬ帚草

頬白の鳴かなくなりし荒筵
山からくる庚申講の夜の蟇
郭公の北へゆつくり飛行船
裏山の蟇よ「今日は」「今晩は」
石牛に六月の気のみなぎれり
甲斐駒ヶ岳ぎりぎりに田水張る
羽蟻群どの一匹も真中なり
渡すべき椿の苗木二本あり
くらがりに草蜉蝣を見せにくる
背負籠の空に今朝から朴の花

乳離れして夏草のなかにゐる
晩年や青蘆原がいつも先
雨は天から天から螢袋かな
代掻きの少年つよく瞬けり
田水張られあり棒立ちの観世音
梅雨の海に顔突き出して木偶坊
背負籠にぽつぽつと雨星祭
雨蛙古墳の森に集結す
夜は何がくる万緑の水呑み場
牛の頬鋭かりけり青葉闇

ふとみたり放射線科の水中花
土着しきつて晩涼の観世音
雷の貫禄見せず終りけり
初蜩水車の音の混りをり
くらやみに木は木と立てり盆踊
レーニン全集三十二巻油蟬
馬方の風呂敷包初蜩
理髪師と風を見てゐる土用かな
蟇も婆も喉《のんど》を見せて雨の中
紙を繰る音がしばらく終戦日

父の忌の雷雨にうたれ街にをり
七夕の街に買ひたる切子皿
門前に緋の幹二百十日かな
鶏をつれて人ゆく露の中
ある朝の雲の中から髪切虫
夕潮にいつ突つ込むか鬼やんま
曼珠沙華をいつぱい咲かせ男立つ
鰯雲伊勢佐木町はまだありや
蟷螂の遊びにゆきて三日経つ
颪雲の中からなかから百日紅

戒壇をまつさをにして秋の雷

積み上げし石が祭壇渡り鳥

火造りの火のとぶ土間に新牛蒡

鬼となり九月真中を馳け去りぬ

手が見えて台風前の火造場

鬼城忌と子規忌をつなぐ驟雨かな

目の眩むまで満月に天蚕蛾

虎河豚の魚籠すさまじく滴れり

カルメンを野分の灘へ幼稚園

竹節虫の旅のをはりの眼かな

駅を出て直ちに桜紅葉の闇
岬には岬の儀式天の川
秋の雷薩摩切子をつつみけり
くらがりに鶏突つ立てり一茶の忌
せつせつとあらゆる隙間枯蓮田
鵜は空に鶏は地に神送
田刈後の月がすつとぶ秋葉講
百合鷗渡りきし火を妻に焚かす
鵜が空に満ち完璧の神無月
昨日きて今日きてどつと百合鷗

こんなところに初鴨の円居かな

稲刈りのうしろにいつも棒置場

零れて赤し残りて赤し一位の実

誰もゐぬ公会堂にやまのいも

駅前のしぐれにうたれ硝子運ぶ

くらやみの棒稲架に声かけてゆく

父と子の背中が二つ冬の灘

宇《う》平《へい》らの世にも小さな酉の市

約束やふくいくとして冬木立

冬三日月石敷きつめて男去る

大根のなかに眠らば祖母に逢はん
芭蕉忌や飯碗に日がさしわたり
軒端までびつしりと漁具恵比須講
神の留守魚河岸が底光りせり
笹鳴に眠うるませ竜灯鬼
太陽がゆき棒がゆき冬岬
カステラや桐は一葉もとめてゐぬ
釦落つ冬うららなる伊良湖岬
能登のこと聞く大年の地下街に

驟雨　昭和六十三年

一月の海まつさをに陸に着く
たんぼ径からはひとりの松納
だんだんに底潮の音初硯
見ゆるかぎり宇野重吉の冬の海
放浪の胸ゆたかなる百合鷗
母たちの朝のまなざし百合鷗
石棺へぞくぞく冬の曼珠沙華
王陵と焚火の間通りけり
抱かんとすれば茫々晩白柚
寒の鵜の無限旋回夜学生

節分の卵屋に灯が充満す
立春の水仏壇にこぼれけり
春立つと飛火野の木の中をゆく
強風の鰆の海や建国日
魚屋を出て春月にはたと逢ふ
大和三日末黒野のほかみな忘る
雉のくる頃の日輪ひとりつ子
雉を待つ仏には水絶やさずに
鍬漬けて鉄充ち満ちぬ雪解川
涅槃図になき海に出て遊ぶなり

雨がきて初午がきて樫欅
田起しのいづこにをるも大没日
はなれ鵜のつよき首筋雛祭
鵜の留守の村を通りて春の風
突堤に鳴きにきてをり孕猫
藺雛の群のひとりがつぶやきぬ
藺雛の顔あげて何見送れる
火造りの炎のぞきに春の鴟
王陵にくれば春北風張れり
どこまでもゆけて田の道雛祭

山姥の桜が咲けり星の中
何ぞやさしき初午の人垣は
鵜の去りし朧の海が戸口まで
日の玉となりて門辺の葱坊主
伊勢の野火伊賀の野火天つらなれり
ことばなき父子の時間花菜漬
春荒れの丑三つの灯が大井川
ふつふつと大がんもどき彼岸過
お彼岸がもう見えてきぬ船着場
喉焦がす雨三日目の浅蜊汁

抱卵の雉に業火のあがりけり

一列に鳳来寺山へ豆の花

前髪や春月はいま村の上

花祭鍬をかついで現れぬ

忽然と日本武尊の山桜

砥の音が宙を渡りぬ苗代田

苗代のこの泥濘が開田村

卵掌に春の驟雨にうたれをり

斑雪みねもあかねもきてあそべ

戸へだてて山伏塚の春の闇

畦塗るや山脈二つ北へ走る
鳥帰るどよめきか甲斐駒ヶ岳
筍の押しよせてくる火宅かな
枝蛙の声玄室をつらぬけり
筍の斜面にて子の号泣す
あめんぼう口笛長く忘れゐし
どつと出て観世音寺の蝸牛
百合の木の花戒律は破るべし
四五羽にて川を見てをり羽抜鶏
苗代の風が役場のなか通る

天牛の飛び込んでゆく淵のあり

永き日の遠き山脈滑り台

手にとりし椀の円周青嵐

蚕豆を雁豆と呼びおひさま

葭切や運河さびしく突き出せり

木登りがすきで夜明の蝸牛

俯きし男の額梅雨の海

日傘このかろやかにゆたかなるものよ

岩波文庫手に駅前の夏木立

棒投げし心ゆたかに梅雨の川

ゆふぐれの眼を大胆に水馬
断崖に雫のごとく青蛙
太田賢造氏を悼む
今日だけは賑かに来よ頬白も
雷遠くより妹《いも》と見る餓鬼草紙
密閉の貨車見送りぬ星祭
雨が田に雨が田に盆近づけり
いくたびも蟇の日暮の男ごゑ
繭雛の声をたどれば梅雨の星
ほのと幼子ひぐらしの東大寺
億年の怒濤に向けし門火かな

玉虫のことをしきりに雲の上

七月の田がかぐはしき国府跡

アメリカ大西部　八句

天の川御身ら我らそのほとりに

溢れつつメキシコへ去る天の川

子を抱いて驟雨の空にインディアン

インディアン母子西瓜が真赤なり

雷鳴の間も蜂鳥のふれあへる

晩年や神の驟雨をふりかぶり

ナイフ置いてありアリゾナの大西日

天冥く炎帝の鷲翅ひらく

蟬鳴かぬ日の仏壇を閉ざしけり
鬼灯が恋しこひしと摩利支天
山繭を入れて男の紙袋
雷鳴をきて香のつよき皮鞄
死ぬる日は豪華に鳴けよ油蟬
あの男必ず石榴もつてくる
追ひかけてきて冬瓜をくれにけり
火を焚いて九月の川をゆかしむる
波にのりひとり九月の水馬
陶房の隅に一本秋日傘

すし半に日はあかあかと法師蟬
先生とそれきり会はず秋の海
野分中東天紅にぶつかりぬ
風吹けば風に顔向け鬼城の忌
露まみれにてがらんどう屋敷神
秋潮の高ければ墓群れゐたり
秋の潮すべての蟹の背を越えぬ
きいえいたちの河口の村の秋祭
いつからか鵙がくるあの棒置場
真青なる亀裂棉の実置かれあり

青北風がくるぞよ杜国屋敷址

鷹渡るどよめき芭蕉ひとり立つ

つくづくと空よ野分の物干場

石榴みな悪餓鬼の相見事なり

鷹渡り終へて茫々いつもの海

真白な鳥先立てて神還る

置屋跡天窓はもう十二月

鵜がつれてくる歳晩の大没日

元禄の桜落葉の彼方かな

『灘』について

句集『灘』についての最後の打ち合わせは、過日北千束の楸邨居でおこなわれた。六十一年四月、食道切除の大手術を受けたため、体力の回復が充分でない原田喬を、師楸邨が気遣っての配慮であった。

この日浜松から上京してきた喬は、出版社との打ち合わせの前に楸邨と歓談しているが、その時楸邨は、「三十二年前、あなたのお父さんから、息子をよろしくと言われたことを覚えています。」と懐しく語ったそうである。

あなたのお父さんとは、つまり原田喬の父、原田濱人のことである。

原田濱人は明治十七年生まれの「ホトトギス」同人の俳人で、大正十年には「ホトトギス」課題句選者となり、飯田蛇笏、原石鼎等とともに大正期の「ホトトギス」の中核を形成したが、大正十三年「ホトトギス」に「純客観写生に低徊する勿れ」と題した一文を発表して、虚子に「叛旗」を翻した人物である。

濱人は「ホトトギス」への投句を中止し、昭和十四年に浜松で「みづうみ」を創刊、四十三年まで主宰して、四十七年に八十八歳で亡くなっている。

まだ、虚子と濱人の関係が良好であった大正六年、虚子は、当時奈良県立郡山中学で教鞭をとっていた濱人居を訪れて、その時居合わせた四歳の喬を句に詠んでいる。

客を喜びて柱に登る子秋の雨　虚子

これらのいきさつは、喬自身の身辺のことなどを含めて、喬が四十九年に出した随筆集『笛』の中に書かれている。

客を喜んで柱に登った子は、やがて昭和十四年頃に父濱人を師として俳句をつくり始め、三十二年には父を離れて、加藤楸邨の「寒雷」に投句を始める。

「濱人が虚子を去ったように私は濱人を去った。濱人はこのことをただ悲しんではいなかった。濱人は自分を去る私を信じ、それ故に楸邨を信じ、喜んで私を楸邨門下へ送った。

濱人の門下生たちは私を責めた。私の心境を真に知る者は楸邨、濱人の二人しかいなかったのかもしれない。濱人が鬼城を心から尊敬していたことは、楸邨が粕壁中学校勤務時代に鬼城にひかれながら俳句の道へ入ったことと思い合わせて不思議な縁の糸が一本通っているようだ。私が二十代のころ、鬼城と同じ高崎に四、五年住んだ事実を加えれば不思議は一層深まる。」

（「楸邨俳句と私たち」、「寒雷」五十三年六月号）

と喬は書いている。

喬は五十年に「椎」を創刊、主宰して今日に到る。「中央のもの真似ではない、地方独特の文化、土を踏まえた根強い文化を、俳句の形のなかで創造してゆく」（「椎」六十三年一月号付録「椎」の歩み）姿勢と目標は着々と根を降ろし成果を見せつつある。では、そういう経歴の中で、作家原田喬を形成し、「椎」の多くの連衆を導いてきた喬作品は今日如何なる姿を見せているのであろうか。

『灘』は、原田喬の三番目の句集である。

最初の句集『落葉松』は四十五年刊で昭和十四年から四十五年までの六百十一句を、第二句集『伏流』は五十六年刊で四十五年から五十五年までの六百六十二句を、それぞれ収める。

そして『灘』は五十六年から六十三年までの五百七十四句を収めている。

第二句集『伏流』について、私はかつて書く機会を持った（「予言者としての原田喬」、「寒雷」五十六年七月号）。

私はその中で、喬俳句の傾向に大きく影響を与えているふたつの流れがあり、その両者を咀嚼したところに喬俳句の独自性が生じていると書いた。

基本的には、その在り方は第一句集『落葉松』以来この『灘』まで一貫している特徴であると私は思う。

ひとつは、虚子に対する敬意。

つまり虚子に学び大正期の「ホトトギス」を代表する作家のひとりとなりながら、村上鬼城への心酔を深め虚子に反発して離反した父濱人への敬意である。

喬の中で虚子への敬意と濱人への敬意は矛盾しない。結果的に父を追いやった虚子はまた、父に俳句を教え育んで作家としての地位を与えた虚子でもある。それは巡って喬を俳句に出会わせる原因にもなったのだ。

秋 桜 子 に あ ら ず 虚 子 な り 葱 坊 主
陽 炎 を 千 里 歩 ま ば 虚 子 に 会 は む
濱 人 忌 帚 木 の ほ か な か り け り
馬 追 よ 父 よ 日 本 真 青 な り

など、喬の中のそういう意識を具体的に見せた作品もあるが、作品世界が見せるおおらかさや言い回し、それ自体に虚子からの影響を感じさせるものも多い。

竹伐りを終へし横顔竹の中
天牛を夕日に放ち寺男
蓮掘りしあとの狼藉見事なり
紅梅と畚の間通りけり
大湯屋を上から眺め春の暮
ふつふつと大がんもどき彼岸過
立春の水仏壇にこぼれけり

などの句は声に出して読み下すと、一層その特徴が顕著である。

喬作品に影響を与えているもうひとつの大きな流れは、当然ながら、「加藤楸邨」である。

楸邨俳句の理念は、第一句集『寒雷』以来、「人間的存在の真実を自然の中に滲透する態度」をもってするということで一貫しているが、その表現の傾向は句集ごとに様々にかたちを変えている。楸邨の弟子達は、皆それぞれ、それら「様々の楸邨」の中から何かを自分のものとして受け継いでいるわけである。

原田喬は、というより『灘』は、かつて「人間探求派」と呼称されたころの楸邨俳句から表現の上での影響を受けているわけではない。第一句集『落葉松』の中には、そこからの影響がうかがえたが、『灘』の中には、内側の混沌を生硬な言葉を用いないで平明に表わすが、しかしやはり問いかけてくる内容を表現の上に持つという近年の楸邨作品からの影響がみえる。

それは影響というよりむしろ、楸邨俳句の変貌が喬自身の体質に接近してきたというべきかもしれない。

街空をぎくぎくとわが油蟬

国府跡真白な爪ひきずれる

盛砂の上をまひるの天の川

松過ぎのまつさをな湾肋骨

空壕にぶつかつてゆく油蟬

くらやみに木は木と立てり盆踊

手が見えて台風前の火造場

ほのと幼子ひぐらしの東大寺

晩年や神の驟雨をふりかぶり
鵜はかならずわが前にをり冬の灘

などの傾向は平明でおおらかな描写の中に、それぞれ人間の「混沌」を感じさせる。まさしく楸邨に学ぶ原田喬の存在証明である。

さらに私は、述べてきたふたつの流れが、『灘』の中で、

荷車を垂直に立て神の留守
鶏をつれて人ゆく露の中

のような世界を生み出していることに感嘆せざるを得ない。

こういう作品をみると、私はすぐに「イマジズム」の詩人W・C・ウイリアムズの「赤い手押車」という短い詩を思い出す。

赤い手押車

あまりにも沢山
のっかっている

一台の赤い手押
車に
雨水で
キラリと
そばに白い
ヒヨコたち

Red Wheelbarrow　　　　（鍵谷幸信訳）

「イマジズム」は、今世紀初頭に英米で興った詩の運動で、俳句の特性に着目して詩法に取り入れたエズラ・パウンド等によって導かれた。T・S・エリオット、ヘミングウェイ等にも影響を与えたこの運動の目標は、詩が明確で精密なイメージを持つことであった。

そのために必要とされる原則として、瞬間的なイメージの把握、余剰を切りつめて具体的な「事物」を明確な言葉で表現することなどが提唱された。

ウイリアムズのこの詩は、硬質、明解、精密、精確という「イマジズム」の目指した世界を、もっとも特徴的に表わしている作品のひとつとして知られているが、俳句に触発されて始まった海の向うの詩の運動が、逆に、本家本元の俳句が見失いがちな俳句の特性を指摘している点に何とも皮肉な感じを受ける。

これらの二句が代表するような喬作品の特性は、まさに硬質、明解、精密、精確な世界である。他にも、

フォッサ・マグナの南端を秋の蛇
干棹の先端が見え冬の寺
ごそごそと袋の煮干天の川
鉄道が見えて九月の二階かな
立秋の寺昆虫の眼満つ
一月の海まつさをに陸に着く

など多くの中のほんの一例としてあげることができる。

そして、「イマジズム」が、十九世紀の感傷的で上品な詩を書くロマン派へのアンチ・テーゼという意義を持っていたことを考え併せると、『灘』の今日的意味もまた、より明らかに思われてくるのである。

昭和六十三年十二月

今井　聖

あとがき

『落葉松』『伏流』につぐ第三句集で、昭和五十六年一月から六十三年十二月までの五百七十四句を集録した。六十一年四月には食道切除の手術をうけそれ以後困難な日々を送ってきたので感慨は深い。

若い友人今井聖、九鬼あきゑの両名に、選句から出版までの一切を任せた。また聖はその上跋を書いて花を添えてくれた。天野久子は原稿書きなどの雑務を心よく引き受けてくれた。心から感謝する。

富士見書房編集部の御厚情を得てこの本ができ上ることを喜びたい。

昭和六十三年十二月

原田　喬

第四句集

長流

一九九九（平成十一）年三月五日　発行
発行所　株式会社富士見書房
造　本　四六判上製カバー装一九八頁
印　刷　三協美術印刷
製　本　黒田製本所
装　幀　熊谷博人
総句数　三五〇句
定　価　二八〇〇円

目次

河口　昭和六十三年〜平成五年　225
本流　平成六年〜平成八年　237
天山　平成九年〜平成十年　250
あとがき　262

河口　昭和六十三年〜平成五年

昭和六十三年

山枯れの始まつてゐる湯呑かな

加藤楸邨邸にて

先生と庭の榠樝を数へけり

そこはいつも父との時間冬の川

平成元年

元日の雨元日の田にそそぐ

赤か白かそらみつ大和の寒牡丹

寒の雷花屋の中をまだ去らず

人垣にゐるがうれしき午祭

代掻きののこしてゆきし独り言
六月や真言宗が真赤なり
無限憧憬泰山木は父の花
蟻嬉々と鋼の上を走りけり
新生姜水に浸して姉の盆
米はいつも暗く冷たく天の川
億年のなかにわれあり曼珠沙華
露滂沱すべて直立するものに
一番星鵜はいつか来てゐたり

平成二年

身をはなれふぐりの遊ぶ初湯かな
伐《ば》折《さ》羅《ら》ばさらと一月の鷗ども
着ぶくれて怖ろしきものなくなりぬ
真裸の百日紅が東大寺
薄氷をつつきて吉良の仁吉とゐる
群衆の前にて椿落ちにけり
法華経の空に出て鳥交るなり
啄木も賢治も行きし杉菜かな
水張りし田がせつせつと永平寺
天へかへる尺蠖の子をはげましぬ

煮干嚙みしめて七夕迎へけり
風蘭を置いて没日とともに去る
長老の立ちあがりたる海の盆
祖父の代からかんかん照りの帚草
きりこきりこと初秋の乳母車
田の中に鬼城忌の木が立つてをり
理髪師と囮の話はづみけり
葉生姜を置けば灯火をはみ出せり
赤石山脈最南端に小豆干す
玉虫を見てきし眼鏡しづかに置く

世界地図冬日に開く河口かな

分銅と冬日の縁に再会す

藁塚の勢揃ひしてどこへゆく

台秤滴れり年歩みをり

足音は芭蕉と杜国冬の虹

平成二年

お降りの束の間階を流れけり

鵜の海の一月の風豪華なり

倭健《やまとたける》の火は見えざるや初山河

冬怒濤陸に達してなくなりぬ

一頭の馬松過ぎの山の中
光太夫らの声の断片冬の海
冬木立鳥も噂もきらきらす
幼子も雨を見てをり寒桜
紅梅の夜空がそこに多喜二の忌
人も仏も同じ方見て春の暮
裏街や天狼ももう春の星
一本の縄たれてゐる羽抜鶏
冷房に投げ出されある大辞典
生水のうまかりし夜の青葉木菟

飯にせん風蘭の花も暮れたれば

行人のなかにわが母終戦日

鰯雲レーニンの国なくなりぬ

秋晴やなかを綺麗に稲荷堂

乗鞍の鞍が見えるぞ渡り鳥

綿虫がとぶ御岳とわが間

くくりたる藁の切つ先赤蕪

霧の奥からわつしよわつしよと鉈仏

冬蜂の死ぬ気全くなかりけり

お年忌のくる軒先に唐辛子

日の暮の畳に柿と赤ん坊

悪餓鬼の声のうれしき冬霞

大根にかこまれながら墓拝む

平成四年

鶫の群のとぶこの灘が恵方かな

縁側に日のまはりきし春着かな

節分がくる雌鶏の声聞けば

菜の花や七十九年とはこれか

牡蠣を焼く火の輪の中の吾妹子よ

ふるさとの野火あつけなく終りけり

一つはなれて黄金の春の星
うららかや海牛の口どこにある
虚子三鬼花ひらき花ちりにけり
雀の子こけるこけると走りけり
田が植わり墓が一日立つてゐる
うるはしき雷様の通るなり
迎火の火のいくたびも勢ひけり
秋立つと河童の墓を尋ねけり
こんなにも蟬があつまり濱人忌
蜻蛉と越後の人を見送りぬ

親鸞がゆくアブラゼミ油蟬
人形はみな立てり露来つつあり
音楽は終りぬ稲を見にゆかん
今頃は美規も大根蒔きをらん
わが眠る地続きに藁塚密集す
孫芽ぐみアメリカより来る
焼藷が大事ハーバード大学生
駅前広場冬蝶のはらはらと
懸命に海鼠の口を探しけり
カステラや大寒気団通過中
岬に来て芭蕉と同じ冬日の下

平成五年

夢の世の一隅を占め飾り舟

猫の恋風呂まつくろに沸きにけり

鵜はどれも瞼をもてり春怒濤

鶏駆けて春の祭の不破の関

ボールペンと一杯の水三鬼の忌

八十八夜すべての波が陸めざす

街中を紺の矢車草一束

尋常に餌を啄めり羽抜鶏

羽抜鶏中仙道へ出没す

楸邨死す七月三日

猫の子をのこし楸邨逝き給ふ

五六本竹ころがれり夏座敷

楸邨を探しに出れば天の川

石榴握りしめ終戦日弟よ

送り火のぽつんぽつんと海へつづく

禅寺をつかみに来たり鬼やんま

蟬落ちてひびきわたりぬ法隆寺

蕊をゆたかにしんがりの曼珠沙華

藁塚に乗らば見ゆるか衣川

声とんでゐて昨日から河豚の海

芋茎を下げて古墳に登りけり

陵と冬菜の間通りけり

干藷をポケットに入れ数学者

本流　平成六年〜平成八年

平成六年

姫島に発つ元日の舟にをり

冬菫フォッサ・マグナはここから海

門松やまだ誰も来ず誰も出ず

初釜の百姓のただにこにこと

ごぼりごぼりと今もこの川多喜二の忌

やはらかなあれは木の音雛祭

黒砂糖舐め早春の伊賀にあり

小女子《こうなご》の袋よく鳴る天気かな

花菜漬鞄に夜の京都駅

竹人形並んで水田見てゐたり

千年に一度の亀の鳴くを待つ

雲水のつぎつぎ消えし桜かな

一乗谷蝌蚪のつぶやき充満す

天日を冠として雉歩く

眼中のはなびらとなりとはにとぶ

うらやましきまでにぼろぼろ葱坊主
田水張れ姨捨山のふもとまで
仏壇をゆすりに来たり青嵐
優曇華や乱待つ心失はじ
泰山木の花の中より楸邨忌
濱人の八十八年田水沸く
あかあかと駅よ線路よ終戦日
鶏頭や子規の行きたる方は知らず
瓢簞のかんらかんらと一軒家
冬瓜の誰のものでもなくなりぬ

里芋のこんなにうまき翁の忌
腰籠に朝日十一月三日
ゆく秋の丹波黒豆食べてくれと
ころがつて冬瓜と我存在す
鴨の群大音響となりて去る
つつかれし海鼠がつひに口開く
鶺も人も喉に声溜め年の暮
「坊つちやん」の清《きよ》のことなど大晦日
冬の雷桜並木の上通る
十キロ先のあの闇が河豚の海

密封されて憤然と自然薯《やまのいも》

平成七年

菜の花や一茶の道はそこからか

寒明けの海に海牛の声探す

海苔粗朶の一本に旗強く結ふ

はこべらよ雀よ戦後五十年

片倉長衛さんの死

ふと死んでとはに死んだる春の星

まんさくの黄のもじやもじやの世界かな

菜の花の五島生れの瞳かな

虚子忌来ぬ棒の如くに虚子がゐて

しみじみと田に尿して孕み猫
神の怒りの春の嵐に吾妹抱く
北はるかなれば猩猩袴かな
逃水のなかへ昨日を捨てにゆく
ゆさゆさと菖蒲持ち込む応接間
白日傘一向宗の村に消ゆ
落日の一断片かほととぎす
てのひらを蹴つて運河へてんたう虫
湾口に棒を拾ひて夏終る
気の狂ふまで翡翠を追うてみよ

はへとりぐもをりてこの世の暗からず

横顔を見せにくるなり油蟬

暁闇の喜雨が肋を打つてくれぬ

二階から盆の太平洋が見ゆ

蟬はみなからりと死んでしまひけり

音がまづ聞こえて秋の黒部川

早川にて秋の驟雨に追ひつかる

初秋の潮目くつきり能登へつづく

新米や大きな夜が家中に

鮍売北陸本線見送れる

永遠にぼたん山めざす秋日傘
平城京址にはなきか烏瓜
十月の隙間だらけの帚草
田がしまひこれから風の大犬座
木が二本誰も時雨と思ひをり
木枯や幻の世のフラメンコ
干柿ややもうオリオンも天狼も

平成八年

元日の太平洋の面かな
輪飾の藁がまつすぐ土を指す

松過ぎの小さき畑を打つてゐる
七種やいまも満蒙開拓団
山河茫々鮟鱇よ楸邨よ
豊葦原の葦枯れの音聞いてゆけ
花つけて雨水の雨の鉢のもの
菜の花の沖に出てみよ雀らも
大風の葱畑よ祖父岩太郎
つんぼ爺の摘んでをりしは仏の座
お彼岸の峠部落の荒筵
卒業や普羅の山みなはるかなり

春一番牧車の背中いまも見ゆ
頑丈な斗枡が隅に朧かな
雀の子駅の雀となりにけり
つばくらやうしろにいつも八ヶ岳
飯盛りあげて山の部落の春祭
残雪に鼻押しつけて牧の馬
本流を渡りてきしか天道虫
雉のくる裏畑なり歩いてみる
菖蒲湯の菖蒲漂流してやまず
ゆく春を遠目送りに蚕神

朴咲くと眼うるませ摩利支天
姨どもは捨てよすてよと蛙鳴く
父の日の旗ひらひらと饅頭屋
理髪師がつばくらの子に熱中す
親ばなれせし船虫の目玉かな
渡船場の跡漣と白日傘
蟇が鳴けば山が動くと村の衆
幼くて滴りやまず菱の実は
大毛蓼一本塔と相対す
二《ふた》本《もと》の芒のほかはみな捨てぬ

爺とえんまこほろぎのみの日本晴
周恩来伝満月の渡りをり
密集を解かず帰燕の夜に入りぬ
獺祭忌界隈の葛狂奔す
蓮の実のとべる真闇よはらからよ
嬰児も見よ田じまひの大きな火
藁塚のへたへたと腰抜けにけり
あれが後立山連峰吊し柿
山に四度雪きて四度の蕪汁
田刈後の大きな闇の端にゐる

田を刈ってから墓は墓空は空
乾ききって仏の国の蕎麦畑
立冬の夜の海夜のほか見えず
物置がいつものやうに文化の日
岸壁を潮押しつづけ酉の市
校庭や日の暮はもう神無月
赤脚を見せてくれぬか百合鷗
数へ日や薪の火で炊く味噌汁も
野の涯のあの裸木が建《たける》かな
あの雀この雀年歩むなり

天山　平成九年〜平成十年

平成九年

お降りが遠州灘と我に降る

はこべらは公民館の二月の花

砂畑に一本の縄春の雪

田起しのあとまだなにも始まらず

竹籠をひとつ大事に建国日

雛の日や「胡笳の歌」など喉元に

みつさんのまだ呼んでゐる雪解かな

鳥雲に東北本線海に着く

霾るや田中正造どこにゐる
汝と我の永き戦後や桜鯛
大仏も出歩きたきか花吹雪
花吹雪牧車はいまも立つてゐる
花過ぎの渦を見てゆけ大井川
口紅や春も半ばの一番星
かたばみに屈めば今も満州よ
火祭の里の月日や初蛙
まひまひの水輪から暮れ山の国
螢袋の袋のどれに天寿国

茄子苗に藁敷いてお日様とゐる
修羅の世の土をしづかに耕せる
父の日や泰山木は夜明の木
丑寅の稲荷の前が梅干場
約束の海はこの海楸邨忌
迎火に蹠たのしき草履かな
楸邨も蟹も夕日につぶやける
油蟬全重量を見せてとぶ
官幣大社の闇をつかみて兜虫
大時計壁に驟雨の魚市場

玉虫を追ふ太陽の真中まで
嘉門次よ喜作よいつか秋の雲
燕帰るころの約束ひとつあり
肖像の父と二人の終戦日
桜紅葉地球の鼓動つづくなり
すさまじき亀裂棉の実渡されぬ
生き抜きてきしあの黒よ秋烏
普羅の忌を忘れてをれば秋の雷
仏壇から真逆さまにかまどうま
手を置けば新米ひたと手を圧す

皆死んで天気つづきや小豆干す
子規の忌の大皿に盛る八頭
天山のこと聞かせてよ渡り鳥
金の芒吉祥天に今日逢へる
握つてみよこれが千年の栃の実ぞ
木には木の人には人の秋の暮
きちきちとつれ立つてゆけ善光寺
「刃物研ぎます」桜紅葉の季節です
法隆寺おんぶばつたも来てゐたり
先生のうしろをいまも冬怒濤

切干の頃の台地の空気かな
馬は魔羅すこやかなりき神無月
お歳暮の海鼠眺めてばかりゐる
うつくしき鉄の暗闇冬の駅
冬菫天上に墓かたまれり
お婆様の張り切る日なり恵比須講
抱へたき丹波大壺年の暮
小さき顔朝日に向けて飾売
平成十年
元日の田を見てきたる微笑かな

紅梅のことを一言飯場衆

如月の教会堂の扉かな

二・二六海は大きく一つなり

雪形の常念坊に会ひにゆく

日の丸を雉のくる田に向けて出す

齋藤美規に「積雪に日の丸を濃くさし出せる」とあり。和して

初午の夜は鼬の話など

水湊のなまあたたかき茂吉の忌

春一番姨捨山を置き去りに

ふるさとの荒田が雉の初舞台

大川の見えるところに春の鴫

天窓を宇陀に見上げて春の暮
土民の面野火はるかにて狂奔す
玄室のなかへなかへと落花いそぐ
蝌蚪生る真言宗の渦の中
奔流を一本の棒啄木忌
花終へし平らかな日の続くなり
鍬漬けて鍬はくろがね雪解川
雲水がゆく暁の代田かな
海は一日うごいてゐたり子供の日
雑沓の中へ茄子苗消えゆけり

蟻地獄妹《いも》とつつきて旅にあり
蠑螈交むこの夕焼が関ヶ原
生涯の大事の梅を干してゐる
駅を去る羽公先生夏帽子
はるかなる古事記葭切鳴いてゐる
船虫の都がしんと波の下
三伏の鶏鳴乱れなかりけり
森青蛙瑞穂の国を泳ぐなり
造船所の戸にへばりつき青蛙
はばたきを駅に残して黒揚羽

鬼やんまと行きたき所一つあり

板の間に少女が一人夏休

みんみんの一声市振小学校

ぼろぼろの肺がまだあり李《すもも》嚙む

操車場いまも混み合ひ我鬼忌かな

蟻が蟻とつれ立ちてゆく終戦日

大糸線跨ぎ大根蒔きにゆく

コシヒカリの国よ少女も馬追も

初めからたつた一つの石榴かな

ひとり立つニニギノミコト曼珠沙華

烏骨鶏一家の散歩秋時雨
棉の実をつかみて何をつかみしや
声断ちて鷹渡る日の来りけり
五十年後の帰郷蒟蒻玉の中
海月には自由な海よ七五三
目白ども一間ばかり海へとぶ
綿虫の二つとなりてすぐ消えぬ
自然薯の勝手にせよと横たはる
コスモスの種さらさらと火宅かな
虚子一人と言ひしかの虚子天の川

大いなる冬日と会へり狼煙山
朴落葉朴より高きところより
三十三才神の大地のここにありき
流氷やわが音楽はその中より

あとがき

第四句集を出します。多分私の最後のものです。九鬼あきゑ、天野久子の二人が原稿作りからすべてやってくれました。折井紀衣も手伝ってくれました。「椎」のみんなが支えてくれました。

畏友齊藤美規、今井聖の二人が常にはげましてくれました。

富士見書房の皆さんが、出版のすべてをやって下さいました。

こんなことでこの句集『長流』ができました。

ありがとうございました。

平成十年十二月十日

原田　喬

『長流』拾遺

一九九九年〜二〇〇三年「椎」掲載

藁塚のひとつひとつの淑気かな
寒の鵜の全力飛翔まだ見ゆる
この壺が汝の宇宙か春の雪
大風の中へなかへと虚子忌かな
万緑の山の赤子の拳二つ
蝸牛の闇がわが闇目をつむる
百合落ちて音なき世界ひろがりぬ
棄民伝一巻を手に土用入
この空が濱人の空帚草
三伏の軍鶏の眼の鬱と厳
駅晩夏なりおごそかに印度人
椅子の上にビロードの帽夕蜩
河豚漁へ出る一瞬の微笑かな

大根を抱へかんばせ充実す
王の岬の冬鵜火となりぬ
音楽堂へ裸木の並木道
棒置場初日のほかは何も来ず
よくあがる二日の凧よ兄妹
楸邨にひらかんとして寒牡丹
踊子草三日またたく過ぎにけり
猩猩袴ゆつたりと袴ひろげけり
風土記伝芥菜動乱してやまず
朧夜の木の瘤夜叉になりきれず
かたばみの見えるところに母の椅子
啞啞と鳥嗚呼と人間麦の秋
真黒なTシャツと海を愛すなり
あめつちの鼓動泰山木の花

青葉木菟賢治の星はまだ見えず
晩年の晴よ曇よ蝸牛
代掻きの音聞きに来よ観世音
なんといふやさしさ植田漣す
天牛の空渡りくるこだまかな
晩涼の鹿にふぐりのありしこと
遠雷に脚踏んばつて水馬
ひたひたと山から海から盆がくる
秋潮の高きところへ目を戻す
鵙が鳴かねば鬼城忌の来るはずはなし
百年に革命二つ蚯蚓鳴く
戦場のごとく帰燕の集結す
鶏頭のうしろ必ず子規がゐる
蟋蟀は昴れり火はしづかなり

抱いてみよ北の盆地の大南瓜
秋茄子をのこらず濡らし通り雨
にんげんの声はとどかず曼珠沙華
なにもかも見えてくるなり下り簗
夕顔の実がほし円なるものがほし
袋から童子のごとく赤蕪
初釜や黒潮は沖進みをらん
久女遺墨ひらくや闇を土用浪
何よりも煮豆のうまき梅雨来たり
聳えつつ流されてゆく水馬
夏草をつかみ阿修羅になつてゐる
大学のすべての窓や蟬時雨
雷の置きてゆきたる土偶かな
白桃の滴れば我も滴りぬ

送り火の上を過ぎたる羽音あり
朝顔に言ひのこしたることのあり
百合鷗よりかるがると春着の子
破魔弓に今日の田風の起りけり
棒置場の棒ひしめける淑気かな
その中に童女が一人初茶会
七種の庖丁鳴らせ我妹子よ
寒の雨欅は欅空にあり
紬着て溢れやまずも冬の湾
冬潮やまざまざと鵜の狂乱す
いつもくる学者の顔の鯛焼売
水仙は大寒の花母の花
田よ川よ越はいづこも春祭
白雲木春の大風孕みをり

紅梅や昏昏と鶏眠りをり
春蘭の時間空間雲の中
魚屋の灯の中にゐて春の雨
天真青なれば春鴨絶叫す
春蘭が終り大事が終りたり
初蛙常念坊を呼んでゐる
かたばみへ帰りしよりの五十年
ふつふつと代田碌山生誕地
どしやぶりの藪を見てをり羽抜鶏
山蟻みな巨大な眼かかげたる
独り者らし特大の水馬
雌鶏のみな立つてゐる驟雨かな
地の神を滅多打ちして喜雨過ぎぬ
百日目の百日紅の狂奔す

芭蕉を追へばみんみんの幾山河
盆のもの手に満潮の俄なり
雑踏にあり冬瓜をはなさずに
フォッサマグナ辿ればどこも草の花
馬追にとびつかれたる越の国
大灘のふところに住み門火焚く
目を嚇と台風圏の土偶かな
とよもして海高ければ渡り鳥
水呑んで子が出てゆけり秋の暮
川渡らんとして金色の秋の蛇
秋祭でんでん虫はどこにゐる
鷹渡る一羽もかくれなかりけり
新藁の没日のなかの嗚咽かな
石榴宙にあり赤ん坊腕にあり

鵙のこと十日その他のこと一日
どれが王ならん風浪の万の鴨
隼の海峡夕日ぐらぐらす
ときにしんとして牡蠣剝きの車座よ
元旦の潮が湾を押しすすむ
初釜の釜真つ黒に滾りをり
モンローがふと頭をよぎり初句会
鵜の群のしきりに渡る初漁前
船溜に船ひしめける淑気かな
いかのぼり運河はなほも北を指す
一月望紺なびかせて女学生
寒牡丹いつの世よりの怒濤なる
まざまざと寒の海月の湾を出づ
二つ三つ豆を打たれて屋敷神

火搔棒宙にかざして建国日
紅梅のうしろ一日山の声
韃靼の春嵐より五十年
雲水の足うつくしき鳥曇
乳母車より初蝶の現れぬ
お彼岸の水がうましと山の衆
氷河期が恋しと亀の鳴くならん
蛇穴を出ればがうがう穂高川
田水張つてあちこちに立つ村の音
菖蒲掘る男の首の真赤なり
かたばみは地上一寸満開なり
地球儀が二階に見えて初蛙
明日がくるすかんぽと田のあるかぎり
代搔きの帽子大きくひるがへり

女の子水母を切に裏返し
茫々とその奥知れず風知草
陸洗ひをり六月の夜の海
七曜の一日山に青葉木菟
まだ聞けずでんでん虫の独り言
青梅雨のあのかたまりは月桂樹
火の如き泣声黄蜀葵かな
天駈けてきしか凜々茄子の馬
憤る茂吉がいまも蟬時雨
向日葵を追ひつづけきし眼かな
雀らの背中濡らして盆の雨
茄子の馬小さきは母のものならん
万象のなかにわが杖初蜩
大木を見てはらからと秋彼岸

鶏のつれ立ちてゆく九月かな
鷹渡る日がもうそこに浦祭
帚草火となりぬ村風となりぬ
楸邨の只の榠樝の鬱勃と
しんがりはつひに変らず鴨の群
雀らもきて賑やかに大根干
巨人我に来つつあり冬夕焼
日だまりがあり分銅と唐辛子
わが蟹も目玉をあげて冬没日
ロシア革命記念日蟷螂の身籠れり
いくたびも綿虫といくたびも火と
大風の日の学校へ百合鷗
冬芽天にあり黒潮は沖にあり
波郷忌の過ぎていよいよ竜の玉

椋鳥の喚声十二月八日
大正もとつくの昔葱畑
ブーツの頃そして今川焼の頃
ありたけの雀出て来よ初山河
よく潜る鵜が二羽をりて三日かな
胸中に海うねりをり筆始
若潮汲むつぶやきひとつ海に落つ
初日待つ焚火勢ひに勢ひけり
魚河岸に雀の鳴くも淑気かな
わが千夜一夜の夢の寒鶺
寒晴の岬の村の惣菜屋
女らと鱏をかこみて春隣
初午がくる竹の束棒の束
春蘭をいづこに置くも没日濃し

一隅に押切があり霾れり
風と日をひとり占めして牡丹の芽
菜の花やわが名呼びしは阿修羅ならん
花万朶革命の代は遠くなり
川のあるところまでゆく虚子忌かな
芥子ひらく動乱の世の真昼かな
御岳のまた見えてきし粽かな
素朴にて単純がよし葱坊主
どくだみの季おごそかに終りけり
舟虫の勢揃ひしてどこへゆく
舞踏会のごとくに今日の水馬
一枚の葉に空蟬の一家族
凡そ天下一の自在やねこじやらし
川があれば川よ川よと秋の蛇

破れかぶれの百日紅の風雨かな
蜩の終りし山河馬とゐる
秋蟬の街に買ひたる更紗かな
大雨のあと初鵙が東から
どの草も木もよく見えて秋彼岸
天上にお日様ひとり曼珠沙華
鉄道と海の間の秋の雨
葉生姜の束爛々と応接間
曼珠沙華消ゆれば遠野物語
悪餓鬼の背中が一つかねたたき
コスモスは戦後の父と母の花
つつきたき田じまひの火に突きあたる
椋鳥に限りなき空と飛翔力
岬に立つ海鼠の声が聞きたくて

神発ちし後ろ追ひかけ烏骨鶏
鶏が門に出てをり神迎
一茶忌は鯖の味噌煮と漬物ぞ
傷だらけの飯盒十二月八日
蒟蒻玉本気に掘つてきてくれぬ
鼬とぶたのしき路地が町内に
雀らと年送る日の来たりけり
一本は北限の榧冬木立
鶫らと二日の空の暮るるまで
一本は祖父岩太郎冬木立
越後人来て白鳥のことつひに言はず
別れゆくもの・人・吾も春隣
蕗の薹この一瞬の全世界
雛祭といふやさしき祭ああ日本
三月の音とはこれか夜の雪

解　題

九鬼あきゑ

▒第一句集『落葉松』

昭和四十五年十月浜松共同印刷㈱より刊行。昭和十四年（二十六歳）から四十五年（五十七歳）までの三十年間六百十一句を収める。翌年、定年を待たずして県立高校教員を退職する。父の存命中に随筆集を纏めるためである。

赤城山総落葉して冬来たり　（昭和十四年）

句集冒頭の一句。この年、父原田濱人が浜松で俳誌「みづうみ」を創刊した。この句はその創刊号に掲載されたものである。初心にして既に骨格のある句作りである。

生くるは飢うることとあかあかとペチカ燃ゆ　（昭和二十一〜二十三年）

凍死体運ぶ力もなくなりぬ　（　〃　）

雀鳥われらみな生き解氷期　（昭和二十一〜二十三年）

昭和二十年八月終戦。ソ連軍の捕虜となる。同二十一年シベリア鉄道沿線クラスノヤルスク第三収容所に入る。抑留生活の三年間は筆舌に尽くしがたい苦労があり、自身も生死の間を彷徨った。「凍死体」の句はその極限を、「解氷期」では春の到来を迎え、生命ある喜びを詠む。

魚雫汗雫男らどつと汽車へ　（昭和三十二年）
西日中人ら行く何か持ちながら　（〃）
下駄脱ぎすて夏草の子となりゆけり　（三十三年）

原田喬の戦後は昭和二十四年、故郷浜松で教師になったことに始まる。短歌誌・詩誌を創刊したが、昭和三十二年、俳句以外に道はないと悟り、本格的に作句を再開する。当時、活躍していた作家の中から、自らの句集に『野哭』と名付けた加藤楸邨に最も惹かれ、楸邨を師と選ぶ。喬の野哭の時代もまだ続いていた。濱人も了解し息子を楸邨の許へ送り出した。

右の三句は、「寒雷」へ投句を始めた頃の作品で、生活感、生命感が迸っている。この時代を一生懸命生きた作者の姿勢がよく見える。昭和三十年代の「寒雷」の句の傾向である「社会性俳句」の影響もあろう。特に三句目は、次男龍次郎を詠んだものだが、喬をして俳句開眼の一句と言わしめた。新しい俳句の世界へ自分が入っていったことを確認し得た句と言えよう。

遠き回想藁塚一つ肩やさし　（昭和三十八年）

デモ終へし息深くして冬木の前　（　〃　）

「安保」の時代で、喬は組合運動、平和運動の真っ只中にいた。これらの句はある時代の喬俳句の一側面と言えよう。精悍な風貌と眼光の鋭さは際立っていた。「寒雷」で巻頭をとった作品である。

翌年、喬は「寒雷」の同人になった。これを機会に父との約束を果たすため、父の俳誌への投句を再開した。

十年ぶりに父の主宰誌へ投句再開す

父へ帰るや綿虫流れつぐ日なり　（昭和三十九年）

父「みづうみ」主宰者の地位を去る

一代終る天にひびきて法師蟬　（　四十三年）

昭和四十三年、濱人は視力減退のため主宰誌「みづうみ」の経営と主宰を退く決意をする。濱人・喬・葉蘭の三者会談がもたれた。二、三年中継ぎとして大橋葉蘭が主宰を代行し、ゆくゆくは喬が引き継ぐことで了解されていたと聞く。しかし、濱人の長子とは言え、父の句風に満足せず楸邨の許へ武者修行に出た喬をすんなり受け入れる土壌が当時の「みづうみ」にはなかったようだ。そのような空気の中では、喬自身が主宰を引き受けることはまず考えられないことであった。もともと、名誉とか権威とかにはほど遠い人間である。彼が「みづうみ」を去ることにしたのは、当然の帰結と言えるのである。しかし、「一代終る」の句には、さすがに父の代が終る一抹の寂しさと感慨が込められていて胸を打つ。

囀りのこぼれてはつと黄の世界　（昭和四十三年）
年毎に雑煮うまくて死ねられず　（　　四十四年）
春疾風矮鶏懸命に道走る　（　　〃　）

この頃から作風に変化が見られるようになった。明るく新鮮で瑞々しい作品、何ともおかしみと哀感の漂う作品、真面目なるが故のおかしさのある作品が登場する。以上、作品を追いながら作者の三十余年の激動の歳月を見てきた。全体を通して、この時代の作品は短歌的とも言える主情に訴える句が多いようだ。当時の楸邨俳句の影響も色濃い。しかし、後年の句を連想するような作品を内包しているのもこれまた事実と言えよう。

▩第二句集『伏流』

昭和五十六年四月中央印刷㈱より刊行。昭和四十五年（五十七歳）から五十五年（六十七歳）までの十年間の作品六百六十二句を収める。

盆三日眼くらくらくら過ぎにけり　（昭和四十八年）

昭和四十七年八月、濱人が亡くなった。翌年は喬が始めて迎えたお盆である。「眼くらくら過ぎにけり」には、形式的なことが苦手な作者が父のために精一杯勤める様子が見えるようだ。

昭和四十八年、超結社の会「九月会」が発足した。全国誌等で同人として活躍する俳人が喬のところに集まってきた。厳しくも充実した句会が始まった。

十月の頭小さく水馬　（昭和四十八年）

この句は、楸邨を咀嚼してやっと自分の世界を打ち出してきたことを感じさせる作品。単純にして素朴であること、想念や感情の露出を避け、ものを直視することを実践した初期の代表句であろう。

「椎」創刊

発心や朝日たばしる蘆の角　（昭和五十年）

昭和五十年九月、喬主宰の「椎」が遂に創刊された。「創刊のことば」の一部を掲げておく。

「私はやはり、かつての父の志を受け継ぎ、私が学んで得たものを、私と共に歩いてくれる人達と分かち合い、同時にその人達に学びながらともに励むことが自分の勤めではないかと考えるようになりました。私はこのことを通じて、遠州の既成の俳壇や俳誌が、人々の心から引きだし得なかったものを引きだし得るのではないかと考え始めました。（中略）私たちは地方人としての素朴な自然観、人間観を基にしながらすすみます。」

臨場感ある文章である。喬の俳句に対する姿勢、覚悟のほどが示されている。楸邨からは「俗流に汚されぬ未来が楽しみです。」と赤い和紙に書かれた激励の書簡が送られて来た。喬の人となりを深く理解されてのこの文は、彼のところへ集まってきた人たちに勇気と力を与えずにはおかなかった。

藪を出るかごめかごめの春の月　（昭和五十年）

冬瓜をまはしてなにもなかりけり　（五十一年）
まつくらな海渡りきて酉の市　（〃）

堰を切ったように喬は俳句を作り出した。地方人としての自分を信じ、地方の文化を育み創造するという「椎」の創刊の理念を実践するために。

鬼やんま虚子がのこしし眼はも　（昭和五十二年）

俳句に打ち込めば打ち込むほど、喬の前に虚子が大きく立ちはだかる。「柱に登る子は幾つになられましたか。」と、濱人に手紙をくれたあの高濱虚子である。〈客を喜びて柱に登る子秋の雨　虚子〉は、大正六年秋、大和郡山の濱人宅を訪れた時に、四歳の喬を詠んだ句である。後年、「私は、あの柱に登ったという一事にくらべれば、その後の五十有余年間の私のすべての行動は、累積してみたところで、まるで問題にならないぐらい些少なことだと思えてならない。」と語っている。かくして虚子の俳句を真剣に学び直す喬であった。

のうぜんは円空さまの火柱ぞ　（昭和五十三年）
父の鬼はわが鬼なりき桜咲く　（五十五年）

新しき組があり春の寺　（昭和五十五年）

穴まどひ漣かぎりなかりけり　（〃）

これらの句からは、「混沌」の楸邨から受け継いだものにプラスして虚子の「花鳥諷詠」という思想の影響が見える。大らかな俳意を包んで、より単純に平明な句が出てきた。『伏流』の時代は、その半ばで父を失い、新しい覚悟で独立の人格を形成していかなければならない時代であった。楸邨を尊敬しながら、濱人の子であることの誇りを忘れてはいない。そう言う覚悟で自身の俳句作りや学び始めた人たちへの指導を進めていった。「志高くあれ」、「継続は力なり」という言葉がどれほど発せられたことだろう。

▒第三句集『灘』

平成元年三月㈱富士見書房より刊行。昭和五十六年（六十八歳）から六十三年（七十五歳）までの五百七十四句を収める。

句集『灘』は生まれるべくして生まれた句集である。喬は昭和の終末と己の命の終末が近づいていることを予感したのだろうか。昭和六十三年十月末日、進行性食道癌術後の喬が発した言葉は、「今井聖と九鬼あきゑに選句から出版までの全てを任す。句集出版を進めるように」であった。これは何が何でもやらねばならぬ仕事として二人に突きつけられた。五千七百句をはるかに超えている中から、いかに喬らしい作品を選ぶか、喬の多面性をどう現すかと言う視点で選句は始まった。喬作品を切ってきって切り捨てる作業は痛快でもあり恐ろしくもあった。かくして五百七十四句を収録した句集『灘』が世に出ることになった。今井聖が本集で詳しく解説されているので、句の傾向ごとに概略を記すことにする。

剛の作品

のうぜんかづら川は全面うごきをり　（昭和五十六年）
鵜はかならずわが前にをり冬の灘　（　五十九年）
ユーカリをずたずたにして冬銀河　（　〃　）
根まで見ゆ春の岬のほんだはら　（　〃　）
フォッサ・マグナの南端を秋の蛇　（　六十年）
荷車を垂直に立て神の留守　（　〃　）
くらやみに木は木と立てり盆踊　（　六十二年）
一月の海まつさをに陸に着く　（　六十三年）

アメリカ大西部　二句

天の川御身ら我らそのほとりに　（昭和六十三年）
晩年や神の驟雨をふりかぶり　（　〃　）

人はある年齢になると、現状を肯定し前へ進むことを止めてしまう傾向がある。しかし、喬はそういう生き方を根本的に否定し、更なる高く深いものを常に求めてきた。自己を厳しく律していく姿勢、ある意味では自己否定を繰り返す姿勢といってもよい。困難であればあるほど前へ突き進む。大手術後、車椅子で熱砂のアメリカ大西部の旅の続きを三回も決行したのはその一例と言ってよい。これらの作品は、どれも気迫がこもって力強く重量感に溢れている。句のスケールも大きい。これは俳句を始めた記念碑的作品「赤城山総落葉して冬来たり」と根はどこかでつながっているようだ。いずれにせよ、これらの諸句は喬俳句の根幹を成すものであることに間違いはない。

俳諧、自在の作品

街空をぎくぎくとわが油蟬　（昭和五十六年）
ごそごそと袋の煮干天の川　（　六十年）

甚平を雲のごとくに終戦日　（六十一年）
雄鶏よ雌鶏よ今日啄木忌　（六十二年）
筍の押しよせてくる火宅かな　（六十三年）

平成元年三月、句集『灘』ができあがった。本集は、喬の昭和時代の集大成である。この時初めて、私は喬に三年前の手術が進行性食道癌であったこと。余命一年と宣告されていたことを告げた。「実にさわやかなり、今更驚くことは何もない。」との答えが返ってきた。この強靱な精神はどこからくるのだろう。手術前とその後では、確かに彼は大きく変った。強さだけでなく、それ以上の優しいまなざしを向ける姿がそこにはあった。こういう姿勢が喬俳句に大きな影響を与えない筈がない。飯田龍太が「生真面目な俳味が出て来たようだ」と言われたように、その後、このような俳諧精神はますます自由自在に展開していくのである。

柔の作品
年ゆくや花のある菜を味噌汁に　（昭和六十年）
鶏をつれて人ゆく露の中　（六十二年）
寒明けの山つらなれる紬かな　（六十三年）

ほのと幼子ひぐらしの東大寺　（昭和六十三年）

一般的に、喬作品は重くれだと言われてきたが、句集『灘』の世界は、濱人でも楸邨でも虚子でもない、喬俳句の世界が明確に打ち出されていることに注目したい。これは楸邨という師なくしては到達できなかった境地であることもまた明らかである。

▒第四句集『長流』

平成十一年三月㈱富士見書房より刊行。昭和六十三年（七十五歳）から平成十年（八十五歳）までの三百五十句を収める。

『長流』は『灘』に次ぐ第四句集で、喬最後の句集である。この十年は入退院を繰り返すという闘病生活ではあったが、持ち前の強靱な精神力で乗り切ってきた。本集の着手は体調の関係で大幅に遅れたが、いよいよ一週間集中しての選句（喬・あきゑ）。呼吸が荒くなるたびに中止してはまた選句を繰り返しながら何とか句稿の完成と相成った。富士見書房の鈴木豊一氏へ送付した翌日、最後の入院となってしまった。全精力を使い切ったのだ。こうして、平成十一年三月五日（八十六歳喬の誕生日）に『長流』は刊行された。『長流』を手にした嬉しそうな顔が今でも甦ってくる。

山枯れの始まつてゐる湯呑かな　（昭和六十三年）

加藤楸邨邸にて

先生と庭の榠樝を数へけり　（〃）

巻頭の二句である。「湯呑」の句は席題の句会でたちどころにできた句である。なんとも深い味わいがある。二句目は、楸邨邸を訪れた時の作品だ。第三句集『灘』の出版に際し、大病後の喬を気遣って先生宅で原稿授受などをするように手配されたのだ。楸邨八十三歳、喬七十五歳。歓談後、やおら立ち上がり、庭の榠樝を数え始めた二人。まるで少年同士のように。同席した皆も笑っている。実に楽しい温かな時間が流れていた。

楸邨死す七月三日

猫の子をのこし楸邨逝き給ふ　（平成五年）

山河茫々鮟鱇よ楸邨よ　（八年）

本集には楸邨を詠んだ句がほかにも多数ある。「猫の子」の句は、「楸邨死す七月三日」の前書きがある。〈百代の過客しんがりに猫の子も〉を念頭においていることとは言うまでもない。二句目の「山河茫々」も、〈鮟鱇の骨まで凍ててぶち切らる〉を胸底にひそめての一句。重ねられた「よ」にせつせつとした思いが籠められている。「師は楸邨一人」と言っていた喬の言葉が甦ってきた。

冬蜂の死ぬ気全くなかりけり　（平成三年）
懸命に海鼠の口を探しけり　（　四年）
うらやましきまでにぼろぼろ葱坊主　（　六年）

前句集の後半あたりから、このような俳諧精神溢れる句が見られるようになったが、本集ではもっと自在に楽しんでいるようだ。「冬蜂」の句は自画像といってもよい。村上鬼城の〈冬蜂の死にどころなく歩きけり〉のパロディーでもある。濱人・喬父子にとり鬼城は格別な親しさを覚える作家であった。濱人は鬼城を心から尊敬し交流があった。二十代の四、五年間喬は高崎の鬼城家の近くに在住していて、鬼城が亡くなった後、二人は鬼城家を弔問している。鬼城さんの娘さんが、生きているうちに会って欲しかったと言われたそうだ。また、その子息の信さんは喬と共に濱人の「みづうみ」に投句をしていたこと等興味はつきない。「海鼠」の句は喬の童心とちゃめっけがよく出ている。あのグロテスクな海鼠の口を懸命に探す行為そのものの可笑しさもある。「葱坊主」は喬の天衣無縫ぶりを発揮した句でその直情と純朴さが光る。

優曇華や乱待つ心失はじ　(平成六年)
気の狂ふまで翡翠を追うてみよ　(　七年)
油蟬全重量を見せてとぶ　(　九年)
玉虫を追ふ太陽の真中まで　(　〃　)

先ほど童心とか直情とかという言葉を使ったが、喬は年老いてもその心は失わず、常に挑戦者たることを楽しむ人であった。シベリア抑留生活（彼はシベリア留学と言っていた。）は、筋金入りの不屈な精神と優しさを与えたようだ。「あそこで死ぬのが当たり前なのに生きて帰ってきた。後の人生は全て余禄だ。自分らしい人生を全うするのみ。」と話してくれた。厳しさと優しさを兼ね備えた良き指導者であり、何より言行一致の人であった。これらの諸句は、こういう喬の姿勢が作らせたものである。その点でも師の楸邨とよく似ている。絶えず自己否定を繰り返しながら前進する姿も。最後に『長流』の代表句をあげて置く。

露滂沱すべて直立するものに　(平成元年)
着ぶくれて怖ろしきもののなくなりぬ　(平成二年)

玉虫を見てきし眼鏡しづかに置く　（平成二年）
飯にせん風蘭の花も暮れたれば　（〃三年）
冬瓜の誰のものでもなくなりぬ　（〃六年）
菖蒲湯の菖蒲漂流してやまず　（〃八年）
蓮の実のとべる真闇よはらからよ　（〃〃）
田を刈つてから墓は墓空は空　（〃〃）
手を置けば新米ひたと手を圧す　（〃九年）
天山のこと聞かせてよ渡り鳥　（〃〃）
元日の田を見てきたる微笑かな　（〃十年）
船虫の都がしんと波の下　（〃〃）
初めからたつた一つの石榴かな　（〃〃）
朴落葉朴より高きところより　（〃〃）
流氷やわが音楽はその中より　（平成十年）

以上、句集『長流』の世界を概略しながら、原田喬の人となりを紹介してきた。特に「流氷」の句は、最後まで納得出来ず、入院してからの作品となった。シベリアのエニセー川を行く流氷を詠んだものだ。最晩年の療養生活は凄まじいの一語に尽きた。しかし、作品の表舞台に登場することはほとんどない。「俳句はものを言わない文学だ。」と言って憚らなかったその一言を、今静かに反芻している。

年　譜――――九鬼あきゑ　編

大正二年（一九一三）　一歳

三月五日、福岡県小倉市（現在の北九州市）に生まれる。父八郎、俳号濱人（二十九歳）、母なよ（二十歳）。本籍は静岡県浜名郡長上村原島（現在の浜松市東区原島町）。

大正三年（一九一四）　一歳

父、小倉中学校より奈良県郡山中学校へ転任となり、一家で郡山町へ転住す。

大正八年（一九一九）　六歳

四月、郡山小学校へ入学す。

六月、父、郡山中学校より長野県諏訪郡諏訪蚕糸学校へ転任となり、一家諏訪郡平野村（現在の岡谷市）へ転住、平野村小学校へ転校す。

大正十一年（一九二二）　九歳

父、蚕糸学校より静岡県沼津中学校へ転任となり一家沼津市へ転住。四月、楊原小学校（現在の沼津市立第三小学校）へ転校す。

大正十四年（一九二五）　十二歳

四月、沼津中学校へ入学す。石川啄木などを耽読す。

昭和五年（一九三〇）　十七歳

三月、沼津中学校を卒業し、横浜高等商業学校（現横浜国立大学経済学部）に入学す。

昭和八年（一九三三）　二十歳

三月、横浜高商を卒業す。徴兵検査で丙種となる。

大成火災海上保険株式会社に入社する。

昭和十一年（一九三六）　二十三歳
八月、群馬県高崎の日本鋼業株式会社に入社す。
父濱人につき俳句を学ぶ。

昭和十四年（一九三九）　二十六歳
濱人浜松で俳誌「みづうみ」を創刊す。創刊号より投句。

昭和十六年（一九四一）　二十八歳
五月、日本を発って満州ハルピンに向かう。
八月、大同酒精株式会社に入社す。

昭和十八年（一九四三）　三十歳
ハルピン商工会に入る。

昭和二十年（一九四五）　三十二歳
五月、応召（西大直街より）。孫県の部隊に入隊。
八月、終戦。ソ連軍の捕虜となる。

昭和二十一年（一九四六）　三十三歳
五月、シベリア鉄道沿線クラスノヤルスク第三収容所に入る。
以後、昭和二十三年七月まで同市各作業場で労働に従事す。

昭和二十三年（一九四八）　三十五歳
七月、復員船明優丸でナホトカを出港し舞鶴港に上陸す。
八月二日、故郷長上村に帰る。

昭和二十四年（一九四九）　三十六歳
四月、長上村立与進中学校教諭となり、英語、社会を担当する。

昭和二十七年（一九五二）　三十九歳
五月、静岡県立袋井高等学校へ転ず。商業を担当。

昭和三十二年（一九五七）　四十四歳
俳句へ復帰す。加藤楸邨を師と決め「寒雷」へ投句を始める。七月、飛驒への旅の途次の楸邨を浜松に迎える。原田濱人、百合山羽公、相生垣瓜人等浜松の俳人が一堂に会す。喬も参加。

昭和三十三年（一九五八）　四十五歳
四月、静岡県立浜松商業高校へ転任す。

昭和三十五年（一九六〇）　四十七歳
四月、静岡県高等学校教職員組合リーダーとして組合活動に従事。安保闘争の激化に伴い、平和運動にも力を注ぐ。

昭和三十九年（一九六四）　五十一歳

「寒雷」同人となる。

昭和四十年（一九六五）　五十二歳

十月、父と諏訪、蓼科へ遊ぶ。西川金童、中澤康人、丸山比呂、高木清育等と会う。

昭和四十二年（一九六七）　五十四歳

四月、浜松市和合町の父母と同居す。

昭和四十三年（一九六八）　五十五歳

十月、濱人（八十四歳）、視力減退のため主宰の地位を退く。

昭和四十五年（一九七〇）　五十七歳

十月、句集『落葉松』を出版す（共同印刷）。

昭和四十六年（一九七一）　五十八歳

静岡県立浜松商業高等学校を退職す。

昭和四十七年（一九七二）　五十九歳

八月四日、父濱人死す（八十八歳）。

昭和四十八年（一九七三）　六十歳

超結社句会「九月会」を結成。メンバーは藤田黄雲、中村森彦、長谷川白鷗、鈴木武、藤原峡林、九鬼あきゑ、小石波奈子の七名。守谷鷹男後に参加。この会が現在の「椎」の母胎となった。

昭和四十九年（一九七四）　六十一歳

五月、随筆集『笛』を出版す（中央印刷）。

六月、西宮に阿波野青畝を訪う。藤田黄雲著『原田濱人――俳句とその生涯』を渡す（黄雲・あきゑ同行）。

青畝より「初富士をかくさうべしや深庇」等の色紙・短冊を賜る。

昭和五十年（一九七五）　六十二歳

八月三十、三十一日「寒雷」全国俳句鍛錬会を浜名湖で開催（喬、九鬼あきゑ、藤田黄雲、中村森彦、鈴木武、藤原峡林等が担当）。

九月一日、俳誌「椎」を創刊す。

十月、加藤楸邨夫妻を浜名湖に迎える。

昭和五十一年（一九七六）　六十三歳

十二月、加藤楸邨を東京北千束の自宅に訪う（九鬼あきゑ・中村伊保子同行）。

昭和五十二年（一九七七）　六十四歳

四月、「寒雷」中部鍛錬会へ参加し、加藤楸邨と会う（高山）。

昭和五十三年（一九七八）　六十五歳

小石波奈子の招待で彼女の故郷飛騨国府町へ。一週間滞在。野麦峠に登る（黄雲・あきゑ同行）。

昭和五十四年（一九七九）　六十六歳

九月、「椎」の合同句集『あしかび』を出版する（中央印刷）。

昭和五十五年（一九八〇）　六十七歳

中澤康人句集『繭玉』出版記念会に出席す。

昭和五十六年（一九八一）　六十八歳

四月、句集『伏流』を出版す（中央印刷）。

座談会「地方文化のために（私たちの俳句）」を三ケ月にわたり「椎」に発表する。

昭和五十七年（一九八二）　六十九歳

七月二十九日〜八月十一日、第一回アメリカ大西部の旅に発つ。モニュメント・バレー、グランド・キャニオン等。アメリカ在住の長男耕一郎の案内による。「椎」の誌友も同行する。

十一月二十七、二十八日、加藤楸邨、知世子夫妻、秋山牧車、石寒太の四名を遠州に迎える。

昭和五十八年（一九八三）　七十歳

七月、「喬俳句を語る」（座談会——「椎」一〇〇号のための）石寒太、熊谷愛子を招く。メンバーは熊谷愛子、石寒太、守谷鷹男。九鬼あきゑ（司会）、平田明美（記録）。

十月、東京の「無門」（代表石寒太）との合同句会を開く（渋川温泉）。

十二月、「椎」一〇〇号を出す。「高野素十論」今井聖寄稿。別冊『俳句の土壌』（藤田黄雲著）。他に『散歩道で』（藤田黄雲著）を出版す。この二著は創刊以来「椎」に連載してきたものである。

昭和五十九年（一九八四）　七十一歳

八月一日〜十七日、第二回アメリカ大西部の旅に発つ。オレゴン・トレイルとハーニイ・ピーク等へ。

十一月、中澤康人、岡谷で「欅」を創刊す。

昭和六十年（一九八五）　七十二歳

四月、「椎」に「父の日記」の連載を始む。

七月、「無門」の八人を迎え合同鍛錬句会。犬居城、山住神社等を巡り春野町で宿泊、一夜一〇〇句に挑戦。大いに勉強になる。

八月、「椎」十周年記念として季語別雑詠選集『あまびこ』（東信）を出版す。出版記念句会も行う。

十一月、「欅」一周年記念句会のため岡谷へ行く（寺田達雄、香川修廣、鈴木明寿同行）。

昭和六十一年（一九八六）　七十三歳

二月、俳句研究会「きさらぎ会」を発足す。守谷鷹男、寺田達雄、九鬼あきゑ、池本光子、香川修廣、平田明美、天野久子。但し喬の病気の為一回で終る。

三月二日、母なよ死す。

四月、国立浜松病院に入院、食道切除。発声機能の大半を失う。

七月退院。以後長き療養生活続く。

昭和六十二年（一九八七）　七十四歳

八月、松浦澄江展「俳人原田喬の世界――水と火と――」を由美画廊（浜松）で開く。

十一月、「「椎」の歩み――昭和五四・九～六二・十二」を執筆す。年表は九鬼あきゑ作成。昭和六十三年「椎」一月号の付録とす。

十二月、編集部と信州の旅へ（諏訪、麦草峠）。

昭和六十三年（一九八八）　七十五歳

七月～八月、アメリカ大西部・第三回の旅に立つ。アコマ、シップロック、モニュメント・バレーへ。

十月、句集『灘』の準備に入る。

十二月、東京北千束の加藤楸邨居を訪問。富士見書房鈴木豊一氏と楸邨宅で会い、句集『灘』の原稿を渡す（あきゑ・久子同行）。

昭和六十四年・平成元（一九八九）　七十六歳

三月、句集『灘』できあがる（富士見書房）。この句集は、喬の昭和時代の集大成である。

平成二年（一九九〇）　七十七歳

四月、「椎衆の旅」で越前へ行く。

五月、遠山郷、しらびそ峠へ。

八月、アメリカ大西部・第四回の旅。ニューメキシコ、アリゾナへ。

平成三年（一九九一）　七十八歳

四月、「寒雷」清山賞（同人結社賞）受賞、上京す（あきゑ同行）。加藤楸邨、秋山牧車と会う。

八月、矢島渚男、今井聖を浜松に迎え、「椎」二〇〇号記念（翌年四月）の為の座談会を開く。

平成四年（一九九二）　七十九歳

一月、六年ぶりに新年句会で講話をす。

四月、「椎」二〇〇号特集号を出す。座談会「加藤楸邨の世界」を掲載す。矢島渚男、今井聖、原田喬、池本光子、九鬼あきゑ（司会）、平田明美（記録）。

四月、「椎」二〇〇号記念合同句集『渦潮』を刊行す（トウシン印刷）。

八月、『曳馬野雑記』出版（ふらんす堂）。

八月二十三日、二〇〇号記念俳句大会（舞阪）、齊藤美規、小檜山繁子を迎える。

平成五年（一九九三）　八十歳

二月、風邪の為国立浜松病院に入院する。三月退院、自宅療養に切り替える。

七月、「寒雷」六〇〇号記念号に「楸邨先生との三十六年――そのあづまみちのく的精神にひかれて」の文章をのせる。

七月三日、加藤楸邨先生心不全にて逝去。

七月十九日、楸邨の「寒雷」葬へ九鬼あきゑ、池本光子、平田明美参列す。

十月、「椎衆の旅」で奈良、宇陀へ。

平成六年（一九九四）　八十一歳

四月、「椎衆の旅」で安曇野、霧ケ峰へ。

八月一日～十一日、アメリカ大西部の旅・第五回、モンタナ、ワイオミングへ。

平成七年（一九九五）　八十二歳

二月十七日、阪神・淡路大震災起こる。神戸、西宮、芦屋あたりを襲う。

四月、「椎衆の旅」で安曇野、葛温泉、塩の道へ。

五月、現代俳句文庫『原田喬句集』を刊行す（ふらんす堂）。

八月、「椎」創刊二十周年記念俳句大会と祝賀会を開く。高野寒甫、齊藤美規、今井聖を招く。

八月、「椎」二十周年記念特別号座談会。「戦後五〇年の俳句を語る」。今井聖、片山由美子、島村正、平田明美、九鬼あきゑ（司会）、喬（オブザーバー）。

八月、齊藤美規の招待で市振、親不知、糸魚川へ。編集部一同も参加。

九月、「椎」創刊二十周年記念特別号、特別寄稿「『原田喬句集』私感」、小檜山繁子などが執筆。二二六頁

平成八年（一九九六）　八十三歳

五月、「椎衆の旅」で信州修那羅山、海野宿、小諸と周遊す。静岡県俳句協会より功労者賞受賞。

八月、静岡の吟行句会へ。

十月、信州葛温泉一泊。犀川（信濃大町）で白鳥を見る。

平成九年（一九九七）　八十四歳

一月、「椎」新年句会（磐田福祉センターにて）。「寒雷」同人、江中真弓特別参加。

一月、院長の勧めで国立浜松病院に入院す。

三月より定例句会出席する。

九月、「椎」の同人総会を開催（気賀国民宿舎にて）。

平成十年（一九九八）　八十五歳

一月、浜松ユネスコ協会よりユネスコ賞受賞。

一月十日、新年句会、（弁天島サンレイク美浜にて）。初めてのパネルディスカッション。寺田達雄、池本光子、山内康典、平田明美の四名がパネリスト。九鬼あきゑ（司会）。論題「私の俳句、いままでとこれから」

二月四日、ストーブの上の薬缶の熱湯を浴び大火傷を負う。

二月、和合町二二〇－一七五番地の新居へ引越す。

三月、奥浜名湖吟行に今井聖、江中真弓を迎える。

平成十一年（一九九九）　八十六歳

一月、肺炎のため入院。

三月五日、第四句集『長流』出版（富士見書房）。

三月二十六日、多臓器不全のため国立浜松病院にて午前十一時三十分逝去。本人の遺言により密葬とする。八十六歳。

七月、「原田喬を偲ぶ会」開催。舞阪町民センター。

齊藤美規、加藤瑠璃子、熊谷静石、熊谷愛子、今井聖、折金紀男、仲田藤車氏ら参加。

十二月、「椎」原田喬追悼号。齊藤美規、小檜山繁子、宮坂静生、加藤瑠璃子、片山由美子、今井聖、仁尾正文、赤堀碧露、折金紀男氏ら諸家寄稿。

平成十二年（二〇〇〇）

「椎」一月号より九鬼あきゑ主宰で新生「椎」発足。喬の「天山」連載。

八月、「椎」創刊三〇〇号記念特別号。特別寄稿・宮坂静生氏の「ぼろぼろ考」——句集『長流』瞥見。

九月、『長流』出版特集号。飯島晴子、林徹、吉田汀史氏ら諸家寄稿。座談会「長流を語る」。中澤康人、池本光子、香川修廣、平田明美、天上知子、九鬼あきゑ（司会）、山内康典（記録）。

平成十三年（二〇〇一）

一月十日、浦岡敬一氏制作ビデオ「俳句に生きる」成る。そのビデオ上映。

平成十七年（二〇〇五）

五月十五日、「椎」創刊三十周年記念にて、原田喬句碑除幕式（舞阪町民の森公園）。

〈一月の海まつさをに陸に着く〉

創刊三十周年記念特別号（九月）「特別寄稿」齊藤美規、宮坂静生、加藤瑠璃子、片山由美子。

「椎の年輪」

父濱人を語る　原田喬

原田濱人句集より　仲田藤車

原田喬句集より　小檜山繁子

九鬼あきゑ句集より　折金紀男

『続曳馬野雑記』刊行（ふらんす堂）。

九鬼あきゑ第三句集『夭夭』座談会江中真弓、中村正幸が参加。

平成二十年（二〇〇八）

十二月、「椎」創刊四〇〇号記念特別号（十二月）。宇多喜代子・齊藤美槻・宮坂静生・加藤瑠璃子・高柳克弘・折金紀男氏ら諸家寄稿。加藤楸邨特集、江中真弓他。『九鬼あきゑ句集』特集、中村正幸他。

平成二十七年（二〇一五）

五月、『原田喬全句集』刊行（ふらんす堂）。

九月、「椎」創刊四十周年記念特別号『原田喬全句集』特集（予定）。

あとがき

「椎」は、昭和五十年九月、原田喬により創刊された俳誌である。本年四十周年を迎える。これを記念してこの度、『原田喬全句集』を刊行することになった。この四十周年の節目にあたり、何故「椎」が創刊されたのか、「椎」の歴史を検証し、喬俳句の核心に迫ることが出来れば幸いである。私たちの志す俳句の未来への入口がきっと見えて来る筈だ。

　本句集の上梓にあたり、運営委員、編集部、事務局からなる「原田喬全句集刊行委員会」を立ち上げて句集ごとに分担を決め、作業を進めてきた。その内容は、第一句集『落葉松』・第二句集『伏流』・第三句集『灘』・第四句集『長流』

並びに『長流』の補遺と若干の未発表句で構成されている。

また、本句集は、初句索引・季語別索引を付し、読者の便を図っている。書架に飾ることなく、座右において、大いに活用されることを期待するものである。

原田喬は、昭和十一年、父原田濱人につき俳句を本格的に学んだことに始まり、戦後、加藤楸邨を師として再スタート。以来、平成十一年に没するまで六十有余年を只ひたすら俳句一筋に生き、幾多の有為な俳人を育ててきた。この全句集が多くの人に読まれ、そこから新たなる力を生み出すことができればこんな嬉しいことはない。

改めて、当企画を推し進めるにあたりご協力頂いた皆様に深く御礼申し上げたい。

平成二十七年三月吉日

『原田喬全句集』刊行委員会

九鬼あきゑ（代表）

中澤康人　髙木清育　原　百合子

太田依子　鈴木明寿　寺田ハタネ

越川　都　市川　敏　戸塚きゑ

鈴木一宏　三浦千枝子　古橋てる子

●初句索引（五十音順・上五が同じ場合の中七は頁順）

あ行

啞啞と鳥　二六五
愛耐へよ　四三
会へばまろき　三八
あをあをと　八六
青蝗　一五三
青蛙
—母の精根　七九
—初めての顔　一五二
青北風が　二〇八
青桐に　一五七
青胡桃　六九
青透きて　五六
青澄みて　四四
青梅雨の
—深井戸に身を　九八
—てのひらに乗り　一一七
—あのかたまりは　二六九
青蜥蜴　一六二
青葉木菟　二六六
青瓢　一二八
青葡萄　五六
仰向きに　一六八
あかあかと
—二月の海に　一三五
—棒稲架吉次　一四四
—駅よ線路よ　二三九
赤脚を　二四九
赤石山脈　二二八
赤か白か　二三五
赤城山　九
赤蜻蛉　三四
赤彦と　六八
秋風に　六九
秋風の　九三
秋風や
—鶏屋のうしろの　一〇九
—寺を出て人　一四三
秋潮の　二〇七
秋立つと　二三三
秋茄子を　二六六
秋の木と　一四三
秋の潮　二〇七
秋の雷　一九四
秋晴や　二三一
秋彼岸　一六七
秋深き
—たどりつきたる　五九
—仏の国の　九九
秋深し　四八
秋祭　二六八
あきらめて　九三
吾子受洗　一四
朝明けて　六七
朝顔に　二六七
朝の向日葵　一五
足音は
—みな川に消え　一二四
—芭蕉と杜国　二三九
蘆枯れて　八〇
蘆刈れり　一三
紫陽花の　一六一
脚揉んで　二六
明日がくる　二六九
あすなろの　一三三
明日も天気の　二一〇
畦枯れて　六二
畦塗つて　一三八
畦塗るや　二〇二
汗の少年　一三三
遊ぶごとく　一一
あたたかければ　一〇二
あたたかし　一二〇
安達太良に　一二四
新しき　一三六
穴まどひ　一四三
あの男　二〇六
あの雀　二四九
あぶらげを　一七〇
油蟬
—紺屋の屋根へ　一一八
—全重量を　二五二
油照　一一八

溢れつつ　二〇五
雨蛙
—夜更けてはもう　四七
—竹がもつとも　五六
—古墳の森に　一九〇
天の川
—本流となる　二一八
—御身ら我ら　二〇五
海人の子に　一五一
海人の子の
—大粒涙　一一一
—ものまだ言はぬ　一一二
—大きな耳や　一五一
海士の墓　二一八
飴色の　二一九
雨がきて　一九九
雨が田に　二〇四
あめつちに　二一七
あめつちの　二六五
雨の日は　一八〇
天の火も　一四二
雨は天から　一九〇
雨は山を　一五二
あめんぼう
—群れて三方ヶ原　一三九
—口笛長く　二〇二
水馬
—巨大なり寺　一七一
—全く濡れず　一七三
水馬に　一八〇
荒風に　九四
荒梅雨の　一三九
荒畑を　一七二
洗はれて　四六
蟻が蟻と　二五九
ありがたき　一一七
蟻嬉々と　二二六
蟻地獄
—より戻りきて　一六七
—妹とつつきて　二五八
ありたけの
—幡出して待つ　一七二
—雀出て来よ　二七〇
ある朝の　一九二
あれが後　二四八
暗々の　一一九
安産の　一三八
闇中の　一〇六
家を出て　九二
伊賀甲賀　八五
いかのぼり　二六八
藺刈時　二三
息しづかに　一八
息白く　七〇
憤る　二六九
生き抜きて　二五三
幾千うごく　二四
いくたびも
—蜻蛉過ぎぬ　五七
—鵙聞きし日の　一五三
—蔓の日暮の　二〇四
—綿虫といくたびも　二七〇
生くるは飢うる　一〇
魦売
—欅見上げて　一八六
—北陸本線　二四三
石立てて　一五七
石の神　六七
石の火を　二二〇
椅子の上に　二六五
伊勢の野火　二〇〇
抱かんと　一九七
鼬とぶ　二七二
いたどりの
—夜のいちめんの　九七
—風雨をいそぐ　一〇五
板の間に　二五九
一月の
—虹高々と　一一三
—木賊の闇の　一二三
—海たかぶれり　一八五
—海まつさをに　一九七
一月望　二六八
一隅に
—笊俯して　八八
—押切があり　二七一
一語湧いて　二三
一乗谷　二三八
一代終る　五七
一団の　一〇九
市に出て　一六一
一の午　一七七
一番星　二二六
市へきて　一八四
一弁の　一四三
一弁ほぐれ　一七六
一枚の
—田を胸中に　一三三
—葉に空蝉の　二七一
いちめんに　一一四

一面に　一七三
一輪の　八二
一列に　二〇一
いつからか　二〇七
一切の　一〇一
一茶忌は　二七二
一周忌　八二
いつしんに　二〇
一頭の　二三〇
一片の　九三
一本の
—道標山も　四九
—椿まぶしき　七〇
—棒の荒魂　八七
—榊溢るる　一三〇
—樒をもてば　一七〇
—縄たれてゐる　二三〇
一本は
—北限の椢　二七二
—祖父岩太郎　二七二
いつまでも
—コスモス咲けり　一一二
—蜻蛉水うつ　一五八
いつもくる　二六七
凍てきつて　九三
田舎駅　二九
田舎バス　一七
稲雀　三五
稲妻の　九九
いなびかり　一二一
犬とゆく　二三
犬の息　二三
犬葬る　二五
いぬふぐり　七一
稲刈りの
—もう暮れられぬ　四一
—うしろにいつも　一九五
稲の上に　一八二
今頃は　二三四
いまは亡き　四二
今も軍手　一二
甘藷うまし　二七
芋粥を　一七五
芋茎を　二三七
芋虫の　八三
蠑螈交む　二五八
入りつ出でつ　一一〇
鰯雲
—河は音なく　三〇
—川を隔てて　三四
—放牛はなほ　四七
—伊勢佐木町は　一九二
—レーニンの国　二三一
岩波文庫　二〇三
岩の西日を　三四
インディアン　二〇五
インディアンと　一五八
魚河岸に　二七〇
魚雫　一一
鵜が空に　一九四
鵜がつれて　二〇八
鶯や　七一
烏骨鶏　二六〇
海髪採りの　九五
牛がゐて　八四
牛と聞けば　四五
牛と青年　六一
丑寅の　二五二
牛の頬　一九〇
牛の前　一二
牛はみな　一〇五
牛を見てをり　三三
臼のなかは　一一七
薄氷を
—舐めては猫の　八八
—つつきて吉良の　二二七
うつくしき
—寒の鰻の　一三五
—鉄の暗闇　二五五
美しき　六四
空蟬の　三〇
俯きし　二〇三
優曇華や
—あかあかと星　一六七
—乱待つ心　二三九
うなづきて　一三四
うねりては　一一八
鵜のあそぶ　一五二
鵜の海に　一四五
鵜の海の
—一端を踏み　一八五
—一月の風　二二九
鵜の去りし　二〇〇
鵜の群の
—とぶこの灘が　二三二
—しきりに渡る　二六八
鵜の留守の　一九九
鵜はかならず　一六四
乳母車　二六九
鵜は空に　一九四

鵜はどれも 二三五
宇平らの 一九五
馬追に 二六八
馬追の 九二
馬追よ 一五八
馬方の 一九一
馬がもつとも 一〇五
馬の神に 一四五
馬は老いて 二三三
馬は魔羅 二五五
海が洗ふ 一八二
海越えて 二五五
海高く 一七二
海近き 一七九
海の鳥を
—すべて迎へて 一八一
—母が呼びをり 一八二
海は一日 二五七
海へ出て 一七六
海間近 一八八
湖渡り 一二五
海渡る 一六三
海を隔てて 四五
梅かたく 九〇
梅の風 八九
鵜も人も 二四〇
うらがへり 九六
末枯や 六〇
裏側は 二二六
裏口の 一一〇
裏口は 二一八
盂蘭盆の
—少年一人 二一八
—よせてはかへす 二一九
—河岸ゆるやかに 一五八
裏街や 二三〇
うらやましき 二三九
裏山の 一八九
うららかや
—あの水音が 五三
—海牛の口 二三三
うるはしき
—冬至鷗外 一八四
—雷様の 二三三
鵜を追ひつ 一八五
雲水が 二五七
雲水の
—つぎつぎ消えし 二三八
—足うつくしき 二六九
永遠に 二四四
駅裏の 一〇八
駅晩夏 二六五
駅一つ 一五五
駅前の 一九五
駅前広場 二三四
駅を去る 二五八
駅を出て 一九四
枝蛙の 二〇二
越後人 二七二
越後屋も 一八六
絵馬堂に 二一八
絵馬の馬も 一〇七
襟かたく 八一
炎々と 二一四
縁側に
—椅子ありて雷 二二九
—日のまはりきし 二三二
縁側の 一六五
遠景に 一八八
縁先の
—ひよこの楽隊 一五
—一人は赤子 一五九
炎昼や 二一
炎天の
—蝶がまつすぐ 二九
—蟻の邂逅 三八
—竹見て老いぬ 五七
—三輪山に入る 八〇
—遠くを見つつ 八〇
—絮飛んですぐ 八二
—涯はありけり 八六
—樒と我の 一六七
炎天を
—ひたひた団子虫 六八
—おしいただきて 二一九
遠雷に
—列を正して 一八一
—脚踏んばつて 二六六
遠雷の 四〇
追ひかけて 二〇六
老母や 八九
をうをうと 一〇六
王陵と 一九七
王陵に 一九九
大雨の 二七一
大井川線 一七
大銀杏 五四
大糸線 二五九
大いなる
—羽根越えゆけり 一〇四

—冬日と会へり 二六一
大風の
—賢治の夜鷹 九五
—吹きめぐりをり 一〇三
—かたまりとなり 一一二
—棉の実大唐 一六〇
—ぶつかつてゐる 一六四
—葱畑よ祖父 二四五
—中へなかへと 二六五
—日の学校へ 二七〇
大甕を 一七〇
大川の 二五六
王の 二六五
大毛蓼
—涙を溜めて 一四一
—一本塔と 二四七
大声に 一四三
大空の 九六
大時計 二五二
大年の 一七五
大灘の 二六八
おほばこに 九七
おほばこの 一七九
おほばこを 九七
大晦日 六一
大湯屋を 一八八
オーロラ見たり 一〇
大綿に 一〇一
大綿の 一五四
大綿や 三一
大綿を 一〇二
置屋跡 二〇八
奥信濃 六六
奥嶺残雪 五三
億年の
—怒濤に向けし 二〇四
—なかにわれあり 二二六
送火に 二一九
送り火の
—ゆれやまざるを 一八〇
—ぽつんぽつんと 二三六
—上を過ぎたる 二六七
送火や 八三
送火を 一四〇
お降りが 二五〇
お降りの 二三九
幼な落葉松 三八
幼くて
—真裸なりき 一一〇
—滴りやまず 二四七
幼ごゑ 一〇五
幼子の 一五九
幼子も 二三〇
幼な埴輪が 六四
啞蟬の 五八
啞蟬も
—遊んでをりぬ 九八
—きよらかに喪に 二一九
白粉花に 六八
お歳暮の 二五五
落餌呑んでは 三二
落葉中 四九
弟が 一八七
音がまづ 二四三
男来て 一七七
音立てぬ 一三五
踊子草 二六五
尾長鶏 二一
鬼薊 一六七
鬼子の背 二二
鬼となり 一九三
鬼やんま
—交みて村を 一〇八
—虚子がのこしし 一一〇
—見しこと幼子 一六一
鬼やんまと 二五九
鬼やんまの 一五七
お年忌の 二三一
おのが穴へ 六八
おのが影を 六六
おのが卵に 三七
をののける 一三〇
おのれ光りて 四一
おのれ燃やして 四七
姨捨の 九六
姨捨や 九六
姨捨山 一五三
姨どもは 二四七
お婆様の 二五五
お彼岸が 二〇〇
お彼岸の
—峠部落の 二四五
—水がうましと 二六九
帯ゆるやかに 四二
朧なり 一七八
朧夜の
—真赤な網を 一六六
—木の瘤夜叉に 二六五
朧より 一〇五
をみならに 一二六

面あげて　二一
面しづかに　九
親ばなれ　二四七
凡そ天下一の　二七一
尾をひらき　三六
尾をふれる　二七
おんおんと　九〇
音楽堂　二六五
音楽は　二三四
遠国の　二一三
御岳の
—こと聞いてゐる　一五六
—また見えてきし　二七一
雄鶏の　二一
雄鶏よ　一八八
女の子　二六九
女らと　二七〇
車前子に　一〇〇
おんぶばつたを　二二〇

か行

か青なる　二一四
貝殻を　一三
会議果つ　一三
甲斐駒ヶ岳　一八九
海上に　八〇
戒壇を　一九三
回廊を　一七五
界隈の　一六一
返せ沖縄　三二
帰りには　一七三
返り花　一〇一
貌あげて　九〇
顔暗き　二一
顔干して　一三二
抱へたき　二五五
抱へ出て　八四
案山子建つ　三八
かがやきて　六四
ががんぼの
—鳴きては脚を　一〇八
—いくたび鳴かば　二三八
牡蠣打ちの　一〇二
牡蠣打ちを　一四五
牡蠣売りの
—きらきらと出す　一九
—硬き瞬き　二一
柿つかむ　七九
牡蠣の海を　二二
柿の終りは　二一九
柿の村　五〇
柿は朱に　四〇
柿は朱へ　五〇
柿捥ぎの　九三
限りなき　六三
柿を吊して　六九
牡蠣を剝く　二五
牡蠣を焼く　二三二
かくれんぼの　三三
陽炎に　一六五
蜉蝣に　一四一
陽炎の　六六
蜉蝣の
—声も身もなく　五六
—濡れざるはなき　一〇一
—渡り終へたる　一四三
陽炎を　一七八
籠編める　五四
籠下げて　七一
風花や
—はげしき木の香　二五
—古物息する　六二
貨車は只　二二三
カステラや
—桐は一葉　一九六
—大寒気団　二三四
霞背に　六四
化石のごとき　二四
風さわぐ　一四一
風過ぎゆく　三七
風とをれば　五三
風と日を　二七一
風はもう　五八
風吹けば　二〇七
数へ日や　二四九
固く封じて　二一八
蝸牛
—遊びをりしが　八五
—身を起しては　九〇
蝸牛の　二六五
かたばみに　二五一
かたばみの
—花の小声を　九七
—見えるところに　二六五
かたばみは　二六九
かたばみへ　二六七
かたまつて　一〇九
火中深く　一八二
郭公の
—呼べる盆地の　一八〇

—北へゆつくり　一八九
学校の　一〇七
喝采や　一一二
蝌蚪生る　二五七
角々に　一四四
門口に　一五三
門の辺の　一一六
門松や　二三七
蝌蚪を得て　四五
かなかなや
—放牛の貌　四七
—水輪ぽつんと　五六
蟹食つて　一四五
蟹釣つて　九二
蟹群れて　一〇七
蟹別れ　一〇六
甲虫　一一
蕪掘りの　七〇
かまきりの　八七
竈火や　九二
蒲の穂の
—千万年の　一四二
—いつまでもよく　一四二
蒲の穂を　一五八
蒲を切る　一二〇
紙切つて　一六九
天牛の
—来し日の赤き　一七九
—飛び込んでゆく　二〇三
—空渡りくる　二六六
天牛を　一六七
髪高く　一八〇
神発ちし　二七二
雷の
—貫禄見せず　一九一
—置きてゆきたる　二六六
神の怒りの　二四二
神の山
—眠らむと天に　二三一
—筍掘りの　二三七
神の留守　一九六
紙を繰る　一九一
亀抱いて　四六
甕伏せて　二三〇
鴨の群　二四〇
かもめらも　一四〇
嘉門次よ　二五三
萱刈つて　二三一
萱刈の　九三
榧の実の　一六三
空肥桶　一七
芥菜を　一五五
烏瓜
—手にゆく空の　二七
—肌燃やす人　四〇
—死顔をどう　四一
—見つつ弱虫の　六〇
烏瓜の
—亡骸ゆるる　五〇
—花も休暇も　八六
—花の渦巻　一〇八
鴉落ちて　一一五
烏ひそと　三三
烏らと　三八
烏らの　二一九
からたちの　八三
空梅雨の
—石をつかみて　三八
—面並べゐる　八五
空壕に　一七一
落葉松に　三五
がらんどうの　一一七
カルメンを　一九三
枯草の　二八
枯蓮田　六九
枯蓮の　五一
枯山に　一八三
川があれば　二七一
乾きつて　二四九
かはせみの　二一七
かはせみを　一四一
かはたれの　一六七
川鳴つて　一九
川に沿うて　一八七
川のある　二七一
川は海へ　二一九
川はみな　一三一
川も木も　二三五
土器が　九二
瓦葺く　一九
磧へ出て　三一
瓦焼く　三二
変はる蟬声　二三
川渡らん　二六八
寒明けの
—山つらなれる　一六〇
—海に海牛の　二四一
寒苺　五一
考へて　四六
寒暁の　五〇

かんざしや　二一四
元日暮れぬ　四二
元日の
—どの蟻もまだ　八一
—汝が膝にある　一二二
—雨元日の　二二五
—太平洋の　二四四
—田を見てきたる　二五五
元日を　一八四
頑丈な
—木の梯子あり　一五九
—斗枡が隅に　二四六
寒雀と　一三三
観世音　一〇〇
完全に　一七〇
寒卵　一二二
元旦の　二六八
眼中の
—石榴は鬼の　一三五
—はなびらとなり　二三八
寒椿
—水深くして　六二
—血の音かくも　六二
カンナ咲けど　五七
鉋磨ぐ　二二
寒念仏
—ひとりとなりて　一一三
—見えなくなりて　一三二
寒の浅蜊　一七
寒の雨　二六七
寒の鵜の
—無限旋回　一九七
—全力飛翔　二六五
寒のトマトは　一六五
寒の水　一六五
寒の雷　二二五
寒晴の　二七〇
寒鮒を　八八
雁風呂と　一七八
官幣大社の　二五二
岸壁を　二四九
寒木瓜に　一〇〇
寒牡丹　二六八
寒雷の
—二度目はやさし　八〇
—置きゆきし闇　八四
寒雷や　八八
木椅子一つ　四〇
紀伊夕焼　三四
喜雨いたる　四六
きえたちの　二〇七
木が二本　二四四
菊切つて　五一
菊の前　五〇
伎芸天　一八六
帰国して　一五八
きさらぎの　二一四
如月の
—水母ゆつくり　一五四
—青の奔流　一八七
—教会堂の　二五六
雉のくる
—土に寝かして　一八八
—頃の日輪　一九八
—裏畑なり　二四六
汽車過ぎし　四七
鬼城忌と　一九三
鬼城忌の
—金平牛蒡　八六
—蹠きらりと　二二〇
雉を待つ　一九八
雉を見に　一四〇
傷だらけの　二七二
木曾長良　五二
北岳の　二一一
北はるか　二四二
北窓に　一七八
北向いて　一七九
きちきちと　二五四
基地晩夏　四七
吉川郷　一四〇
木には木の　二五四
昨日きて　一九四
木の王と　一五一
木の国の　一三七
気の狂ふ　二四二
木の高き　一七三
木登りが　二〇三
黍の風　三〇
着ぶくれて　二二七
木仏の　五五
棄民伝　二六五
暁闇の　二四三
今日だけは　二〇四
胸中に　二七〇
強風の　一九八
虚子忌来ぬ　二四一
虚子三鬼　二三三
虚子一人と　二六〇
巨人我に　二七〇

桐一本 一一二
きりきりと 一三四
きりこきりこと 二二八
霧に追はれ 一三〇
霧にめざめて 三〇
霧の奥から 二三一
桐の箱 一七一
桐一葉
—あと頬かたき 八六
—水呑んで母 一三二
切干の 二五五
木を打つて 一四二
金環を 一五三
金の芒
—分校の中 五八
—吉祥天に 二五四
金の芒は 七九
金平牛蒡 一六五
きんぽうげ 七一
禁欲や 九七
勤労感謝日 一二
空谷の
—宙にのこりて 一〇六
—幼瓢よ 一一九
陸洗ひ 二六九
茎立ちや 一二四
くくりたる 二三一
枸杞の実を 八七
草蜉蝣
—金の目もちて 八五
—羽搏たばみどり 一一七
草の火に 一二一
草木瓜に 一八八
草紅葉 一〇
嚔して 一四二
葛籠り 九一
屑繭を 八四
九頭竜の 一五二
くちなはは 一一八
口紅や
—田も川も 一二一
—春も半ばの 二五一
口を離れて 一九
ぐつたりと 一六
首塚へ 八二
雲のごとく 五三
蜘蛛の子の 一〇七
雲のなかの 一〇四
雲深き 一一五
曇りきて 八四
倉陰の 一三九
くらがりに
—雛見ては過ぐ 六五
—飼はれ山蟹 一三八
—草蜉蝣を 一八九
—鶏突つ立てり 一九四
海月には 二六〇
くらやみに
—立ち鶏頭は 九二
—木は木と立てり 一九一
くらやみの 一九五
栗大粒 四〇
くれなゐの 一七六
暮六つの 九一
黒揚羽 五七
くろがねの 八三
黒靴の 一六八
黒砂糖 二三八
クロッカス 一八七
黒南風の
—貨車へゆらゆら 三八
—いんいんとして 九一
黒羽や 一四四
鍬神の 一五六
桑枯れて
—土ゆたかなる 六一
—墓がずり出す 八四
—もう逃げられぬ 八八
桑枯れの 六一
鍬漬けて
—鉄充ち満ちぬ 一九八
—鍬はくろがね 二五七
桑解かれ 六五
桑の実を 一一六
群衆の 二二七
啓蟄の
—桶したたれり 六三
—風はるかなり 一二五
鶏頭の
—発止々々と 一六八
—うしろ必ず 二六六
鶏頭や 二三九
毛糸解く 九一
鶏鳴の 一六一
芥子ひらく 二七一
下宿もありて 一二
下駄脱ぎすて 一一
結氷音 七〇
けぶれるは 一〇七
欅立つ 四〇

源五郎の　一五六
玄室の　二五七
原爆忌　一三
懸命に　二三四
けんらんたる　二一〇
源流の　一六一
源流は　九四
元禄の　二〇八
恋猫に　一五五
恋猫の
—目にものぼりし　七九
—恋の目閉ぢて　一〇七
鯉幟　四六
鯉ゆらり　五五
交淡く　一七四
かうかうと　四四
香合の　一五四
行人の　二三一
黄塵を　一一六
香焚きし　一八三
光太夫らの　二三〇
校庭や　二四九
荒天に　一四二
小女子の　二三八
紅梅と　一六九
紅梅の
—夜空がそこに　二三〇
—ことを一言　二五六
—うしろ一日　二六九
紅梅や　二六七
興亡の　八一
声あげて　一四
肥桶洗ふや　一六
肥桶置く　五二
声落す　八二
声かぎり　二五四
声がまづ　一六
声断ちて　二六〇
声とんで　二三六
氷砂糖　五四
こほろぎの
—死に果てて貌　八七
—跳ねて消えたる　一〇一
蟋蟀は　二六六
こほろぎや　九三
子がなくて　一八五
子が泣けり　八三
黄金虫の　九七
五箇山へ　一一八
木枯や　二四四
虚空なり　一六七
極月の　一二三
黒人の　一六三
黒糖を　一六〇
国府跡　一八五
ここからは
—道元の道　一五七
—田の中の道　一八三
腰籠に　二四〇
コシヒカリの　二五九
五十年後の　二六〇
子雀の　一五六
コスモスの　二六〇
コスモスは　二七一
ごそごそと　一七二
谺して　二二八
忽然と
—百済観音　一一五
—日本武尊の　二〇一
子とあぐる　二八
ことごとく
—蟹たちどまる　九一
—はなびらとなり　二二六
ことばなき　二〇〇
嬰に見せる　一八四
この青の　一七四
この空が　二六五
この壺が　二六五
木の葉降り　三五
木の葉降る　四八
この二日　一八五
木の芽坂　一二
護符を身に　七九
牛蒡一束　一〇三
ごぼりごぼりと　二三七
零れて赤し　一九五
胡麻刈るや　二〇
駒ヶ岳の残雪　四六
米はいつも　二三六
菰抱いて　一六六
子ら二人　二五
ころがつて
—槌のさみしき　二三八
—冬瓜と我　二四〇
五六本　二三六
コロラド河に　一五八
子を海に　一五一
子を生んで　一七二
子を抱いて　二〇五
子を呼びに　一二七

紺絣　一五九
こんこんと
—寄居蟹眠る　三九
—半日村の　一三五
金精様と　一八七
こんなところに　一九五
こんなにも　二三三
蒟蒻玉　二七一

さ行

歳月や　五六
犀星の　一七七
祭壇は　一五八
囀りの　五五
逆さ旋毛の　一七九
魚屋の　二六七
魚屋を　一九八
桜あふれ　一五二
桜落葉　一八一
桜落葉の　一四四
桜咲く　一三七
桜の木　一三九
桜紅葉　二五三
石榴宙に　二六八
石榴握り　二三六
石榴みな　二〇八
笹鳴か
—やさしきものは　二八
—受胎告知か　四四
笹鳴に
—まだ遠き死と　五〇
—眼うるませ　一九六
笹鳴の　一八四
笹鳴や
—富士川いそぐ　一六
—葬後の卵　二七
—一灯すでに　五九
—炎暮れゆく　六〇
—時流れゐる　六〇
—雲はほのぼの　六九
—幼子がわが　二三三
左千夫赤彦　一七九
サッカーの　三四
雑踏に　二六八
雑沓の　二五七
里芋の　二四〇
さびしくて　八三
朱欒仰ぐ　三一
さるをがせ　四二
沢蟹を　九三
三月の　二七二
三月三日　一五五
山河茫々　二四五
三寒の　一〇
さんざしの　一一五
山椒魚　八五
山上の　一二五
残雪に
—棒二三本　九〇
—鼻押しつけて　二四六
残雪の　一〇八
山中に　一二五
山中の　九四
山頂に　八〇
三伏の
—鶏鳴乱れ　二五八
—軍鶏の眼の　二六五
ジープ過ぎ　五八
しほからとんぼ　一六二
鹿の上　四九
子規の忌の　二五四
地獄絵を　一一五
四五羽にて　二〇二
爺とえんまこほろぎ　二四八
蜆蝶　六〇
しづかなる
—枯野の鼓動　四八
—雨に眠れば　一〇一
雫して　八二
七月の　二〇五
七曜の　二六九
十キロ先の　二四〇
日月を　二三三
執刀医と　一七八
疾風の　七〇
師に会ふ今日　五二
死に近き　七〇
死ぬる日は　二〇六
自然薯の　二六〇
自然薯掘り　一三三
自然薯を　一六〇
師の顔を　一〇二
しばらく借りぬ　九八
沫あげて　二三
師へいそぐ　五一
蕊をゆたかに　二三六
仕舞西瓜　一三
島帰る　五五
島晩夏　三四
紙魚が歩きて　一六二

しみじみと　二四二
霜の軌条　一一二
霜を喜び　一五
釈迢空　一三九
尺蠖を　一七〇
十一面　一一九
秋桜子に　一七八
周恩来　二四八
十月の
—頭小さく　八三
—隙間だらけの　二四四
週刊誌　一六八
秋蟬の
—幹を濡らして　一〇九
—街に買ひたる　二七一
終戦日　一四二
秋蟬や　一五三
楸邨に　二六五
楸邨の
—いまほのぼのと　八二
—只の榠樝の　二七〇
楸邨も　二五二
楸邨を　二三六
秋潮の　二六六
終点は　一六七
十二月
—八日の日差　一四五
—八日卵黄　一五九
十薬の　一一六
囚列遅々　一〇
受胎聞く　一一
朱の塔に　四八
修羅の世の　二五二
春菊の
—黄金の花　一一六
—一坪畠　一二五
春暁の　一〇六
春暁や　四五
春月や
—野をゆくパイプ　二八
—庄吉は祖父　一七六
春筝を　一五四
春星や
—聞けば聞こゆる　一三
—阿波は夜の国　七一
春雪の　一三四
春昼の　八九
春昼や　一七
春潮重し　四五
春蘭が　二六七
春蘭の　二六七
春蘭を　二七〇
背負籠に　一九〇
背負籠の　一八九
生涯の　二五八
生姜枯れて　二〇
猩猩袴　二六五
少女一人　一一九
肖像の　二五三
掌中の　一〇三
少年少女　八四
少年の　一六四
正念場の　一六六
少年一人　六三
菖蒲掘る　二六九
菖蒲湯の　二四六
除夜ゆたか　四三
知らぬ木の　一四五
代掻きの
—向き換へて身を　二九
—少年つよく　一九〇
—のこしてゆきし　二三六
—音聞きに来よ　二六六
—帽子大きく　二六九
白蟹の　六六
白日傘　二四二
しんがりは　二七〇
新刊書　二三九
新月の
—木へかへりゆく　一一五
—川面埋めて　一七七
新月や　二一〇
新生姜　二三六
尋常に　二三五
しんしんと　八八
新雪に　三五
新茶して　二二七
しんと立つ　二二九
新任式　一二
甚平を　一八一
身辺や　九〇
新米や
—坂東太郎　一四四
—大きな夜が　二四三
親鸞が　二三四
親鸞記　一三一
親鸞の　一一八
新藁の
—穂先まだ見え　一八三
—没日のなかの　二六八

水仙に　一七六
水仙は　二六七
杉の実青し　四〇
末黒野の　九五
すさまじき
—山の桑の木　一四一
—亀裂棉の実　二五三
凄じく　一七二
すし半に　二〇七
崇神天皇　一七四
芒金に　一四
芒にひらく　一四
鈴鳴らし　八九
雀浮くよ　一五
雀鳥　一一
雀の子
—こけるこけると　二三三
—駅の雀と　二四六
雀らと　二七二
雀らの　二六九
雀らも
—ほむらとなりぬ　一四四
—きて賑やかに　二七〇
硯の辺　五八
ズック並ぶ　一五五
巣燕は　一三
砂搔いて　六六
砂畠　一四三
砂畑に　二五〇
砂をはなるる　一一九
ずぶぬれの　一八七
すべて見ゆ　一八三
ずる休みの　一一
諏訪人の　九六
青天に　一六三
世界地図　二二九
石牛に　一八九
石中も　二二七
赤飯や　一六八
咳一つ　二三
惜別や　一〇七
石棺から　一七一
石棺へ　一九七
殺生石　一三一
せつせつと　一九四
切に磨く　一一
節分が　二三二
節分の
—小さき川を　一五五
—豆まつくらな　一八五
—卵屋に灯が　一九八
雪嶺の　六五
背てらてら　六七
蟬落ちて　二三六
蟬ことごとく　四九
蟬死んで　六八
蟬鳴かぬ　二〇六
蟬啼けど　六八
蟬はみな　二四三
蟬二つ　九八
芹嚙んで　二三四
芹の花　八一
全景ゆれて　二三四
全山枯れぬ　四一
戦場の　二六六
先生と
—それきり会はず　二〇七
—庭の榠樝を　二二五
先生の　二五四
禅寺を　二三六
千年樫の　一八七
千年に　二三八
千年の　一三〇
ぜんまいの　一〇六
操車場　二五九
造船所の　二五八
そこはいつも　二二五
組織固めん　二一五
卒業近き　四四
卒業や　二四五
卒然と　九七
その中に　二六七
蕎麦湯呑みし　八四
聳えつつ　二六六
祖父の代　二二八
祖母が目　一五三
素朴にて　二七一
蚕豆を　二〇三
橇の子に　一〇三

た行

大学の　二六六
大旱の　四六
大寒の
—オリオンの声　三七
—砂美しき　四三
—夜祭の犬　一一三
大根に　二三二
大根の　一九六
大根を　二六五

泰山木の　二三九
大正も　二七〇
抱いてみよ　二六六
台秤　二三九
台風圏　一八
大仏も　二五一
大木を　二六九
太陽が　一九六
田植すみし　二九
田起しの
—いづこにをるも　一九九
—あとまだなにも　二五〇
倒れ伏すや　一〇
田が植わり　二三三
田が氷る　一七五
田がしまひ　二四四
駄菓子屋が　六三
田刈後の
—月がすつとぶ　一九四
—大きな闇の　二四八
鷹渡り　二〇八
鷹渡る
—どよめき芭蕉　二〇八
—一羽もかくれ　二六八
—日がもうそこに　二七〇

焚火囲む　二四
焚火して　六二
啄木の　一七七
啄木も　二三七
濁流の　九九
竹籠を　二五〇
竹伐りを　一五四
竹伐れば　三二
竹人形　二三八
筍の
—怖ろしきまで　一五二
—押しよせてくる　二〇二
—斜面にて子の　二〇二
筍も　一六六
筍を　二一六
爪あげて　二八
只眠る　一七六
只の木の　二一二
立ち暗み　一八四
獺祭忌
—本流はいそがねば　一六八
—界隈の葛　二四八
韃靼の　二六九
たつぷりと　一八七
七夕の　一九二

田螺飼つて　一六二
田の隅の　一三七
田の中に　二二八
田のなかの　一四三
田の涯に
—山うごかざる　一〇二
—鳶の舞へるは　一一四
田の涯の　一二三
旅終りぬ　二九
卵手に　一一四
卵掌に　二〇一
卵呑むや　三五
卵呑んで　一三五
卵一つ　一五一
玉葱畠　六〇
玉虫の
—大河を前に　一七九
—ことをしきりに　二〇五
玉虫を
—見てきし眼鏡　二二八
—追ふ太陽の　二五三
田水張つて　二六九
田水張られ　一九〇
田水張れ　二三九
田よ川よ　二六七

誰か咳して　一六二
誰もゐぬ　一九五
俵一つ　二八
田を刈つて
—これからが風の　一八三
—から墓は墓　二四九
田を通る　一〇三
断崖に　二〇四
だんだんに　一九七
たんぽ径　一九七
近づけば　九三
地球儀が
—見え秋風の　九一
—二階に見えて　二六九
竹秋の　一二七
千曲川　四六
竹林に　五六
竹林の　五二
竹林は
—海の深さよ　四八
—夕日の海よ　四九
小さき顔　二五五
父鵜かあはれ　四四
父死後の　九〇
父死なば　五六

ちちちちと　一七一
父と子の　一九五
父の鬼は　一三四
父の忌の
—騒然として　一〇九
—雷雨にうたれ　一九二
父の句碑　五九
父の日の　二四七
父の日や　二五二
乳離れ　一九〇
父へ帰るや　三一
地の神の　八七
地の神へ　八七
地の神も　八九
地の神を　二六七
乳房熱からむ　二二三
茶の花や　三五
長安大根　一六〇
長安の　一六五
蝶がめざす　一七
蝶放つて　一九
長老の　二二八
血を伝へて　六九
築地塀　七一
つかむ受話器へ　一八
月が出て　一〇五
月の出の　九六
月も屋根も　四六
土筆一点　二一
土筆探す
—股間きらきら　五二
—眼裏いつか　六三
つくづくと　二〇八
鶫らと　二七二
土に絵を　二二三
霾るや
—阿修羅ひつさげ　二二六
—田中正造　二五一
つつかれし　二四〇
つつきたき　二七一
筒鳥や　二一八
椿仰ぐや　七〇
つばくらめ　一六六
つばくらや　二四六
茅花吹かれ　六六
燕帰る　二五三
粒餡や　一八三
つぶやきつ　一七三
つぶやきて　八九
壺一つ　六四
爪立ちて　一四〇
妻遠し　二六
妻放たん　三四
積み上げし　一九三
紬着て　二六七
露大粒　四八
露霜の　二一二
梅雨の海に　一九〇
梅雨の星　五五
露深し　五九
露滂沱　二二六
梅雨茫々　七一
露まみれ　二〇七
梅雨夕日　二六
強霜の　九三
吊皮つかみ　一一
蔓枯れて　六九
鶴を折る　二五
つんぼ爺の　二四五
出歩きて
—わが家の墓も　三七
—身透けて蝌蚪の　四五
手が見えて　一九三
鉄工の　一五一
鉄道が　一六三
鉄道と　二七一
鉄にこもりて　一一三
鉄の鍬　一六〇
鉄鉢に　一一五
鉄鉢の　一三二
鉄を切る　一〇五
手にとりし　二〇三
手にとれば　五一
手の甲を　二一四
てのひらの　一〇八
てのひらや　八八
てのひらを
—付け天上の　一三七
—蹴つて運河へ　二四二
掌ひらけば　三七
デモ終へし　二六
デモさなか　二〇
寺高く　一一二
寺に生れ　一七七
手を入れて　一〇九
手を置けば　二五三
手をふれて　一五一
天駈けて　二六九
天暗く　八八
天冥く　二〇五

天山の　二五四
天日を　二三八
天使となりぬ　六六
天上に
―鳶の木赫と　二三〇
―お日様ひとり　二七一
天井や　一四一
天心を　一二一
点々と　一五五
天道虫　一〇一
伝道や　一七一
てんと虫
―わが影を出て　三三
―何ぞ可憐な　四四
―かく美しき　六六
天の青さに　六七
天の木の　一二六
天へかへる　一二七
天保の　一五四
天真青　二六七
天窓や　一八五
天窓を　二五七
天明の　一五九
転輪蔵　一五三
唐辛子
―遠く日あたり　二三
―燃えつきし川　一〇二
唐辛子の　一七五
冬瓜の
―雲のごとくに　一一〇
―うつくしかりき　一一九
―誰のものでも　二三九
冬瓜を
―まはしてなにも　一〇一
―起して人は　一三三
陶狐　一〇四
唐黍枯るる　二四
東京の　九九
東京へ　一八三
東京夕焼　二〇
東京を　一六四
凍江や　九
冬至南瓜
―海越えてきて　一四五
―われも抱かせて　一五四
凍死体　一〇
陶房の　二〇六
冬眠の　一一二
玉蜀黍　一四一
冬麗の　一七三
蟷螂の
―妊りて木を　一一〇
―羽根ひろげたる　一二一
―遊びにゆきて　一九二
遠き回想　二六
遠き雪嶺　六〇
遠き乳牛　五一
遠く白く　二三
遠雪嶺　六四
遠椿　七〇
遠野分　一三一
遠花火　六八
遠巻きの　一七四
遠目して　一四一
ときにしんと　二六八
ときめきて　八九
どくだみの　二七一
どこまでも　一九九
年新た　六一
年毎に　六二
年々の　一四四
年の暮　八七
年の瀬の　一〇二
年の瀬や　六一
どしやぶりの　二六七
年ゆくや　一六九
年逝くよ　三一
泥鰌掘る　一八
渡船場の　二四七
土着しきつて　一九一
突堤に　一九九
どつと出て　二〇二
隣組　五八
砥の音が　二〇一
どの草も　二七一
どの鈴も　二八
どの山も　一四四
鳶去りて　六三
鳶つひに　四三
鳶と渡る　五二
鳶の木を　一二二
鳶の胸　四一
鳶群れて　三四
飛ぶが見ゆ　一三一
飛ぶほかは　一三二
とぶ穂絮　四〇
戸へだてて　二〇一
土民の面　二五七
ともに中透け　五一
豊葦原の　二四五

とよもして　二六八
虎河豚の　一九三
鳥かへる
―千秋楽の　一三三
―風雨の夜の　一五五
鳥帰る　二〇二
鶏駆けて　二三五
鳥雲に
―ずつしりと北　一八七
―東北本線　二五〇
鳥曇　一一七
鳥声の　一〇六
鳥声を　九四
鳥交り　一一四
鳥交る
―榊ひさかき　一二五
―浅葱のこの　一二六
鶏死んで　一一九
鶏交む　一一六
鶏飛んで　一二一
鶏鳴いて　八一
鳥鳴いて　一二七
鳥の目にも　一三四
どれが王　二六八
どれも短し　一一一
蜻蛉生れ　二九
蜻蛉と　二三三
蜻蛉交む　三〇

な行

鳴いてみせよ　一五三
ナイフ置いて　二〇五
苗木市　一三六
長き長き　五七
永き日の　二〇三
汝が声も　一三七
仲間離れて　一七
亡き父の　八七
泣き羅漢も　一五六
梨の花　二八
薺打ち　一三四
茄子苗に　二五二
茄子の馬
―ひとり歩まば　九九
―小さきは母の　二六九
夏草を　二六六
納豆の　一四三
夏の蝶　九七
夏果ての　一〇〇
汝と我の　二五一
七種の
―小学校の　一六〇
―庖丁鳴らせ　二六七
七種や　二四五
竹節虫の　一九三
なにか鳴く　八三
何か持つ　五七
なにもかも　二六六
何もかも　四五
何もなき　一五九
何よりも　二六六
菜の花の
―輪中となりぬ　一八六
―笛吹川の　一八八
―五島生れの　二四一
―沖に出てみよ　二四五
菜の花や
―七十九年　二三二
―一茶の道は　二四一
―わが名呼びしは　二七一
生臭き　一七〇
生水の　二三〇
波にのり　二〇六
なめくぢの　一〇七
奈良井川　八四
奈良の菴羅果　一八四
楢山に　一二二
楢山を　一四五
苗代から　一八八
苗代に
―ひびきて鶏の　三三
―ゐてまだ啼かぬ　六五
―まだ何もなき　六五
苗代の
―この泥濘が　二〇一
―風が役場の　二〇二
何ぞやさしき　二〇〇
なんといふ　二六六
何の羽か　四一
何の穂絮か　二七
何の虫か　四八
二・二六　二五六
二階から　二四三
握つてみよ　二五四
荷車を　一七三
逃水の　二四二
虹刻々　三八
西日中　一一
西日額に　三九
虹二日　八三

日曜の　一八八
煮干嚙みしめて　二三八
庭先の　一二七
にはとりが　一七〇
鶏が　二七二
にはとりの
―上はまつさを　一一一
―鳴きつつ越ゆる　一二二
―眼凝らせる　二二六
鶏の　二七〇
にはとりは　一三四
にはとりや　一五六
鶏を　一九二
人形掌に　三九
人形と　三五
人形は　二三四
にんげんの
―舌ばかり見え　一〇八
―声はとどかず　二六六
人参を　一六九
蒜の　一七七
濡れづめの　一六九
葱背負ひ　二七
葱のせて　八一
葱坊主
―風と空ある　五六
―川は重たく　一一五
―いつまで待たば　一一六
ねこじやらし　一一一
猫の恋　二三五
猫の子を　二三六
涅槃図に　一九八
涅槃図の
―なかに哭かざる　一五二
―そとは驟雨の　一六一
根まで見ゆ　一六五
眠らざる　一八三
眠りたる　一七四
眠る間も　一八六
粘土掌に　五三
のうぜんかづら　一五七
のうぜんは　一一八
嚢中に　一八〇
軒下に　一三五
軒端まで　一九六
のぞみ明日へ　一六
喉焦がす　二〇〇
能登のこと　一九六
喉易々と　八六
野の涯の　二四九
野火を前に　一八六
野仏の　五七
登りきて　二三六
鑿を研ぐ　九一
野良猫の
―まりてさびしき　八九
―恋の三日月　一一三
乗鞍の　二三一
海苔粗朶の　二四一
海苔採りの　三二
野分雲　四〇
野分中　二〇七

は行

羽蟻群　一八九
羽蟻翔つ　二三八
羽蟻とぶか　一七一
霾風を　九
霾吹くや　九
梅林を　一七七
羽搏つ鵜へ　四五
葉裏ひしと　四七
はへとりぐも　二四三
南風はるか　二九
羽音抑へ　六三
墓にひびきて　六五
波郷忌の　二七〇
白雲木　二六七
白菜積んで　二二
麦秋の
―わが息子の息　二九
―黙の奥なる　六六
剝製の　五一
白桃の　二六六
白桃を　一七二
運べば鳴つて　二三
はこべらの
―縷々の終りの　一一三
―風もきてをり　二三三
はこべらは　二五〇
はこべらや
―壜罐なども　五三
―少年砂を　六二
―法隆寺道　八一
はこべらよ　二四一
羽衣の　一一
葉桜が　一七八
葉桜や　九〇
稲架どれも　四一
稲架結ひの　五九

伐折羅ばさら　二三七
箸と膳　一一九
初めから　二五九
葉生姜抱へ　一六
葉生姜の　二七一
葉生姜を　二三八
芭蕉忌や　一九六
芭蕉を追へば　二六八
蓮洗ひ　二一一
場末床屋　一五
蓮枯れの　二一一
蓮咲いて　七一
蓮の実の　二四八
蓮掘りし　一八四
蓮掘りの
—降りんと手足　一〇二
—笑へば股間　一〇二
畑打つて　一六五
裸木と　一七四
裸子と　一〇〇
はたはたと　一三一
斑雪　二〇一
八階に　一二八
八十八夜
—一枚の田へ　一五六
—すべての波が　二三五
蜂ゆらり　一三三
鉢を出て　一七八
初明り　三六
初秋の　二四三
初歩き　三六
初午が　二七〇
初午の
—野のうすぐもり　九五
—風吹きとほる　一〇四
—藁の穂先の　一五五
—村にかぶさり　一六〇
—夜は鼬の　二五六
二十日鼠が　二九
初釜に　一五一
初釜の
—百姓のただ　二三七
—釜真つ黒に　二六八
初釜や　二六六
初蛙
—眠る子の指　一五
—満月なりき　三三
—杉空ことに　六六
—常念坊を　二六七
初声の　八五
初声は　一一三
初潮の　一四三
初蟬と　九八
初蟬の
—りんりんとして　四六
—天の薄日の　九八
初蟬や　一五七
初鯛　一九一
初日待つ　二七〇
初冬の　一六八
初鴨や
—起きれば時間　二四
—一遍絵伝　二二〇
馬頭観音　一三二
花終へし　二五七
花数知れず　一七三
花曇　八五
花過ぎの　二五一
花散るや　五四
花つけて　二四五
花時を　九六
花菜漬　二三八
花の盆　五五
花万朶　二七一
はなびら遊ぶ　一三七
花ひらく　六四
花吹雪　二五一
花祭　二〇一
はなれ鵜の　一九九
はなればなれに　一七二
羽抜鶏
—聳ゆるほかは　九九
—転べばこの世　一六六
—相ふれつ相　一七〇
—中仙道へ　二三五
母がゐて　五九
母が焚く　二三三
婆が出てくる　一六三
帚草　二七〇
はばたきを　二五八
母たちの
—睫のひかり　二二三
—朝のまなざし　一九七
母疲れ　七九
母とゐて　五九
母に見えて　一〇二
母のごとく　四八
母の膝　六四
婆二人　一〇五
浜の子の　一五

破魔弓に　二六七
「刃物研ぎます」　二五四
早川にて　二四三
隼の
―岬に人と　一六四
―海峡夕日　二六八
はらからに　一三〇
腹空いて　一一七
孕み猫が　一三八
はりつめて　一三六
春浅き　一一四
春荒れの
―杲の曲線　一八六
―丑三つの灯が　二〇〇
春一番
―わが家も闇に　七〇
―牧車の背中　二四六
―姨捨山を　二五六
はるかなる
―凧ときて売る　一七
―古事記葭切　二五八
春田越え　二二四
春立つと　一九八
春尽きて　八二
春灯　六五
春の蟻　一三八
春の雲　五二
春の暮
―仁王の臍も　五四
―火を焚きて火は　一〇五
春の月　五三
春の雪　二五
春疾風　六五
春日をきて　七一
春祭　一〇五
はればれと　一三二
歯を抜いて　一〇四
歯を抜きし　一〇四
晩夏光　三九
晩春の　三七
万象の
―なか昼顔の　一五七
―なかにわが杖　二六九
ばんどりは　一一〇
半日は　一〇〇
晩年の　二六六
晩年や
―青蘆原が　一九〇
―神の驟雨を　二〇五
パン袋　六三
晩涼の
―川見てゆくや　一〇九
―鍬神の目に　一四一
―楸邨の臍　一六二
―鹿にふぐりの　二六六
万緑の　二六五
雛の日　一九
柊咲く　二七
日が没るときの　二〇
灯蛾美し　三九
火搔棒　二六九
日傘この　二〇三
日がまはり　一七八
干涸びて　六七
光るところへ　四三
緋カンナと　二〇
蟇　一六一
蟇が鳴けば　二四七
引潮の　一七二
蟇も婆も　一九一
ひぐらしの
―聞けざりし山　八六
―山のどの木も　一四〇
―短き交尾　一八一
蜩の　二七一
ひぐらしや　一〇八
蜩を　一六二
日暮から　一七七
日暮たしかな　二四
日盛りの
―一本蓼や　七九
―修那羅の水を　一四一
久女遺墨　二六六
鶲らに　三七
ひたひたと　二六六
日だまりが　二七〇
火造りの
―火のとぶ土間に　一九三
―炎のぞきに　一九九
ひつそりと　五八
人送り　二六
人垣に　二二五
日時計の　一六一
人去りて　五五
ひとすぢの　三九
一つはなれて　二三三
一つゆつくり　三二
ひとところ
―風鋭くて　一一八
―照り晩涼の　一四〇

人の背を　一六六
ひとびとに　一三〇
人麻呂の　一三三
人も仏も　二三〇
灯れば　三七
一人子に　一八二
ひとりしづか　一三七
一人づつ　一七四
ひとり立つ
—眼鏡の駅夫　八五
—ニニギノミコト　二五九
ひとり乗る　一七五
独り見つけし　二六
独り者　二六七
ひとりゆく　二二四
ひとりゆるるは　二三〇
雛の日の
—ちちはは眼鏡　五二
—川越えてゆく　八四
—風かすかなり　一一四
雛の日や　二五〇
雛の前　八一
雛祭と　二七二
日に一度　一五七
火の奥に　一〇三
火の神の　九六
火の国の　一一二
日の暮の　一三二
火の如き　二六九
日の玉と　二〇〇
火の星に　一三四
日の丸を　二五六
雲雀の子　七一
碑への一歩は　八七
火祭の　二五一
向日葵を　二六九
姫蒲の　二一九
姫島に　二三七
日も月も　一二三
火も人も　一一六
百姓の
—立てばまつくら　一一七
—くろがねの錠　一六三
—顔にかかりぬ　一六九
百日目の　二六七
百年に　二六六
百のたんぽぽ　三三
氷河期が　二六九
瓢箪の　二三九
鵯去つて　八一
鵯や　四八
鵯の森　三六
鵯ふりかぶりて　四九
ひよんの実の
—きよらかに手を　九五
—闇こんこんと　一一一
ひよん笛を　一二二
開けば白し　三三
昼こほろぎ　二〇
昼ちちろ　二四
ひれ伏して　四一
ビロードの　四七
ひろがりゆく　一七
灯を負ひて　五五
灯を消せば　四八
火を焚いて
—雲を見てをり　一一五
—九月の川を　二〇六
火を見つつ　一三九
濱人忌　一八一
濱人の　二三九
壜の蝶螈　五四
風雲の　一九二
風塵の　一〇四
ブーツの頃　二七〇
風濤の　一三五
風蘭を　二二八
風鈴聞く　三〇
風鈴しまふ　三〇
風浪の　一八二
笛鳴らす　一二四
フォッサ・マグナの　一七三
フォッサマグナ　二六八
深く身を　四〇
深田打つ　三八
ふかぶかと　六一
蕗煮えて　一三七
蕗の薹　二七二
吹き降りの　一七四
吹きめぐる　二二四
河豚食ひし　八八
ふぐりまだ　一一三
ふぐりもつ　一七五
伏流の　一四二
伏流は　一三一
伏流を　一四四
河豚漁へ　二六五
袋から　二六六
袋二つ　一六二
二つ三つ　二六八

二つ目の　八〇
二本の　二四七
吹越や　九八
仏壇から　二五三
仏壇を　二三九
ふつふつと
—大がんもどき　二〇〇
—代田碌山　二六七
舞踏会の　二七一
風土記伝　二六五
ふと死んで　二四一
ふとみたり　一九一
船溜に　二六八
舟虫の
—きらりきらりと　一七九
—勢揃ひして　二七一
船虫の　二五八
父母金婚　一五
冬青空
—叩けば肥桶　二七
—過去より未来　四九
冬あたたか
—千の空樽　二三
—わが野仏に　三一
—人見えて何か　六一
冬鶯　七九
冬霞
—にはとりの陰は　一三二
—菩提樹の只　一五四
冬川に　三一
冬霧の　六三
冬霧へ　四四
冬霧や　四三
冬木立　二三〇
冬潮や　二六七
冬菫
—泣声遠く　一一二
—フォッサ・マグナは　二三七
—天上に墓　二五五
冬薔薇　一六九
冬田鷺　四二
冬蝶の　二二二
冬椿と　四二
冬燕
—砂丘さらさら　六二
—砂丘の時間　六二
冬怒濤　二二九
冬濤を　三一
冬虹や　六〇
冬に真向ふ　一八
冬の川
—肥桶燦と　四二
—禱りの齢　四三
冬の竹　六二
冬の蝶　一九
冬の雷　二四〇
冬蜂の
—くるもかへるも　七九
—死ぬ気全く　二三一
冬三日月
—鶏がまだ　一八四
—石敷きつめて　一九五
冬芽天に　二七〇
冬鵙に　四九
冬鵙の　三二
冬夜霧　三六
冬凜々　三五
芙蓉ひらく　三九
ぶら下る　一三
普羅の忌を　二五三
ふりかへり　三九
ふりかかる　一〇九
ふりむきて　八八
ふりむけば　一五八
古草の　一二五
古草を　九五
ふるさとの
—野火あつけなく　二三二
—荒田が雉の　二五六
ブルドーザー　二五
風呂敷手に　三〇
分銅と　二二九
平城京　二四四
臍の緒や
—のうぜんかづらは　一〇八
—遠く日あたる　一五九
紅花に　九九
紅藍花の　一七九
紅もちて　一一三
蛇穴を　二六九
へろへろと　一一五
棒置場　二六五
棒置場の　二六七
忘却や　一一四
法師蟬
—死に死にて屋根　五八
—ばかりとなりぬ　六八
—春屋の壁を　一六三
方寸の　九四
鳳仙花　二一七

滂沱たる　八〇
棒直進す　一八一
棒投げし　二〇三
茫々と　二六九
抱擁の　八七
抱卵の　二〇一
抱卵や　一六六
法隆寺　二五四
放浪の　一九七
望楼の　一七一
棒分けて　一六七
朴落葉　二六一
朴咲くと　二四七
頬白の　一八九
鬼灯が　二〇六
朴の蕾へ　五四
ボールペンと　二三五
法華経の　二二七
木瓜の実を　一〇九
星歩み　一八〇
干藷俵　三二
干藷を　二三七
干梅に　九九
干柿や　二四四
干棹の　一六四
干蕎麦や　五一
星つれて　五三
干物に　一九
干せばかがやく　二六
菩提寺も　八九
菩提樹の　二二四
榾の火の　一六〇
螢あはれ　二六
螢火の　六七
螢火や
—夜が充ちくる　六七
—闇ことごとく　六七
螢袋の　二五一
螢待つ　六七
釦落つ　一九六
牡丹雪は　一六五
捕虫網　一六三
発心や　九〇
「坊つちやん」の　二四〇
ぽつちり芹　一四
仏には　一六二
仏より　一一〇
ほととぎす
—夕闇を絵馬　九一
—闇中なにも　九八
炎一点　六五
ほのと幼子　二〇四
ぼろぼろの　二五九
盆過ぎの　八三
ほんだはら　一七七
盆近き　一〇九
盆に来て　八六
盆の雨　一八〇
盆の海に　一八一
盆のもの　二六八
盆三日
—眼くらくら　八二
—三日胸中　九八
本流に　一八二
奔流を　二五七
本流を　二四六

ま行

マーガレット　二六
舞ひ狂ふ　八二
まひまひの　二五一
前髪や　二〇一
前をゆく　一六一
槇垣の
—なかの青空　一三六
—なかの嬰児　一八七
枕木を　二二四
まぐはひの　九九
馬籠見ゆ　六九
真青なる　二〇七
まざまざと　二六八
真白な鳥　二〇八
まだ消えぬ　三九
まだ聞けず　二六九
またたきて　四二
まだ見ゆる　九一
街空に　九七
街空を　一五七
街中に　一五三
街中を　二三五
町へ出て　一六九
まつくらな　一〇一
真暗な　一七五
真黒な　二六五
まつさをな
—虫一つゆく　一〇〇
—夏至の木賊の　一三九
松過ぎの
—まつさをな湾　一八五
—小さき畑を　二四五

祭近き　一〇六
俎の　一七六
真裸の
―桜と桜　一七四
―百日紅が　二二七
瞼にたどる　五二
まぼろしの
―飛騨に入りゆく　五四
―秋茄子の月　二三〇
繭雛の
―群のひとりが　一九九
―顔あげて何　一九九
―声をたどれば　二〇四
真夜中の　一八六
マラソンの
―寒の汗の目　一四
―一列燃えて　二二五
廻し洗ふ　一六
まはらんと　一六〇
満開の　一一七
満願の　二二八
満月生みて　三六
満月と　八〇
満月に　一五二
満月の　一六八
満月を　一〇六
まんさくの　二四一
曼珠沙華
―朝の汽笛を　一六
―道標読めば　一八
―うごく保護帽　二一
―屋上の人　三四
―この村はもう　五八
―水映りして　九二
―部落二つが　一四二
―ゆつくりと消ゆ　一五九
―消ゆれば遠野　二七一
曼珠沙華の　二四
曼珠沙華を　一九二
満天の　二二五
万の鴨の　一七五
見えてゐて　一八八
見送られ　九二
三日月の　一四二
蜜柑時の　一六
岬に来て　二三四
岬に立つ　二七一
岬には　一九四
陵と　二三七
短くて　一〇〇
短夜の
―越の国発つ　二一八
―魂一つ　二一八
水あれば　三六
水うまき　二三六
水音の　三六
水汲めば　三二
水澄　九四
水絶ちて　一六九
水楢の　二一七
水温む　二八
水飲みに　二一一
水飲んで　三五
水呑んで
―植田の隅の　一〇七
―泰山木は　一六六
―子が出てゆけり　二六八
水洟の　二五六
水張りし
―田へのり出して　一七一
―田がせつせつと　二二七
水痩せて　五七
水を過ぎ　六四
水を上りし　三〇
三十三才　二六一
味噌漬も　二一九
三日目の　一六二
見尽くして　一七二
みつさんの　二五〇
密集を　二四八
密封されて　二四一
密閉されて　二二三
密閉の　二〇四
みどり子に　一四四
嬰児も　二四八
皆死んで　二五四
水底の　二三六
実南天　四九
みねたちの　一三七
みねたちを　一四〇
峰一つ　一三五
蓑虫の　一〇〇
蓑虫は　一七三
耳底に　四一
耳鳴りや　九五
見ゆるかぎり　一九七
明神の　九八
身を重ね　一六六
身をはなれ　二三七
みんみんの

—今日から盆の　一八〇
—一声市振　二五九
迎火に　二五二
迎火の　二三三
迎火や　六八
麦枯れて　五五
椋鳥と　九四
椋鳥に　二七一
椋鳥の
—信濃の子らの　二二〇
—喚声十二　二七〇
椋鳥も　二二〇
無限憧憬　二二六
虫も終りの
—星との会話　一八
—オリオン青し　五九
むせて食ふ　二三
胸先の　九六
胸に泉　一五
むらぎもの　一五六
群の鶫の　四四
群を出て　六〇
室生寺の　一五四
室生寺へ　八五
めくるめく　一六四
目くるめく　一〇三
飯にせん　二三一
飯盛りあげ　二四六
目印の　一〇三
目白ども　二六〇
目白ひきつれ　一七六
目なし達磨　九四
目に燃ゆる　二一
目の眩む　一九三
芽吹かんと　四五
芽吹かんとして　四四
芽麦夕焼　一九
目をあげて　六八
目を嚇と　二六八
雌鶏の　二六七
もう会へぬ　四二
もう眠い　四九
藻が泳ぐ　三七
藻刈鎌　一六三
藻刈二人　一五七
藻刈見し　一〇六
木犀匂ふ　一四
鵙がゐて　一八二
鵙が鳴かねば　二六六
鵙啼いて　五九
鵙のこと　二六八
鵙の時間　一六八
鵙の天　四一
畚置きて　九二
物言はぬ　五四
物置が　二四九
籾殻山に　一六九
樅大樹　三〇
樅に対へば　五三
籾蒔に　八五
桃食つて　一八二
桃の花　一三六
桃満開　一七
靄流れて　三四
靄はしづかに　五八
森青蛙
—泳げば田水　一七八
—瑞穂の国を　二五八
盛砂に　一六四
盛砂の　一八二
藻を刈りし　一一六
藻を刈れる　一〇八
門前に　一九二
門にきて　一五二
モンローが　二六八
門を出て　一二五

や行

焼藷が　二三四
夜勤戻り　一一四
約束の　二五二
約束や　一九五
焼山の　一五六
焼山や　一三六
夜叉来つつ　二一一
夜叉ぶしの　八六
八ヶ岳残雪　四五
やどかりに　一四〇
やどかりの　二一一
藪の上　六五
破れかぶれの　二七一
藪を出る　九七
山蟻みな　二六七
山蚕　一七〇
山柿の　一〇一
山神と　一二六
山神は　一〇七
山からくる　一八九
山枯れて　三五
山枯れぬ　六〇

山枯れの　二二五
山霧濃くて　三八
倭健の　二二九
日本武尊　二三九
大和三日　一九八
山に四度　二四八
山は今日も　一二一
山はまだ　一八五
山伏の　二三八
山繭と　一五二
山繭を　二〇六
山姥の　二〇〇
やはらかな　二三八
夕顔の　二六六
ユーカリを　一六五
ゆふぐれの　二〇四
ゆふぐれは　二三八
幽玄居忌　一〇〇
夕潮に　一九二
夕蟬に
—瞼をあげて　五七
—命の果の　八〇
夕蟬の
—まつしぐらなり　五六
—羽音鋭き　一二九
夕蟬は　四七
悠然と　一一七
夕立の　一七一
夕凪の　九一
夕野分
—爪切りをれば　一二
—子が寄居蟹と　一三
郵便局　一八一
夕焼けて　九
夕焼へ　一八
夕闇を　九九
雪形の　二五六
雪解音　六九
雪に垂らす　一〇
雪降るや　九四
雪降れば　四三
雪茫々　六四
雪無限　五二
ゆく秋の　二四〇
ゆく春を　二四六
逝く年の　六九
ゆさゆさと　二四二
柚子とペン　一二二
ゆたかに尿る　一五
茹卵　二二
指長き　一三九
夢にきて　一〇四
夢の世の　二三五
ゆらゆらと　九
百合落ちて　二六五
百合鷗
—渡りきし火を　一九四
—よりかるがると　二六七
百合の木の　二〇二
ゆるく息して　三二
ゆれるゆれると　二三六
夜蛙に　三七
よくあがる　二六五
よく潜る　二七〇
横顔を　二四三
葭切や　二〇三
吉野葛　一七六
よだれあたたか　一四
夜の蟇　五五
夜は何が　一九〇
ヨハネ伝　一三一
読初は　一五一
蓬枯れて　一一〇
夜に入る　八六
弱星も　九五
弱虫の　六一

ら行

雷遠く　二〇四
雷鳴の　二〇五
雷鳴を
—きて真青な　一八〇
—きて香のつよき　二〇六
らくがんに　二二六
落日の　二四二
落日や　九五
落花生の　一三一
爛々と　二二七
立秋の　一八一
立春大吉　一六四
立春の
—大路さやかに　四三
—昼真つ青に　四三
—星の彼方の　六三
—怒濤の隙の　九五
—満目の田や　一〇四
—満月をとぶ　一〇四
—海に滴り　一八六
—水仏壇に　一九八
立冬の　二四九

理髪師が　二四七
理髪師と
—風を見てゐる　一九一
—囮の話　二二八
流氷や　二六一
両眼に　九六
良寛の　一四〇
輪蔵に　一五六
輪蔵を　二一八
凜とその　一九
冷房に　二三〇
レーニン全集　一九一
連翹に　四四
連峰雪　二二五
老父母の　五一
六月の
—塔おろかなり　六七
—烏激しく　一七〇
—菊もて馬穴　一七九
六月や　二二六
ロシア革命　二七〇
路地裏も　九二
路地深く　二二六
ロダン見たし　二〇
六根を　九四

わ行

和一なき　四七
わが足へ　三三
わが顔いま　五三
わが蟹も　二七〇
わが声も　八一
わが声を　一〇三
輪飾の　二四四
若潮汲む　二七〇
わが千夜　二七〇
わが眠る　二三四
若布乾く　二三
別れゆく　二七二
病葉の　三九
鶯消えし　一五八
綿繰機　一五九
渡すべき　一八九
わだつみの　一一五
棉の実を　二六〇
綿虫が　二三一
綿虫とぶ　五〇
綿虫の
—息を見んとて　五九
—間を通り火に　一一
—もう出る頃の　一六八
—時間満ちきし　一七四
—湧くごつごつの　一八三
—二つとなりて　二六〇
綿虫や
—土蔵内側　五〇
—浄土の日ざし　五〇
藁抱き出づ　三六
藁塚に　二三六
藁塚の
—勢揃ひして　二二九
—へたへたと腰　二四八
—ひとつひとつの　二六五
悪餓鬼の
—声のうれしき　二三二
—背中が一つ　二七一
われのみの　一一〇
われも触れゆく　一三
われを出し　八九
われを包みて　五四
湾口に　二四二
ワンタンや　一八六
湾深く　一七六

季語別索引

＊［ ］は収録句集を示す　［灘］＝『灘』
［落］＝『落葉松』　［長］＝『長流』
［伏］＝『伏流』　［拾］＝『長流』拾遺

あ行

青蘆（あおあし）夏
火も人も青蘆原の中を出ず　［伏］一一六
晩年や青蘆原がいつも先　［灘］一九〇
青嵐（あおあらし）夏
泣き羅漢もとびたかるべし青嵐　［灘］一五六
にはとりが跳ぶ姨捨の青嵐　［灘］一七〇
石棺から塔までの距離青嵐　［灘］一七一
左千夫赤彦茂吉三人青嵐　［灘］一七九
手にとりし椀の円周青嵐　［灘］二〇三
仏壇をゆすりに来たり青嵐　［長］二三九
青北風（あおぎた）秋
青北風がくるぞよ杜国屋敷址　［灘］二〇八
梧桐（あおぎり）夏
青桐に対ひ死なずと思ひけり　［灘］一五七
青胡桃（あおくるみ）夏
青胡桃おもかげそこを過ぎゆけり　［落］六九
惜別や雲のなかなる青胡桃　［伏］一〇七
青薄（あおすすき）夏
首塚へ青一途なる芒道　［伏］八二
青田（あおた）夏
仏にはふれず青田を帰りけり　［灘］一六二
青梅雨（あおつゆ）夏
青梅雨の深井戸に身をのぼらしむ　［伏］九八
青梅雨のてのひらに乗り屋敷神　［伏］一一七
青梅雨のあのかたまりは月桂樹　［拾］二六九
青葉（あおば）春
水楢の一散の青伊賀甲賀　［伏］一一七
青葉木菟（あおばずく）夏
生水のうまかりし夜の青葉木菟　［長］二三〇
青葉木菟賢治の星はまだ見えず　［拾］二六六
七曜の一日山に青葉木菟　［拾］二六九

青瓢（あおふくべ）秋
空谷の幼瓢よ鳴りてみよ　［伏］　一一九
青瓢うつくしき声立ちにけり　［伏］　一二八
香合の側に瓢の置かれあり　［灘］　一五四
瓢簞のかんらかんらと一軒家　［長］　二三九
青葡萄（あおぶどう）夏
青葡萄大事の前の時間澄み　［落］　五六
青麦（あおむぎ）春
日が没るときの明日への青さ麦育つ　［落］　二〇
赤蜻蛉（あかとんぼ）秋
干せばかがやく飯釜茶釜へ赤蜻蛉　［落］　二六
赤蜻蛉われとうごかず没日の前　［落］　三四
赤のまんま（あかのまんま）秋
汽車過ぎしより赤のまま充実す　［落］　四七
秋（あき）秋
秋の木となりて姫娑羅鳴りゐたり　［伏］　一四三
黒人のてのひら二つ秋の寺　［灘］　一六三
黒靴の海人が佇む秋の寺　［灘］　一六八
生き抜きてきしあの黒よ秋烏　［長］　二五三
秋収め（あきおさめ）秋
田がしまひこれから風の大犬座　［長］　二四四
嬰児も見よ田じまひの大きな火　［長］　二四八
つつきたき田じまひの火に突きあたる　［拾］　二七一
秋風（あきかぜ）秋
秋風に声すきとほり馬籠の子ら　［落］　六九
地球儀が見え秋風の子供部屋　［伏］　九一
畚置きて秋風を野に溢れしむ　［伏］　九二
秋風の木を見て歩く喉仏　［伏］　九三
秋風や鶏屋のうしろの杏の木　［伏］　一〇九
ばんどりは三階にあり秋の風　［伏］　一一〇
味噌漬もわれも渦なる秋の風　［伏］　一一九
秋風や寺を出て人あきらかに　［伏］　一四三
棒分けてをり秋風の砂畠　［灘］　一六七
棒直進す秋風の棒置場　［灘］　一八一
秋時雨（あきしぐれ）秋
烏骨鶏一家の散歩秋時雨　［長］　二六〇
秋高し（あきたかし）秋
甕伏せて天高かりき長楽寺　［伏］　一三〇
秋茄子（あきなす）秋
まぼろしの秋茄子の月浴びゐたり　［伏］　一三〇
秋茄子をのこらず濡らし通り雨　［拾］　二六六
秋の雨（あきのあめ）秋
すべて見ゆ秋の驟雨の魚市場　［灘］　一八三
早川にて秋の驟雨に追ひつかる　［長］　二四三

鉄道と海の間の秋の雨　[拾]　二七一

秋の海（あきのうみ）秋

つぶやきつ嫗の渡る秋の海　[灘]　一七三
先生とそれきり会はず秋の海　[灘]　二〇七

秋の川（あきのかわ）秋

仰向きに面流れゆく秋の川　[灘]　一六八
音がまづ聞こえて秋の黒部川　[長]　二四三

秋の雲（あきのくも）秋

嘉門次よ喜作よいつか秋の雲　[長]　二五三

秋の暮（あきのくれ）秋

地の神へ目がもどりゆく秋の暮　[伏]　八七
石の火を待てば八方秋の暮　[伏]　二一〇
天の火も秋の暮なる信濃かな　[伏]　一四二
木を打つて木を思ひをり秋の暮　[伏]　一四二
門口に青竹二本秋の暮　[灘]　一五三
海が洗ふくろがねの蟹秋の暮　[灘]　一八二
木には木の人には人の秋の暮　[長]　二五四
水呑んで子が出てゆけり秋の暮　[拾]　二六八

秋の潮（あきのしお）秋

秋潮の高ければ墓群れゐたり　[灘]　二〇七
秋の潮すべての蟹の背を越えぬ　[灘]　二〇七
秋潮の高きところへ目を戻す　[拾]　二六六

秋の蟬（あきのせみ）秋

秋蟬の幹を濡らして去りにけり　[伏]　一〇九
川は海へしづかにかへる秋の蟬　[伏]　一二九
秋蟬や槐多の裸僧真赤なり　[灘]　一五三
秋蟬の街に買ひたる更紗かな　[拾]　二七一

秋の蛇（あきのへび）秋

フォッサ・マグナの南端を秋の蛇　[灘]　一七三
本流にきて頭を高く秋の蛇　[灘]　一八二
川渡らんとして金色の秋の蛇　[拾]　二六八
川があれば川よ川よと秋の蛇　[拾]　二七一

秋の雷（あきのらい）秋

戒壇をまつさをにして秋の雷　[灘]　一九三
秋の雷薩摩切子をつつみけり　[灘]　一九四
普羅の忌を忘れてをれば秋の雷　[長]　二五三

秋晴（あきばれ）秋

秋晴やなかを綺麗に稲荷堂　[長]　二三一

秋日傘（あきひがさ）秋

陶房の隅に一本秋日傘　[灘]　二〇六
永遠にぼた山めざす秋日傘　[長]　二四四

秋彼岸（あきひがん）秋

街中に木を見送りて秋彼岸　[灘]　一五三
秋彼岸本を束ねて捨てにけり　[灘]　一六七

火中深く秋の彼岸の火掻棒　[灘]　一八二
大木を見てはらからと秋彼岸　[拾]　二六九
どの草も木もよく見えて秋彼岸　[拾]　二七一

秋深し（あきふかし）秋
秋深し山蟹の背を水走り　[落]　四八
一本の道標山も秋も深し　[落]　四九
秋深きたどりつきたる句碑の色　[落]　五九
秋深き仏の国の竈火ぞ　[伏]　九九

秋祭（あきまつり）秋
車前子に川風強し秋祭　[伏]　一〇〇
砂畠きれいに打つて秋祭　[伏]　一四三
海高くなりゆつくりと秋祭　[灘]　一七二
海の鳥をすべて迎へて秋祭　[灘]　一八一
きえたちの河口の村の秋祭　[灘]　二〇七
秋祭でんでん虫はどこにゐる　[拾]　二六八

通草（あけび）秋
ここからは道元の道青通草　[灘]　一五七

麻（あさ）夏
ひとところ風鋭くて麻畠　[伏]　一一八

朝顔（あさがお）秋
朝顔に言ひのこしたることのあり　[拾]　二六七

浅蜊（あさり）春
喉焦がす雨三日目の浅蜊汁　[灘]　二〇〇

蘆刈（あしかり）秋
蘆刈れり枯色なす目見ひらきて　[落]　一三

紫陽花（あじさい）夏
紫陽花の家が盛んに火を焚ける　[灘]　一六一

蘆の角（あしのつの）春
発心や朝日たばしる蘆の角　[伏]　九〇

汗（あせ）夏
魚雫汗雫男らどつと汽車へ　[落]　一一
汗の少年その子鳩まだ目が見えず　[落]　三三
滂沱たる汗の中血は濃かりけり　[伏]　八〇

畦塗（あぜぬり）春
畦塗つて春台先生遠くなりぬ　[伏]　一三八
畦塗るや山脈二つ北へ走る　[灘]　二〇二

暖か（あたたか）春
牛の前あたたかに家教へらる　[落]　一二
下宿もありて初めての道あたたかし　[落]　一二
よだれあたたか荷牛と荷牛街に会ふ　[落]　一四
場末床屋あたたかひよこ籠に飼ひ　[落]　一五
空肥桶かつげばゆるるあたたかに　[落]　一七
牛を見てをり野仏とゐてあたたかに　[落]　三三
氷砂糖買ふ紙袋あたたかに　[落]　五四

油照（あぶらでり）夏
油照万の乾魚目をひらく 〔落〕 一八
雨蛙（あまがえる）夏
雨蛙夜更けてはもう息短か 〔落〕 四七
雨蛙竹がもつとも暗かりき 〔落〕 五六
青蛙母の精根つきざるや 〔伏〕 七九
初声のあと只眠き青蛙 〔伏〕 八五
かたまつてみな瞼もつ青蛙 〔伏〕 一〇九
桜の木よりりんりんと雨蛙 〔伏〕 一三九
青蛙初めての顔見せにくる 〔灘〕 一五二
鳴いてみせよ牛方宿の青蛙 〔灘〕 一五三
森青蛙泳げば田水うごきけり 〔灘〕 一七八
雨蛙古墳の森に集結す 〔灘〕 一九〇
枝蛙の声玄室をつらぬけり 〔灘〕 二〇二
断崖に雫のごとく青蛙 〔灘〕 二〇四
森青蛙瑞穂の国を泳ぐなり 〔長〕 二五八
造船所の戸にへばりつき青蛙 〔長〕 二五八
天の川（あまのがわ）秋
ロダン見たし銀河の下の一人にて 〔落〕 二〇
海上に出てなだれけり天の川 〔伏〕 八〇
輪蔵を廻したる日の天の川 〔伏〕 一一八
天の川本流となる飛騨の国 〔伏〕 一二八
ごそごそと袋の煮干天の川 〔灘〕 一七二
盛砂の上をまひるの天の川 〔灘〕 一八二
岬には岬の儀式天の川 〔灘〕 一九四
天の川御身ら我らそのほとりに 〔灘〕 二〇五
溢れつつメキシコへ去る天の川 〔灘〕 二〇五
米はいつも暗く冷たく天の川 〔長〕 二三六
楸邨を探しに出れば天の川 〔長〕 二三六
虚子一人と言ひしかの虚子天の川 〔長〕 二六〇
水馬（あめんぼ）夏
水痩せてあはれひかりて水馬 〔落〕 五七
あめんぼう群れて三方ヶ原真赤 〔伏〕 一三九
日に一度暮るる道べの水馬 〔灘〕 一五七
水馬巨大なり寺かんかんす 〔灘〕 一七一
水馬に乗つてゆきたき国があり 〔灘〕 一八〇
あめんぼう口笛長く忘れゐし 〔灘〕 二〇二
ゆふぐれの眼を大胆に水馬 〔灘〕 二〇四
遠雷に脚踏んばつて水馬 〔拾〕 二六六
聳えつつ流されてゆく水馬 〔拾〕 二六六
独り者らし特大の水馬 〔拾〕 二六七
舞踏会のごとくに今日の水馬 〔拾〕 二七一
蟻（あり）夏
水を上りし蟻が一点岩濡らす 〔落〕 三〇

わが足へきて惑ひをり日暮の蟻　［落］　三三
考へてさてわが方へ小さき蟻　［落］　四六
石の神よりもひそかに蟻の道　［落］　六七
ふりむけば蟻塚は茫と一火焔　［灘］　一五八
蟻嬉々と鋼の上を走りけり　［長］　二二六
山蟻みな巨大な眼かかげたる　［拾］　二六七
蟻地獄（ありじごく）夏
蟻地獄より戻りきて火種吹く　［灘］　一六七
逆さ旋毛の子が熱中す蟻地獄　［灘］　一七九
蟻地獄妹とつつきて旅にあり　［長］　二五八
泡立草（あわだちそう）秋
終点はどしや降りの背高泡立草　［灘］　一六七
東京へ東京へ背高泡立草　［灘］　一八三
淡雪（あわゆき）春
美しき父の顱頂や牡丹雪　［落］　六四
母の膝しづかなりけり牡丹雪　［落］　六四
牡丹雪は鳥の祭飛騨の国　［灘］　一六五
ワンタンやいまほんたうに牡丹雪　［灘］　一八六
鮟鱇（あんこう）冬
山河茫々鮟鱇よ楸邨よ　［長］　二四五
杏の花（あんずのはな）春
ときめきてきし竈火や花杏　［伏］　八九
にはとりはいまが真白花杏　［伏］　一三四
菴羅果（あんらか）夏
奈良の菴羅果大風の闇に棄つ　［灘］　一八四
藺（い）夏
日暮たしかな水音藺草抱きおこす　［落］　二四
藺刈り（いかり）夏
藺刈時夕日に向きて耳ふる牛　［落］　二三
息白し（いきしろし）冬
息白く妻籠の宿の馬屋覗く　［落］　七〇
魦（いさざ）冬
魦売欅見上げてゆきにけり　［灘］　一八六
魦売北陸本線見送れる　［長］　二四三
泉（いずみ）夏
胸に泉持ち手鞠歌くりかへす　［落］　一五
鼬（いたち）冬
鼬とぶたのしき路地が町内に　［拾］　二七二
虎杖（いたどり）春
両眼にいたどりの野の豪雨かな　［伏］　九六
いたどりの夜のいちめんの雨の音　［伏］　九七
いたどりの風雨をいそぐ壺一つ　［伏］　一〇五
一位の実（いちいのみ）秋
零れて赤し残りて赤し一位の実　［灘］　一九五

一月（いちがつ）冬
一月の虹高々と産井跡 〔伏〕 一一三
一月の木賊の闇の信濃かな 〔伏〕 一二三
少年の褌一月うららかに 〔灘〕 一六四
一月の海たかぶれり負ひ紐 〔灘〕 一八五
一月の海まつさをに陸に着く 〔灘〕 一九七
伐折羅ばさらと一月の鷗ども 〔長〕 二二七
鵜の海の一月の風豪華なり 〔長〕 二二九
一月望紺なびかせて女学生 〔拾〕 二六八
苺（いちご）夏
明日も天気の金星青し苺掌に 〔落〕 二〇
一茶忌（いっさき）冬
かまきりの貌まだ見ゆる一茶の忌 〔伏〕 八七
くらがりに鶏突つ立てり一茶の忌 〔灘〕 一九四
一茶忌は鯖の味噌煮と漬物ぞ 〔拾〕 二七二
冱つる（いつる）冬
凍てきつて仏光りの犬の糞 〔伏〕 九三
竈馬（いとど）秋
暗々の暗はいとどの暗ならん 〔伏〕 一一九
仏壇から真逆さまにかまどうま 〔長〕 二五三
蝗（いなご）秋
青蝗のせ絵馬堂の藁草履 〔灘〕 一五三
稲雀（いなすずめ）秋
稲雀高し信濃の光得て 〔落〕 三五
稲妻（いなずま）秋
稲妻のひそかに来たる竈口 〔伏〕 九九
ふりかかる神の信濃のいなびかり 〔伏〕 一〇九
いなびかり欅の匂ひ宙に満ち 〔伏〕 一二一
犬ふぐり（いぬふぐり）春
ずる休みの子に犬ふぐりがもう明るい 〔落〕 一二
いぬふぐりまぼろしの塔もうそこに 〔落〕 七一
ふぐりまだもたず疾風の犬ふぐり 〔伏〕 一一三
稲（いね）秋
ぐつたりと田舟に積まれ泥田稲 〔落〕 一六
靄はしづかに眠れ眠れと稲の上 〔落〕 五八
何もなき空に手をあげ稲の中 〔灘〕 一五九
稲の上に赤星が出て秋葉講 〔灘〕 一八二
音楽は終りぬ稲を見にゆかん 〔長〕 二三四
稲刈（いねかり）秋
稲刈りのもう暮れられぬまで暮れぬ 〔落〕 四一
田を刈つてこれからが風の又三郎 〔灘〕 一八三
田刈後の月がすつとぶ秋葉講 〔灘〕 一九四
稲刈りのうしろにいつも棒置場 〔灘〕 一九五
田刈後の大きな闇の端にゐる 〔長〕 二四八

田を刈つてから墓は墓空は空 [長] 二四九

今川焼（いまがわやき）冬

ブーツの頃そして今川焼の頃 [拾] 二七〇

甘藷（いも）秋

甘藷うまし父が来たれば父と食ひ [落] 二七

干藷俵どれもふつくり下されぬ [落] 三二

干藷をポケットに入れ数学者 [長] 二三七

藷粥（いもがゆ）冬

芋粥を少女と食べぬ冬木立 [灘] 一七五

芋茎（いもがら）秋

芋茎を下げて古墳に登りけり [長] 二三七

芋虫（いもむし）秋

芋虫の疲れては空を見てをりぬ [伏] 八三

蠑螈（いもり）夏

壜の蠑螈切に素直に尾をふれる [落] 五四

うらがへりうらがへりては蠑螈消ゆ [伏] 九六

身を重ね仏の国の蠑螈ども [灘] 一六六

蠑螈交むこの夕焼が関ヶ原 [長] 二五八

鰯雲（いわしぐも）秋

父母金婚ほのぼのと夜の鰯雲 [落] 一五

遠く白くまだ見ゆる子よ鰯雲 [落] 二三

鰯雲河は音なく海に入る [落] 三〇

鰯雲川を隔てて馬がゆく [落] 三四

鰯雲放牛はなほ足運ぶ [落] 四七

東京の子の肘ゑくぼ鰯雲 [伏] 九九

嚔して過ぎたる少女鰯雲 [伏] 一四二

鰯雲伊勢佐木町はまだありや [灘] 一九二

鰯雲レーニンの国なくなりぬ [長] 二三一

植田（うえた）夏

水呑んで植田の隅の捨子猫 [伏] 一〇七

田が植わり墓が一日立つてゐる [長] 二三三

なんといふやさしさ植田漣す [拾] 二六六

鶯（うぐいす）春

山霧濃くて暁の鶯啼ききれず [落] 三八

鶯やどの円柱に歩みよらん [落] 七一

海髪（うご）春

海髪採りの老の股間のしづかなる [伏] 九五

か青なる海髪のみづうみ母子たち [伏] 一一四

兎（うさぎ）冬

菊切つて見ればさびしげ家兎 [落] 五一

雨水（うすい）春

花つけて雨水の雨の鉢のもの [長] 二四五

薄氷（うすらい）春

薄氷を舐めては猫のまつしろに [伏] 八八

むらぎものこころたのしも薄氷　[灘]　一五六
薄氷をつつきて吉良の仁吉とゐる　[長]　二二七

空蟬（うつせみ）夏
空蟬のきびしき日焼何を待つ　[落]　三〇
一枚の葉に空蟬の一家族　[拾]　二七一

優曇華（うどんげ）夏
優曇華やあかあかと星南中す　[灘]　一六七
優曇華や乱待つ心失はじ　[長]　二三九

馬追（うまおい）秋
馬追の脚を失くしてかへりゆく　[伏]　九二
馬追よ父よ日本真青なり　[灘]　一五八
コシヒカリの国よ少女も馬追も　[長]　二五九
馬追にとびつかれたる越の国　[拾]　二六八

梅（うめ）春
梅の風野風となりて果見えず　[伏]　八九
梅かたくマリア地蔵は山曇り　[伏]　九〇
母たちの睫のひかり梅ひらく　[伏]　一二三
水絶ちて梅の季節の地蔵様　[灘]　一六九
梅林をつつつつと鳥走りけり　[灘]　一七七

梅干（うめぼし）夏
島帰る梅干一つ白皿に　[落]　五五
干梅に大木の影来ては去る　[伏]　九九
丑寅の稲荷の前が梅干場　[長]　二五二
生涯の大事の梅を干してゐる　[長]　二五八

末枯（うらがれ）秋
末枯や遠く無音の一水車　[落]　六〇
竈火や末枯はもう十重二十重　[伏]　九二

麗か（うららか）春
うららかやあの水音が寺への道　[落]　五三
うららかや海牛の口どこにある　[長]　二三三

狗尾草（えのころぐさ）秋
ねこじやらし消えてのこりし没日かな　[伏]　一一一
凡そ天下一の自在やねこじやらし　[拾]　二七一

恵比寿講（えびすこう）冬
海人の子の大粒涙恵比須講　[伏]　一一一
軒端までびつしりと漁具恵比須講　[灘]　一九六
お婆様の張り切る日なり恵比須講　[長]　二五五

恵方詣（えほうもうで）新年
鵜の群のとぶこの灘が恵方かな　[長]　二三三

炎昼（えんちゅう）夏
炎昼や孵卵器の奥灯がともり　[落]　二一
鳥ひそと過ぐ炎昼の物干場　[落]　三三
吉川郷炎昼の鶏うつくしき　[伏]　一四〇

炎天（えんてん）夏
運べば鳴つて炎天樽の充実感　［落］　一三
炎天の蝶がまつすぐ貨車めざす　［落］　二九
炎天の蟻の邂逅すぐ終る　［落］　三八
人形掌に炎天の子の目が深し　［落］　三九
洗はれて炎天の亀火のごとし　［落］　四六
亀抱いて炎天の子の独り言　［落］　四六
おのれ燃やして紅殻を塗る炎天下　［落］　四七
炎天の竹見て老いぬ美しく　［落］　五七
炎天をひたひた団子虫一つ　［落］　六八
炎天の三輪山に入る鳥一つ　［伏］　八〇
炎天の遠くを見つつ墓地買ひに　［伏］　八〇
炎天の絮飛んですぐ落ちにけり　［伏］　八二
炎天の涯はありけり鶏の首　［伏］　八六
炎天をおしいただきて奪衣婆ぞ　［伏］　一二九
爪立ちて見る炎天の雉の森　［伏］　一四〇
炎天の樒と我の間かな　［灘］　一六七

大毛蓼（おおけたで）秋
大毛蓼涙を溜めて人通る　［伏］　一四一
伝道や遠く驟雨の大毛蓼　［灘］　一七一

車前子（おおばこ）秋
大毛蓼一本塔と相対す　［長］　二四七
おほばこに黙りてゐしが男ごゑ　［伏］　九七
おほばこを打ち擲つて父の忌なりけり　［伏］　九七
五箇山へ瑞のおほばこはるかなり　［伏］　一一八
おほばこの葉脈深き塩の道　［灘］　一七九

大晦日（おおみそか）冬
弱虫の焚く炉火走り大晦日　［落］　六一
大晦日父がつぶやく椅子の上　［落］　六一
大年の田にきて雉が翅ひらく　［灘］　一七五
能登のこと聞く大年の地下街に　［灘］　一九六
「坊つちやん」の清のことなど大晦日　［長］　二四〇

送り火（おくりび）秋
送火や川底はもうどこも見えず　［伏］　八三
送火に人立ちあがる海の町　［伏］　一二九
送火を千回焚かば鬼にならん　［伏］　一四〇
送り火のゆれやまざるを怖れけり　［灘］　一八〇
送り火のぽつんぽつんと海へつづく　［長］　二三六
送り火の上を過ぎたる羽音あり　［拾］　二六七

御降（おさがり）新年
馬は老いてお降りに魔羅濡らすなり　［伏］　一三三
お降りの束の間階を流れけり　［長］　二三九

白粉花（おしろいばな）秋
お降りが遠州灘と我に降る　［長］　二五〇

白粉花に咳して漁夫の深まなこ　[落]　六八

遅桜（おそざくら）春
ひとり立つ眼鏡の駅夫遅桜　[伏]　八五

落葉（おちば）冬
欅立つ金剛力に葉落して　[落]　四〇
桜落葉の極みの眼馬がもつ　[伏]　一四四
天明の空から桜落葉かな　[灘]　一五九
桜落葉して少年に祖母があり　[灘]　一八一
元禄の桜落葉の彼方かな　[灘]　二〇八

囮（おとり）秋
理髪師と囮の話はづみけり　[長]　二二八

踊（おどり）秋
くらやみに木は木と立てり盆踊　[灘]　一九一

踊子草（おどりこそう）夏
生臭き踊子草を捨てにけり　[灘]　一七〇

朧（おぼろ）春
海を隔てて朧の奥の逗子の灯よ　[落]　四五
われを出し嘘朧夜のどこにゐむ　[伏]　八九
菩提寺も朧のなかの一つにて　[伏]　八九
朧より出できていまも悪路王　[伏]　一〇五
田の涯の仁王の山の朧かな　[伏]　一二三
汝が声もあり朧夜の御柱　[伏]　一三七
木の王となりて朧に幹ひらく　[灘]　一五一
黒糖を割つて朧のなかにゐる　[灘]　一六〇
朧夜の真赤な網をひきずれる　[灘]　一六六
執刀医とわれをかこみて朧は神　[灘]　一七八
朧なり次の朧はまだ見えず　[灘]　一七八
海間近にて朧夜の昇降機　[灘]　一八八
鵜の去りし朧の海が戸口まで　[灘]　二〇〇
頑丈な斗枡が隅に朧かな　[長]　二四六
朧夜の木の瘤夜叉になりきれず　[拾]　二六五

オリオン（おりおん）冬
虫も終りのオリオン青し風の上　[落]　五九

か行

蛾（が）夏
灯蛾美し一つとなりてもうごかず　[落]　三九

貝割菜（かいわりな）秋
帰国して雨に歩けば貝割菜　[灘]　一五八

返り花（かえりばな）冬
返り花ひとつは赤し塩の道　[伏]　一〇一
一弁のたちあがりたる返り花　[伏]　一四三
一面に火の粉がとべり返り花　[灘]　一七三

案山子（かがし）秋
顔暗き案山子よ走る海の音　〔落〕　二一
案山子建つ老の目言葉溢れしめ　〔落〕　三八
あきらめて案山子とならば何見えん　〔伏〕　九三

ががんぼ（ががんぼ）夏
ががんぼの鳴きては脚を揃へけり　〔伏〕　一〇八
ががんぼのいくたび鳴かば眠るらん　〔伏〕　一三八

牡蠣（かき）冬
牡蠣売りのきらきらと出す棹秤　〔落〕　一九
牡蠣の海を貫く汽笛成人す　〔落〕　二三
牡蠣を焼く火の輪の中の吾妹子よ　〔長〕　二三二

柿（かき）秋
安達太良にとほり柿もぐ声が湧く　〔落〕　二四
柿は朱に失ふいまは何もなし　〔落〕　四〇
柿は朱へ心行きつくどこならん　〔落〕　五〇
柿の村水流は青を加へをり　〔落〕　五〇
柿つかむ八十八年生き抜いて　〔伏〕　七九
碑への一歩は柿への一歩関ヶ原　〔伏〕　八七
亡き父の見てゐる柿を食ひにけり　〔伏〕　八七
柿捥ぎの背中一日日本海　〔伏〕　九三
山柿の固きひかりも塩の道　〔伏〕　一〇一
しづかなる雨に眠れば富有柿　〔伏〕　一〇一
柿の終りは今年の終り磨崖仏　〔伏〕　一一九
どの山も見えなくなりし柿を食ふ　〔伏〕　一四四
日の暮の畳に柿と赤ん坊　〔長〕　二三二

書初（かきぞめ）新年
胸中に海うねりをり筆始　〔拾〕　二七〇

牡蠣剝く（かきむく）冬
牡蠣を剝く精魂の息わが前に　〔落〕　二五
牡蠣打ちの牡蠣のなかなる鼻梁かな　〔伏〕　一〇二
牡蠣打ちを被ひつくしてかもめどり　〔伏〕　一四五
ときにしんとして牡蠣剝きの車座よ　〔拾〕　二六八

陽炎（かげろう）春
陽炎の真中さびしきパン工場　〔落〕　六六
陽炎に修羅と会ふ目をひらくなり　〔灘〕　一六五
抱卵やしんかんと国かげろへる　〔灘〕　一六六
一本の櫨をもてば陽炎へり　〔灘〕　一七〇
陽炎を千里歩まば虚子に会はむ　〔灘〕　一七八

蜉蝣（かげろう）秋
蜉蝣の声も身もなく舞ひはじむ　〔落〕　五六
蜉蝣の濡れざるはなき信濃山　〔伏〕　一〇一
蜉蝣に桜の幹のつづきをり　〔伏〕　一四一
蜉蝣の渡り終へたる欅の幹　〔伏〕　一四三
門にきて田のかげろふのあそぶなり　〔灘〕　一五二

風花（かざはな）冬
風花やはげしき木の香いま欲しき ［落］ 二五
風花や古物息する中通る ［落］ 六二
壺一つ風花はみな闘へり ［落］ 六四
吹越や楸邨が過ぎ兜過ぐ ［伏］ 九八

飾（かざり）新年
きりきりと木目走れり飾り舟 ［伏］ 一三四
手をふれてなにも起らず飾り船 ［灘］ 一五一
夢の世の一隅を占め飾り舟 ［長］ 二三五
輪飾の藁がまつすぐ土を指す ［長］ 二四四

飾売（かざりうり）冬
小さき顔朝日に向けて飾売 ［長］ 二五五

河鹿（かじか）夏
腹空いて河鹿のほかはきこえざり ［伏］ 一一七

霞（かすみ）春
田舎バスゆれて霞の呼ぶ方へ ［落］ 一七
霞背に野仏おはす奥信濃 ［落］ 六四
にはとりの眼凝らせる霞かな ［伏］ 一二六

数え日（かぞえび）冬
数へ日や薪の火で炊く味噌汁も ［長］ 二四九

蝸牛（かたつむり）夏
蝸牛遊びをりしが月のぼる ［伏］ 八五
蝸牛身を起しては彷徨へり ［伏］ 九〇
鉄にこもりて渦千年の蝸牛 ［伏］ 一一三
新月の木へかへりゆく蝸牛 ［伏］ 一一五
日暮から桐の木のぼる蝸牛 ［灘］ 一七七
どつと出て観世音寺の蝸牛 ［灘］ 二〇二
木登りがすきで夜明の蝸牛 ［灘］ 二〇三
蝸牛の闇がわが闇目をつむる ［拾］ 二六五
晩年の晴よ曇よ蝸牛 ［拾］ 二六六
まだ聞けずでんでん虫の独り言 ［拾］ 二六九

酢漿の花（かたばみのはな）夏
身辺やかたばみの花照り曇り ［伏］ 九〇
かたばみの花の小声をまだ聞かず ［伏］ 九七
かたばみに屈めば今も満州よ ［長］ 二五一
かたばみの見えるところに母の椅子 ［拾］ 二六五
かたばみへ帰りしよりの五十年 ［拾］ 二六七
かたばみは地上一寸満開なり ［拾］ 二六九

郭公（かっこう）夏
郭公の呼べる盆地の植字工 ［灘］ 一八〇
郭公の北へゆつくり飛行船 ［灘］ 一八九

河童忌（かっぱき）夏
袋二つ下げて我鬼忌の駅にをり ［灘］ 一六二
髪高く結ひて我鬼忌の観世音 ［灘］ 一八〇

操車場いまも混み合ひ我鬼忌かな　［長］　二五九

蝌蚪（かと）春

仲間離れて出てゆく蝌蚪の幼なさよ　［落］　一七
風過ぎゆく蝌蚪の水底水湧いて　［落］　三七
蝌蚪を得て一世界なす硝子壜　［落］　四五
出歩きて身透けて蝌蚪の幼なさよ　［落］　四五
かがやきて澄みて方寸の蝌蚪の水　［落］　六四
一乗谷蝌蚪のつぶやき充満す　［長］　二三八
蝌蚪生る真言宗の渦の中　［長］　二五七

門松（かどまつ）新年

門松やまだ誰も来ず誰も出ず　［長］　二三七

蟹（かに）夏

砂掻いて白蟹は何言ひたきや　［落］　六六
白蟹の掌にとれど目は煙りをり　［落］　六六
ことごとく蟹たちどまる没日かな　［伏］　九一
蟹釣つて楸邨先生膝あたたか　［伏］　九二
沢蟹を待つ山中に目をみはり　［伏］　九三
蟹別れ別れ流速見ゆるかな　［伏］　一〇六
蟹群れて大雨の川見てをりぬ　［伏］　一〇七
てのひらの沢蟹に雲満つるかな　［伏］　一〇八
一団の蟹ひらひらと道通る　［伏］　一〇九
くらがりに飼はれ山蟹聳えけり　［伏］　一三八
楸邨も蟹も夕日につぶやける　［長］　二五二

鉦叩（かねたたき）秋

悪餓鬼の背中が一つかねたたき　［拾］　二七一

蕪（かぶ）冬

蕪掘りの老婆の正座天真つ青　［落］　七〇
長安の夢のつづきの赤蕪　［灘］　一六五
くくりたる藁の切つ先赤蕪　［長］　二三一
袋から童子のごとく赤蕪　［拾］　二六六

兜虫（かぶとむし）夏

甲虫黒つややかに死ぬと見ゆ　［落］　一一
しばらく借りぬ安曇野の子の兜虫　［伏］　九八
官幣大社の闇をつかみて兜虫　［長］　二五二

蕪汁（かぶらじる）冬

山に四度雪きて四度の蕪汁　［長］　二四八

南瓜（かぼちゃ）秋

抱いてみよ北の盆地の大南瓜　［拾］　二六六

蒲（がま）夏

蒲を切る鋭き音を過りけり　［伏］　一二〇
姫蒲の姫は大風出でざりき　［伏］　一二九
火を見つつ蒲の大気のなかをゆく　［伏］　一三九

蒲の穂（がまのほ）夏

蒲の穂の千万年の没日かな　［伏］　一四二

蒲の穂のいつまでもよく見ゆるなり 〔伏〕 一四二
蒲の穂をユタの荒野に見とどけぬ 〔灘〕 一五八

蒲の絮（がまのわた）秋
抱擁のしづまりゆけば蒲の絮 〔伏〕 八七
あたたかければ人には言はじ蒲の絮 〔伏〕 一〇二

神送り（かみおくり）冬
草の火に雨二三粒神送り 〔伏〕 一二一
鵜は空に鶏は地に神送 〔灘〕 一九四

天牛（かみきりむし）夏
卒然と髪切虫の来りけり 〔伏〕 九七
悠然と髪切虫の門を発つ 〔伏〕 一一七
天牛を夕日に放ち寺男 〔灘〕 一六七
天牛の来し日の赤き星探す 〔灘〕 一七九
ある朝の雲の中から髪切虫 〔灘〕 一九二
天牛の飛び込んでゆく淵のあり 〔灘〕 二〇三
天牛の空渡りくるこだまかな 〔拾〕 二六六

雷（かみなり）夏
遠雷の絶ゆる間充たす水を飲む 〔落〕 四〇
夜に入る母の首筋はたた神 〔伏〕 八六
縁側に椅子ありて雷かすかなり 〔伏〕 一二九
釈迢空いかづちは海渡りをり 〔伏〕 一三九
見尽くして遠雷をきく棉畠 〔灘〕 一七二
鉢を出て雷にうたれに茜草 〔灘〕 一七八
遠雷に列を正して棉畠 〔灘〕 一八一
雷の貫禄見せず終りけり 〔灘〕 一九一
父の忌の雷雨にうたれ街にをり 〔灘〕 一九二
雷遠くより妹と見る餓鬼草紙 〔灘〕 二〇四
雷鳴の間も蜂鳥のふれあへる 〔灘〕 二〇五
雷鳴をきて香のつよき皮鞄 〔灘〕 二〇六
うるはしき雷様の通るなり 〔長〕 二三三
雷の置きてゆきたる土偶かな 〔拾〕 二六六

神の旅（かみのたび）冬
鳥の目にもはるかなるべし神の旅 〔伏〕 一三四
神発ちし後ろ追ひかけ烏骨鶏 〔拾〕 二七二

神の留守（かみのるす）冬
荷車を垂直に立て神の留守 〔灘〕 一七三
海の鳥を母が呼びをり神の留守 〔灘〕 一八二
神の留守魚河岸が底光りせり 〔灘〕 一九六

神迎え（かみむかえ）冬
知らぬ木のみづみづと神還りけり 〔伏〕 一四五
真白な鳥先立てて神還る 〔灘〕 二〇八
鶏が門に出てをり神迎 〔拾〕 二七二

亀鳴く（かめなく）春
千年に一度の亀の鳴くを待つ 〔長〕 二三八

氷河期が恋しと亀の鳴くならん　〔拾〕　二六九

鴨（かも）冬

声かぎり鳴きたる鴨の頭見ゆ　〔灘〕　一五四
万の鴨の二羽燦々と闘へる　〔灘〕　一七五
鴨の群大音響となりて去る　〔長〕　二四〇
どれが王ならん風浪の万の鴨　〔拾〕　二六八
しんがりはつひに変らず鴨の群　〔拾〕　二七〇

萱刈る（かやかる）秋

萱刈の萱に沈める眼かな　〔伏〕　九三
萱刈つて青星ばかり秋葉講　〔伏〕　一三一

榧の実（かやのみ）秋

室生寺の榧の実食べてしまひけり　〔灘〕　一五四
榧の実の榧をはなれて匂ひけり　〔灘〕　一六三

芥菜（からしな）春

芥菜を食べてまひるの墓にゆく　〔灘〕　一五五
風土記伝芥菜動乱してやまず　〔拾〕　二六五

烏瓜（からすうり）秋

烏瓜手にゆく空のどこも深し　〔落〕　二七
烏瓜肌燃やす人過ぐるたび　〔落〕　四〇
烏瓜死顔をどう磨かうぞ　〔落〕　四一
竹林は夕日の海よ烏瓜　〔落〕　四九
烏瓜の亡骸ゆるる恍惚と　〔落〕　五〇
烏瓜見つつ弱虫の独り言　〔落〕　六〇
青天に理髪師のもつ烏瓜　〔灘〕　一六三
平城京址にはなきか烏瓜　〔長〕　二四四

烏瓜の花（からすうりのはな）夏

烏瓜の花も休暇もけぶりをり　〔伏〕　八六
烏瓜の花の渦巻少年期　〔伏〕　一〇八

鴉の子（からすのこ）夏

深田打つ音を離れず烏の子　〔落〕　三八

枳殻の実（からたちのみ）秋

からたちの実は重かりき夜も昼も　〔伏〕　八三

空梅雨（からつゆ）夏

空梅雨の石をつかみて蝸牛　〔落〕　三八
空梅雨の面並べゐるあめんぼう　〔伏〕　八五

雁（かり）秋

まだ見ゆる黄塵の雁四十年　〔伏〕　九一

刈田（かりた）秋

一切の青断つ刈田中学生　〔伏〕　一〇一

雁渡（かりわたし）秋

天上に鳶の木赫と雁渡　〔伏〕　一三〇
百姓のくろがねの錠雁渡　〔灘〕　一六三

榠樝の実（かりんのみ）秋

先生と庭の榠樝を数へけり　〔長〕　二二五

楸邨の只の榠樝の鬱勃と　［拾］　二七〇

枯蘆（かれあし）冬

限りなき天を残して蘆枯れぬ　［落］　六三
蘆枯れて疾風のごとき郵便夫　［伏］　八〇
豊葦原の葦枯れの音聞いてゆけ　［長］　二四五

枯木（かれき）冬

真裸の桜と桜ふれあへり　［灘］　一七四
裸木となりて初めて聳えけり　［灘］　一七四
くれなゐの裸木に水注ぎけり　［灘］　一七六
香焚きしあと裸木を見てゐたり　［灘］　一八三
野の涯のあの裸木が建かな　［長］　二四九
音楽堂へ裸木の並木道　［拾］　二六五

枯桑（かれくわ）冬

桑枯れて土ゆたかなる村を越す　［落］　六一
桑枯れの空を見てゆく男旅　［落］　六一
桑枯れて墓がずり出す半日村　［伏］　八四
桑枯れてもう逃げられぬ仏たち　［伏］　八八

枯蔓（かれづる）冬

蔓枯れて是より木曾路雀らよ　［落］　六九

枯野（かれの）冬

マラソンの一列燃えてゆく枯野　［落］　二五
しづかなる枯野の鼓動みづうみへ　［落］　四八
母とゐて枯野の青き水を見る　［落］　五九
母がゐて枯野の真中炎えてをり　［落］　五九
目なし達磨五ついそげり枯野道　［伏］　九四
目印の枯野の豚のよくうごく　［伏］　一〇三
鶏飛んで枯野の景となりにけり　［伏］　一一一

枯蓮（かれはす）冬

枯蓮の折れてはおのれ全うす　［落］　五一
鳶去りて夕日ばかりや枯蓮　［落］　六三
枯蓮田ただきらきらと人通す　［落］　六九
蓮枯れの果の短き音一つ　［伏］　一一一
せつせつとあらゆる隙間枯蓮田　［灘］　一九四

蛙（かわず）春

初蛙眠る子の指少しひらく　［落］　一五
初蛙満月なりきのぼりゆく　［落］　三三
夜蛙に耳よりも目をひらきをり　［落］　三七
何もかも火さへやうるむ初蛙　［落］　四五
初蛙杉空ことに深くして　［落］　六六
姨どもは捨てよすてよと蛙鳴く　［長］　二四七
火祭の里の月日や初蛙　［長］　二五一
初蛙常念坊を呼んでゐる　［拾］　二六七
地球儀が二階に見えて初蛙　［拾］　二六九

翡翠（かわせみ）夏
かはせみの巣ごもりあとの青ならん　［伏］　一二七
かはせみを見てきし香を焚きにけり　［伏］　一四一
気の狂ふまで翡翠を追うてみよ　［長］　二四二

寒明（かんあけ）春
寒明けの山つらなれる紬かな　［灘］　一六〇
寒明けの海に海牛の声探す　［長］　二四一

元日（がんじつ）新年
一つゆつくり元日の蟻足許へ　［落］　三一
元日暮れぬ今年はつひに蟻を見ず　［落］　四二
元日のどの蟻もまだひからざり　［伏］　八一
元日の汝が膝にある広辞苑　［伏］　一二二
元日を被ひつくさんと鵜が渡る　［灘］　一八四
元日の雨元日の田にそそぐ　［長］　二二五
姫島に発つ元日の舟にをり　［長］　二三七
元日の太平洋の面かな　［長］　二四四
元日の田を見てきたる微笑かな　［長］　二五五

鑑真忌（がんじんき）夏
石中も梅雨深からむ鑑真忌　［伏］　一二七

寒雀（かんすずめ）冬
磧へ出て影失ひし寒雀　［落］　三一
寒雀となりきらば虹見ゆるべし　［伏］　一三三
回廊をまはりて同じ寒雀　［灘］　一七五

寒芹（かんぜり）冬
愛耐へよ冬芹滴り滴るよ　［落］　四三

寒卵（かんたまご）冬
寒卵海はそこよりひろがれり　［伏］　一三三

寒潮（かんちょう）冬
冬潮やまざまざと鵜の狂乱す　［拾］　二六七

元朝（がんちょう）新年
元旦の潮が湾を押しすすむ　［拾］　二六八

寒椿（かんつばき）冬
おのれ光りて幼なけれども冬椿　［落］　四一
冬椿と黙分ち合ひわが刻待つ　［落］　四二
寒椿水深くして暗かりき　［落］　六二
寒椿血の音かくも澄むことあり　［落］　六二

カンナ（かんな）秋
緋カンナと汽車待つ異郷雲重し　［落］　二〇
カンナ咲けど咲けど電柱さびしかり　［落］　五七

神無月（かんなづき）冬
天心をめざす鳶あり神無月　［伏］　一二一
水馬全く濡れず神無月　［灘］　一七三
鵜が空に満ち完璧の神無月　［灘］　一九四
校庭や日の暮はもう神無月　［長］　二四九

馬は魔羅すこやかなりき神無月 [長] 二五五

寒念仏（かんねぶつ）冬
寒念仏ひとりとなりてひかりけり [伏] 一一三
寒念仏見えなくなりてあたたかし [伏] 一三二
鵜の海の一端を踏み寒念仏 [灘] 一八五

寒の雨（かんのあめ）冬
寒の雨欅は欅空にあり [拾] 二六七

寒の内（かんのうち）冬
マラソンの寒の汗の目ほのぼの過ぐ [落] 一四
寒の浅蜊掘る黙声がかけられず [落] 一七
卵呑むや寒雨雫きらきらと [落] 三五
忘却や寒の一つ葉波うてる [伏] 一一四
うつくしき寒の鰻の鳴きにけり [伏] 一三五
寒のトマトは光のかたまり食べてみよ [灘] 一六五
寒の鵜の無限旋回夜学生 [灘] 一九七
寒の鵜の全力飛翔まだ見ゆる [拾] 二六五
まざまざと寒の海月の湾を出づ [拾] 二六八

寒の水（かんのみず）冬
寒の水墓にあまりてこぼれけり [灘] 一六五

寒鮒（かんぶな）冬
寒鮒をまつくろに飼ひ双生児 [伏] 八八

雁風呂（がんぶろ）春
雁風呂と思ひて浴びぬ手術前 [灘] 一七八

寒木瓜（かんぼけ）冬
寒木瓜に残る夕日や七部集 [伏] 一〇〇

木苺の花（きいちごのはな）春
はりつめてこじきいちごの花弁かな [伏] 一三六

喜雨（きう）夏
喜雨いたるちちははの目に灯がともり [落] 四六
青透きて喜雨の真中の壜一つ [落] 五六
駅裏の阿呆榎も喜雨の中 [伏] 一〇八
暁闇の喜雨が肋を打つてくれぬ [長] 二四三
地の神を滅多打ちして喜雨過ぎぬ [拾] 二六七

菊（きく）秋
菊の前鎌ひからせて人通る [落] 五〇

如月（きさらぎ）春
きさらぎの雨の雀や越天楽 [伏] 一一四
如月の水母ゆつくり湾を出づ [灘] 一五四
如月の青の奔流ヴィヴァルディ [灘] 一八七
如月の教会堂の扉かな [長] 二五六

雉（きじ）春
あめつちに父ありて雉鳴きにけり [伏] 一二七
雉のくる土に寝かして鉄梯子 [灘] 一八八
雉のくる頃の日輪ひとりつ子 [灘] 一九八

雉を待つ仏には水絶やさずに 〔灘〕 一九八
抱卵の雉に業火のあがりけり 〔灘〕 二〇一
天日を冠として雉歩く 〔長〕 二三八
雉のくる裏畑なり歩いてみる 〔長〕 二四六
日の丸を雉のくる田に向けて出す 〔長〕 二五六
ふるさとの荒田が雉の初舞台 〔長〕 二五六

鬼城忌（きじょうき）秋
鬼城忌の金平牛蒡噛みにけり 〔伏〕 八六
鬼城忌の蹠きらりと青蛙 〔伏〕 一二〇
鬼城忌と子規忌をつなぐ驟雨かな 〔灘〕 一九三
風吹けば風に顔向け鬼城の忌 〔灘〕 二〇七
田の中に鬼城忌の木が立つてをり 〔長〕 二二八
鵙が鳴かねば鬼城忌の来るはずはなし 〔拾〕 二六六

北風（きたかぜ）冬
落餌呑んでは烏北風聞きてをり 〔落〕 三二

狐火（きつねび）冬
母に見えてわれには見えず狐火は 〔伏〕 一〇二

黍（きび）秋
黍の風ひよこ啼きやみ目をつむる 〔落〕 三〇

着ぶくれ（きぶくれ）冬
着ぶくれて怖ろしきものなくなりぬ 〔長〕 二二七

虚子忌（きょしき）春
足音はみな川に消え虚子忌かな 〔伏〕 一二四
大甕を少女と廻り虚子忌かな 〔灘〕 一七〇
虚子忌来ぬ棒の如くに虚子がゐて 〔長〕 二四一
大風の中へなかへと虚子忌かな 〔拾〕 二六五
川のあるところまでゆく虚子忌かな 〔拾〕 二七一

霧（きり）秋
夜勤戻りの瞼いたはる霧濃くて 〔落〕 一四
縦大樹霧はそこより絶えず湧き 〔落〕 三〇
霧にめざめてわれらと北へ阿賀の川 〔落〕 三〇
朴の蕾へゆつくりと霧飛騨深し 〔落〕 五四
霧に追はれ修羅に追はれてやさしけれ 〔伏〕 一三〇
霧の奥からわつしよわつしよと鉈仏 〔長〕 二三一

螽蟖（きりぎりす）秋
親鸞の髑髏二つきりぎりす 〔伏〕 一一八

桐の花（きりのはな）夏
正念場の空にひらきて桐の花 〔灘〕 一六六

桐一葉（きりひとは）秋
桐一葉あと頬かたき郵便夫 〔伏〕 八六
桐一葉水呑んで母しづかなり 〔伏〕 一三二
カステラや桐は一葉もとめてゐぬ 〔灘〕 一九六

切干（きりぼし）冬
切干の頃の台地の空気かな 〔長〕 二五五

金鳳花（きんぽうげ）春
きんぽうげああ父死なば母死なば　［落］　七一
勤労感謝の日（きんろうかんしゃのひ）冬
勤労感謝日起きぬけの髪に日がふつくり　［落］　一二
九月（くがつ）秋
喉易々と見せて九月のいぼむしり　［伏］　八六
幽玄居忌ひとつ加へて九月過ぐ　［伏］　一〇〇
鉄道が見えて九月の二階かな　［灘］　一六三
凄じく濡れて九月の兜虫　［灘］　一七二
鬼となり九月真中を馳け去りぬ　［灘］　一九三
火を焚いて九月の川をゆかしむる　［灘］　二〇六
波にのりひとり九月の水馬　［灘］　二〇六
鶏のつれ立ちてゆく九月かな　［拾］　二七〇
茎立（くくたち）春
茎立ちや四方に目つむる嫗ども　［伏］　一二四
伎芸天茎立に雨しづかなり　［灘］　一八六
枸杞の実（くこのみ）秋
枸杞の実を嚙み東京を憎みをり　［伏］　八七
草蜉蝣（くさかげろう）夏
草蜉蝣金の目もちて現れぬ　［伏］　八五
草蜉蝣羽搏たばみどりとび散らん　［伏］　一一七
くらがりに草蜉蝣を見せにくる　［灘］　一八九
草枯（くさがれ）冬
枯草のこのやさしさよ百日忌　［落］　二八
草の花（くさのはな）秋
少女一人少年二人草の花　［伏］　一一九
三日月の落ちかかりゐる草の花　［伏］　一四二
フォッサマグナ辿ればどこも草の花　［拾］　二六八
草の穂（くさのほ）秋
何の穂絮かわが胸にきてなほ躍る　［落］　二七
とぶ穂絮わが野仏に会ふらんか　［落］　四〇
歯を抜いて草の絮よりひかりゆく　［伏］　一〇四
草紅葉（くさもみじ）秋
草紅葉乏しきながら一葉一葉　［落］　一〇
葛（くず）秋
葛籠りして火を焚けり伊賀の国　［伏］　九一
伏流は葛の荒野をいそぐなり　［伏］　一三一
にはとりや伊勢の終りの葛の村　［灘］　一五六
下り簗（くだりやな）秋
雀らもほむらとなりぬ下り簗　［伏］　一四四
なにもかも見えてくるなり下り簗　［拾］　二六六
蜘蛛（くも）夏
蜘蛛の子の空を渡りて来りけり　［伏］　一〇七
爛々とはへとりぐもの通るなり　［伏］　一二七

はへとりぐもをりてこの世の暗からず　［長］　二四三
雲の峰（くものみね）夏
指長き念仏僧や雲の峰　［伏］　一三九
水母（くらげ）夏
女の子水母を切に裏返し　［拾］　二六九
栗（くり）秋
のぞみ明日へ夕日真っ赤な青毬栗　［落］　一六
栗大粒刻はゆたかにひつそりと　［落］　四〇
血を伝へて重たき山河青毬栗　［落］　六九
クロッカス（くろっかす）春
クロッカス大屋根はまだ雫せり　［灘］　一八七
黒鶫（くろつぐみ）夏
風さわぐ部落の上を黒鶫　［伏］　一四一
黒南風（くろはえ）夏
黒南風の貨車へゆらゆら蝶一つ　［落］　三八
黒南風のいんいんとして男神　［伏］　九一
桑解く（くわとく）春
桑解かれ学帽目深に山の子ら　［落］　六五
桑の花（くわのはな）春
日曜の子供が二人桑の花　［灘］　一八八
桑の実（くわのみ）夏
桑の実をみつけて仏忘れたり　［伏］　一一六
啓蟄（けいちつ）春
啓蟄の桶したたたれり杭の上　［落］　六三
啓蟄の風はるかなり母の椅子　［伏］　一二五
鶏頭（けいとう）秋
母のごとく鶏頭の茎枯れゆくよ　［落］　四八
くらやみに立ち鶏頭は祖父の花　［伏］　九二
鶏頭の発止々々と心電図　［灘］　一六八
鶏頭や子規の行きたる方は知らず　［長］　二三九
鶏頭のうしろ必ず子規がゐる　［拾］　二六六
夏至（げし）夏
まつさをな夏至の木賊の背丈かな　［伏］　一三九
罌粟の花（けしのはな）夏
芥子ひらく動乱の世の真昼かな　［拾］　二七一
建国記念日（けんこくきねんび）春
強風の鰆の海や建国日　［灘］　一九八
竹籠をひとつ大事に建国日　［長］　二五〇
火掻棒宙にかざして建国日　［拾］　二六九
源五郎（げんごろう）夏
源五郎のこと二三言郵便夫　［灘］　一五六
コロラド河に脚震はせて源五郎　［灘］　一五八
原爆の日（げんばくのひ）秋
原爆忌ブリキ屋光るブリキ抱き　［落］　一三

二十日鼠がひそと輪廻す原爆忌　[落]　二九
八階に顔洗ひをり原爆忌　[伏]　一二八
鯉幟（こいのぼり）夏
鯉幟木曾駒朝の胸ひらく　[落]　四六
光悦忌（こうえつき）春
濡れづめの海鵜の眼光悦忌　[灘]　一六九
小女子（こうなご）春
小女子の袋よく鳴る天気かな　[長]　二三八
紅梅（こうばい）春
縁側の母に紅梅ひらきけり　[灘]　一六五
紅梅と畚の間通りけり　[灘]　一六九
紅梅のことを一言飯場衆　[長]　二五六
紅梅や昏昏と鶏眠りをり　[拾]　二六七
紅梅のうしろ一日山の声　[拾]　二六九
黄落（こうらく）秋
息しづかに埋めゆく原紙黄落す　[落]　一八
縁先の一人は赤子黄落す　[灘]　一五九
一人づつ水呑んでをり黄落す　[灘]　一七四
氷（こおり）冬
結氷音馬籠眠れぬ灯が一つ　[落]　七〇
田が氷る前の青天煙出　[灘]　一七五
氷解く（こおりとく）春
雀鳥われらみな生き解氷期　[落]　一一
凍る（こおる）冬
凍江や夕日朱金に雪やみぬ　[落]　九
夕焼けて凍原果つるはるかかな　[落]　九
蟋蟀（こおろぎ）秋
昼こほろぎ子が粘土練るいつまでも　[落]　二〇
昼ちちろこくこく充ちて醤油濃し　[落]　二四
竹林は海の深さよ昼こほろぎ　[落]　四八
こほろぎの死に果てて貌なかりけり　[伏]　八七
こほろぎや柱暮れゆく裏日本　[伏]　九三
こほろぎの跳ねて消えたる不破の関　[伏]　一〇一
転輪蔵こほろぎの貌つよかりき　[灘]　一五三
爺とえんまこほろぎのみの日本晴　[長]　二四八
蟋蟀は昂れり火はしづかなり　[拾]　二六六
五月（ごがつ）夏
鯉ゆらり五月鬱たる水の中　[落]　五五
金亀虫（こがねむし）夏
黄金虫の無数無音の咀嚼かな　[伏]　九七
凩（こがらし）冬
木枯や幻の世のフラメンコ　[長]　二四四
木下闇（こしたやみ）夏
牛の頬鋭かりけり青葉闇　[灘]　一九〇

コスモス（こすもす）秋
いつまでもコスモス咲けり瓦礫の中　［落］　一二
凜とその茎コスモスつひに花終る　［落］　一九
コスモスの種さらさらと火宅かな　［長］　二六〇
コスモスは戦後の父と母の花　［拾］　二七一
去年（こぞ）冬
鵜を追ひつ去年の顔は捨てにけり　［灘］　一八五
東風（こち）春
新任式終りしズボン東風やさし　［落］　一二
雄鶏の一塊の胸東風萌す　［落］　二二
子供の日（こどものひ）夏
海は一日うごいてゐたり子供の日　［長］　二五七
木の葉（このは）冬
木の葉降りやまざりき師と夢に会ふ　［落］　三五
木の葉降るひびきに耐へて野仏達　［落］　四八
鹿の上もつとも木の葉降りやまず　［落］　四九
一片の木の葉ゆきつく余呉の湖　［伏］　九三
木の実（このみ）秋
夜叉ぶしの実の鬱勃と夜明け前　［伏］　八六
木の芽（このめ）春
木の芽坂一散に駈け五歳になる　［落］　一二
幼な落葉松呼び合ひ芽吹く霧の中　［落］　三八
芽吹かんとしてまだ冷たくて青桐よ　［落］　四四
芽吹かんと夜空をつかむ大欅　［落］　四五
大銀杏芽吹きをり時流れをり　［落］　五四
辛夷（こぶし）春
まぼろしの飛騨に入りゆく花辛夷　［落］　五四
胡麻刈る（ごまかる）秋
胡麻刈るや絶えずやさしき鶏の声　［落］　二〇
昆虫採集（こんちゅうさいしゅう）夏
金環をきびしく撓め捕虫網　［灘］　一五三
捕虫網倒れて音を発しけり　［灘］　一六三
蒟蒻掘る（こんにゃくほる）冬
満月の蒟蒻玉と駅にゐる　［灘］　一六八
五十年後の帰郷蒟蒻玉の中　［長］　二六〇
蒟蒻玉本気に掘つてきてくれぬ　［拾］　二七二

さ行

囀（さえずり）春
会へばまろき赤彦の碑よ囀れり　［落］　三八
囀りのこぼれてはつと黄の世界　［落］　五五
榊の花（さかきのはな）夏
満開の榊の下に逢ひにけり　［伏］　一一七

桜（さくら）春
瓦焼く火がみづみづし夕桜 ［落］ 三二
山中に赤子と逢ひて桜かな ［伏］ 一二五
裏側は千枚田なり桜山 ［伏］ 一二六
父の鬼はわが鬼なりき桜咲く ［伏］ 一三四
桜咲く脊梁山脈鬱々と ［伏］ 一三七
子を海に送り桜を見て歩く ［灘］ 一五一
桜あふれをり永平寺素通りす ［灘］ 一五二
鶏鳴の大いなる円桜咲く ［灘］ 一六一
山姥の桜が咲けり星の中 ［灘］ 二〇〇
雲水のつぎつぎ消えし桜かな ［長］ 二三八
桜草（さくらそう）春
われを包みて飛騨いま暮るる桜草 ［落］ 五四
桜鯛（さくらだい）春
汝と我の永き戦後や桜鯛 ［長］ 二五一
桜餅（さくらもち）春
ずぶぬれの橋見えてをり桜餅 ［灘］ 一八七
桜紅葉（さくらもみじ）秋
駅を出て直ちに桜紅葉の闇 ［灘］ 一九四
桜紅葉地球の鼓動つづくなり ［長］ 二五三
「刃物研ぎます」桜紅葉の季節です ［長］ 二五四
石榴（ざくろ）秋
仏より石榴が黒し飛騨の国 ［伏］ 一一〇
眼中の石榴は鬼の火なるべし ［伏］ 一三五
あの男必ず石榴もつてくる ［灘］ 二〇六
石榴みな悪餓鬼の相見事なり ［灘］ 二〇八
初めからたつた一つの石榴かな ［長］ 二五九
石榴宙にあり赤ん坊腕にあり ［拾］ 二六八
笹鳴（ささなき）冬
笹鳴や富士川いそぐ青一筋 ［落］ 一六
笹鳴や葬後の卵ゆつくり呑む ［落］ 二七
笹鳴かやさしきものはひびき持つ ［落］ 二八
笹鳴か受胎告知か雪降る中 ［落］ 四四
笹鳴にまだ遠き死と思ひをり ［落］ 五〇
父の句碑笹子どこかにゐるごとし ［落］ 五九
笹鳴や一灯すでに野の涯に ［落］ 五九
笹鳴や炎暮れゆくまのあたり ［落］ 六〇
笹鳴や時流れゐるわが前後 ［落］ 六〇
笹鳴や雲はほのぼの御岳へ ［落］ 六九
笹鳴や幼子がわが門にゐて ［伏］ 一三三
頑丈な木の梯子あり笹鳴きす ［灘］ 一五九
崇神天皇陵北面の笹子かな ［灘］ 一七四
笹鳴の真赤な時間綿繰機 ［灘］ 一八四
笹鳴に眼うるませ竜灯鬼 ［灘］ 一九六

朱欒（ざぼん）冬
朱欒仰ぐやはらかな息わが持てる　〔落〕　三一
抱かんとすれば茫々晩白柚　〔灘〕　一九七
寒し（さむし）冬
目白ひきつれ眼前を寒気団　〔灘〕　一七六
カステラや大寒気団通過中　〔長〕　二三四
沙羅の花（さらのはな）夏
嚢中にナイフ一本夏椿　〔灘〕　一八〇
松蘿（さるおがせ）夏
夜叉来つつあらむしぐれのさるをがせ　〔伏〕　一一一
百日紅（さるすべり）夏
鑿を研ぐ目が充ち満ちぬ百日紅　〔伏〕　九一
風雲の中からなかから百日紅　〔灘〕　一九二
真裸の百日紅が東大寺　〔長〕　二二七
百日目の百日紅の狂奔す　〔拾〕　二六七
破れかぶれの百日紅の風雨かな　〔拾〕　二七一
三月（さんがつ）春
鈴鳴らし三月童女風の中　〔伏〕　八九
三月の音とはこれか夜の雪　〔拾〕　二七二
三寒四温（さんかんしおん）冬
三寒の靄を血塗りて旭しづしづ　〔落〕　一〇
三鬼忌（さんきき）春
ボールペンと一杯の水三鬼の忌　〔長〕　二三五
山査子の花（さんざしのはな）春
さんざしの花の盛りの木椅子かな　〔伏〕　一一五
山椒魚（さんしょううお）夏
山椒魚生きとほす趾ひらきては　〔伏〕　八五
山椒の花（さんしょうのはな）夏
路地深く山椒の花盛りかな　〔伏〕　一二六
残雪（ざんせつ）春
子ら二人牛と光れり残雪帯　〔落〕　二五
八ヶ岳残雪からくも芽吹く落葉松は　〔落〕　四五
奥嶺残雪ここも音たて大井川　〔落〕　五三
残雪に棒二三本峠神　〔伏〕　九〇
残雪の月山の音が君の音　〔伏〕　一〇八
残雪に鼻押しつけて牧の馬　〔長〕　二四六
雪形の常念坊に会ひにゆく　〔長〕　二五六
三伏（さんぷく）夏
三伏の鶏鳴乱れなかりけり　〔長〕　二五八
三伏の軍鶏の眼の鬱と厳　〔拾〕　二六五
椎の実（しいのみ）秋
深く身を屈して椎を拾ひけり　〔落〕　四〇
鹿（しか）秋
水飲んで鹿ほのぼのと貌をあぐ　〔落〕　三五

落葉中尿して鹿の目がうるむ　[落]　四九

四月（しがつ）春
籠編めるうすくらがりよ四月過ぐ　[落]　五四

子規忌（しきき）秋
獺祭忌本流はいそがねばならず　[灘]　一六八
荒畑を突つきつてゆく獺祭忌　[灘]　一七二
獺祭忌界隈の葛狂奔す　[長]　二四八
子規の忌の大皿に盛る八頭　[長]　二五四

樒の花（しきみのはな）春
胸先の雨の樒の花盛り　[伏]　九六
満月をのぼりて樒ひらきけり　[伏]　一〇六

時雨（しぐれ）冬
十一面しぐれ一面ゆるるなり　[伏]　一一九
けんらんたるしぐれの奥や鶏が鳴く　[伏]　一二〇
粒餡や大和矢田坂しぐれをり　[灘]　一八三
駅前のしぐれにうたれ硝子運ぶ　[灘]　一九五
木が二本誰も時雨と思ひをり　[長]　二四四

四十雀（しじゅうから）夏
興亡の亡のみ見ゆる四十雀　[伏]　八一
こんこんと半日村の四十雀　[伏]　一三五
黒羽やきらりきらりと四十雀　[伏]　一四四

紫蘇（しそ）夏
路地裏も日中となりぬ紫蘇の花　[伏]　九二
祖母が目ひらく門前の紫蘇畑　[灘]　一五三

紫蘇の実（しそのみ）秋
裏口の紫蘇の実つつとのぼりけり　[伏]　一一〇

七月（しちがつ）夏
七月の田がかぐはしき国府跡　[灘]　二〇五

七五三（しちごさん）冬
地の神の小さき日溜り七五三　[伏]　八七
角々に満潮の海七五三　[伏]　一四四
帰りには欅をまはり七五三　[灘]　一七三
ここからは田の中の道七五三　[灘]　一八三
海月には自由な海よ七五三　[長]　二六〇

樝子の花（しどみのはな）春
草木瓜にかがめば修羅は消え失せぬ　[灘]　一八八

自然薯（じねんじょ）秋
自然薯掘り真面目に飯を食べてをり　[伏]　一三三
自然薯を下げて最後に現はれぬ　[灘]　一六〇
誰もゐぬ公会堂にやまのいも　[灘]　一九五
密封されて憤然と自然薯　[長]　二四一
自然薯の勝手にせよと横たはる　[長]　二六〇

紙魚（しみ）夏
紙魚が歩きて良寛伝の静かならず　[灘]　一六二

霜（しも）冬
霜の軌条地の涯つねに希望あり　［落］　一二
霜を喜び樅の針葉密集す　［落］　一五
強霜の藪ほのめける東かな　［伏］　九三
霜夜（しもよ）冬
どの鈴もよき音霜夜を分ちあふ　［落］　二八
尺蠖（しゃくとり）夏
尺蠖をつれて去りたる大没日　［灘］　一七〇
天へかへる尺蠖の子をはげましぬ　［長］　二二七
石鹼玉（しゃぼんだま）春
天使となりぬ石鹼玉吹く口すぼめ　［落］　六六
十一月（じゅういちがつ）冬
水飲みに十一月の山の鳥　［伏］　一二一
驟雨（しゅうう）夏
子を抱いて驟雨の空にインディアン　［灘］　二〇五
晩年や神の驟雨をふりかぶり　［灘］　二〇五
大時計壁に驟雨の魚市場　［長］　二五二
雌鶏のみな立つてゐる驟雨かな　［拾］　二六七
十月（じゅうがつ）秋
十月の頭小さく水馬　［伏］　八三
十月の隙間だらけの帚草　［長］　二四四
終戦記念日（しゅうせんきねんび）秋
終戦日空井戸の声聞きとめつ　［伏］　一四二
甚平を雲のごとくに終戦日　［灘］　一八一
紙を繰る音がしばらく終戦日　［灘］　一九一
行人のなかにわが母終戦日　［長］　二三一
石榴握りしめ終戦日弟よ　［長］　二三六
あかあかと駅よ線路よ終戦日　［長］　二三九
肖像の父と二人の終戦日　［長］　二五三
蟻が蟻とつれ立ちてゆく終戦日　［長］　二五九
楸邨忌（しゅうそんき）夏
泰山木の花の中より楸邨忌　［長］　二三九
約束の海はこの海楸邨忌　［長］　二五二
十二月（じゅうにがつ）冬
尾長鶏仰ぎゐて目が乾く十二月　［落］　二一
にはとりの上はまつさを十二月　［伏］　一二一
嬰に見せる粗樫の幹十二月　［灘］　一八四
置屋跡天窓はもう十二月　［灘］　二〇八
十二月八日（じゅうにがつようか）冬
十二月八日の日差がんもどき　［伏］　一四五
十二月八日卵黄張りぬ　［灘］　一五九
籾殻山に手を入れ十二月八日　［灘］　一六九
椋鳥の喚声十二月八日　［拾］　二七〇
傷だらけの飯盒十二月八日　［拾］　二七二

十薬（じゅうやく）夏
十薬の四弁分れて日暮れたり　［伏］一一六
どくだみの季おごそかに終りけり　［拾］二七一
淑気（しゅくき）新年
藁塚のひとつひとつの淑気かな　［拾］二六五
棒置場の棒ひしめける淑気かな　［拾］二六七
船溜に船ひしめける淑気かな　［拾］二六八
魚河岸に雀の鳴くも淑気かな　［拾］二七〇
春菊（しゅんぎく）春
春菊の黄金の花一家族　［伏］一一六
春菊の一坪畠海鳴れる　［伏］一二五
春暁（しゅんぎょう）春
春暁やほのぼのうごく天草採り　［落］四五
春暁の雨がよぎりぬ黒漆　［伏］一〇六
春昼（しゅんちゅう）春
春昼や豆腐ゆらりと沈みゆく　［落］一七
俵一つ春昼の刻すすむなり　［落］二八
春昼の位牌怖ろしひとり立ち　［伏］八九
春潮（しゅんちょう）春
春潮重し鵜の羽荒く過ぐるたび　［落］四五
羽搏つ鵜へ春潮傾き傾きぬ　［落］四五
春灯（しゅんとう）春
ぶら下る水筒春灯に廻し買ふ　［落］一三
灯れば春灯なりき沖の船　［落］三七
春灯伊那は水音ばかりなり　［落］六五
越後屋も徳利屋ももう春灯　［灘］一八六
春雷（しゅんらい）春
馬がもつとも美しかりき春の雷　［伏］一〇五
ありがたき春雷のなほきこえをり　［伏］一二七
峰一つ見せ春雷の八ヶ岳　［伏］一三五
春蘭（しゅんらん）春
春蘭の時間空間雲の中　［拾］二六七
春蘭が終り大事が終りたり　［拾］二六七
春蘭をいづこに置くも没日濃し　［拾］二七〇
生姜（しょうが）秋
葉生姜抱へくる妻と会ふ夕日中　［落］一六
生姜枯れて拓地風音澄んでくる　［落］二〇
葉生姜を置けば灯火をはみ出せり　［長］二三八
葉生姜の束爛々と応接間　［拾］二七一
猩々袴（しょうじょうばかま）春
北はるかなれば猩猩袴かな　［長］二四二
猩猩袴ゆつたりと袴ひろげけり　［拾］二六五
菖蒲（しょうぶ）夏
ゆさゆさと菖蒲持ち込む応接間　［長］二四二

菖蒲掘る男の首の真赤なり　[拾]　二六九
菖蒲湯（しょうぶゆ）夏
菖蒲湯の菖蒲漂流してやまず　[長]　二四六
代搔（しろかき）夏
飴色の代牛どこも幼なくて　[落]　二九
代搔きの向き換へて身をかがやかす　[落]　二九
代搔きの少年つよく瞬けり　[灘]　一九〇
代搔きのこしてゆきし独り言　[長]　二二六
代搔きの音聞きに来よ観世音　[拾]　二六六
代搔きの帽子大きくひるがへり　[拾]　二六九
白絣（しろがすり）夏
父死後の風の三年白絣　[伏]　九〇
代田（しろた）夏
鳥らと田水湧く音聞きてをり　[落]　三八
水張りし田へのり出してお婆様　[灘]　一七一
甲斐駒ヶ岳ぎりぎりに田水張る　[灘]　一八九
田水張られあり棒立ちの観世音　[灘]　一九〇
水張りし田がせつせつと永平寺　[長]　二二七
竹人形並んで水田見てゐたり　[長]　二三八
田水張れ姨捨山のふもとまで　[長]　二三九
雲水がゆく暁の代田かな　[長]　二五七
ふつふつと代田碌山生誕地　[拾]　二六七
田水張つてあちこちに立つ村の音　[拾]　二六九
師走（しわす）冬
極月の壺のなかより梓川　[伏]　一二三
新月（しんげつ）秋
新月の川面埋めてあめんぼう　[灘]　一七七
震災記念日（しんさいきねんび）秋
まつさをな虫一つゆく震災忌　[伏]　一〇〇
新生姜（しんしょうが）夏
新生姜水に浸して姉の盆　[長]　二二六
新松子（しんちぢり）秋
禁欲や青松毬の乳首ほど　[伏]　九七
新茶（しんちゃ）夏
新茶して王にあらねど雲の中　[伏]　一二七
新年（しんねん）新年
年新た船着いて水ゆたかに吐く　[落]　六一
しんしんと母に年立つ鰹節　[伏]　八八
鳶の木を真東に年迎へけり　[伏]　一一三
桐一本金色の年立ちにけり　[伏]　一一二
新米（しんまい）秋
新米や坂東太郎真暗なり　[伏]　一四四
新米や大きな夜が家中に　[長]　二四三
手を置けば新米ひたと手を圧す　[長]　二五三

新藁（しんわら）秋
新藁の穂先まだ見え一番星　［灘］　一八三
新藁の没日のなかの嗚咽かな　［拾］　二六八
西瓜（すいか）秋
仕舞西瓜の尻が可憐に拓地の朝　［落］　一三
父死なばわが家西瓜は誰買はん　［落］　五六
インディアン母子西瓜が真赤なり　［灘］　二〇五
水仙（すいせん）冬
天暗く水仙立ちてゐたりけり　［伏］　八八
水仙に近づき日輪に近づけり　［灘］　一七六
水仙は大寒の花母の花　［拾］　二六七
水中花（すいちゅうか）夏
ふとみたり放射線科の水中花　［灘］　一九一
酸葉（すいば）春
明日がくるすかんぽと田のあるかぎり　［拾］　二六九
杉菜（すぎな）春
啄木も賢治も行きし杉菜かな　［長］　二二七
杉の実（すぎのみ）秋
切に磨く柱杉の実充実す　［落］　二一
杉の実青し心を洗ふ日暮来て　［落］　四〇
薄（すすき）秋
芒金に読みつぐキュリー夫人伝　［落］　一四
芒にひらく鮨の飯粒艶しまり　［落］　一四
金の芒分校の中まる見えに　［落］　五八
赤彦とをれば芒穂動乱す　［落］　六八
金の芒は母に捧げむゆるるまま　［伏］　七九
なにか鳴く金の芒の日暮時　［伏］　八三
鬼子の背まだ見ゆるなり芒原　［伏］　一二二
二本の芒のほかはみな捨てぬ　［長］　二四七
金の芒吉祥天に今日逢へる　［長］　二五四
涼し（すずし）夏
尾をふれる晩涼の馬デモの日終ふ　［落］　二七
晩涼の川見てゆくや男ども　［伏］　一〇九
ひとところ照り晩涼の南部鉄　［伏］　一四〇
晩涼の鍬神の目にたどりつく　［伏］　一四一
晩涼の楸邨の臍やさしからん　［灘］　一六二
土着しきつて晩涼の観世音　［灘］　一九一
晩涼の鹿にふぐりのありしこと　［拾］　二六六
雀の子（すずめのこ）春
子雀の街にかんざし見にゆけり　［灘］　一五六
雀の子こけるこけると走りけり　［長］　二三三
雀の子駅の雀となりにけり　［長］　二四六
酸橘（すだち）秋
海渡る酢橘の箱の側にをり　［灘］　一六三

李（すもも）夏
ぼろぼろの肺がまだあり李嚙む　[長]　二五九
清明（せいめい）春
駅一つ清明の日の雀鳴く　[灘]　一五五
鶺鴒（せきれい）秋
声あげて遺跡がすきな石叩　[落]　一四
二つ目の池も無音や石たたき　[伏]　八〇
節分（せつぶん）冬
節分の小さき川を渡りけり　[灘]　一五五
節分の豆まつくらな海に打つ　[灘]　一八五
節分の卵屋に灯が充満す　[灘]　一九八
節分がくる雌鶏の声聞けば　[長]　二三二
蟬（せみ）夏
受胎聞く百方に蟬湧き起り　[落]　一一
変はる蟬声一日ものを言はざりき　[落]　二三
初蟬のりんりんとして惑はざる　[落]　四六
葉裏ひしとつかみて暮るる啞蟬か　[落]　四七
夕蟬は椎の老木の真中より　[落]　四七
蟬ことごとく亡し相搏てる宙の鉄　[落]　四九
夕蟬のまつしぐらなり竹の森　[落]　五六
夕蟬に瞼をあげて父ありき　[落]　五七
啞蟬のいつまでも幹をまはりをり　[落]　五八
蟬啼けど啼けど口閉ぢ阿弥陀仏　[落]　六八
蟬死んでさびしくなりぬ落葉松は　[落]　六八
馬籠見ゆ蟬声一つうちひびき　[落]　六九
夕蟬に命の果の口あけて　[伏]　八〇
一周忌夕蟬のほかみな消えよ　[伏]　八二
初蟬とならざりし空吹かれをり　[伏]　九八
蟬二つ一つは歩き始めたり　[伏]　九八
啞蟬も遊んでをりぬ濱人忌　[伏]　九八
初蟬の天の薄日の濡れゐたる　[伏]　九八
夕闇を飛ぶ一塊の油蟬　[伏]　九九
油蟬紺屋の屋根へ鳴きにゆく　[伏]　一一八
啞蟬もきよらかに喪に加はりぬ　[伏]　一二九
夕蟬の羽音鋭き山の墓　[伏]　一二九
ひとびとに山神様の油蟬　[伏]　一三〇
みねたちを呼び始めたる油蟬　[伏]　一四〇
雨は山を濡らし蟬の目仏の目　[灘]　一五二
鍬神の手の甲二つ油蟬　[灘]　一五六
初蟬や柱にかけし紙袋　[灘]　一五七
街空をぎくぎくとわが油蟬　[灘]　一五七
空壕にぶつかつてゆく油蟬　[灘]　一七一
望楼の蟬鳴きやみて交尾せり　[灘]　一七一
レーニン全集三十二巻油蟬　[灘]　一九一

蟬鳴かぬ日の仏壇を閉ざしけり　[灘]　二〇六
死ぬる日は豪華に鳴けよ油蟬　[灘]　二〇六
こんなにも蟬があつまり濱人忌　[長]　二三三
親鸞がゆくアブラゼミ油蟬　[長]　二三四
蟬落ちてひびきわたりぬ法隆寺　[長]　二三六
横顔を見せにくるなり油蟬　[長]　二四三
蟬はみなからりと死んでしまひけり　[長]　二四三
油蟬全重量を見せてとぶ　[長]　二五二
みんみんの一声市振小学校　[長]　二五九
大学のすべての窓や蟬時雨　[拾]　二六六
芭蕉を追へばみんみんの幾山河　[拾]　二六八
憤る茂吉がいまも蟬時雨　[拾]　二六九

芹（せり）春

ぽつちり芹乳母車くる日あたりて　[落]　一四
芹嚙んで吉祥天にまだ逢はず　[伏]　一三四

芹の花（せりのはな）夏

芹の花鶏鳴一つにてやみぬ　[伏]　八一

薇（ぜんまい）春

ぜんまいのほかはまひるの男神　[伏]　一〇六

早春（そうしゅん）春

鳶と渡る早春の川ゆつくりと　[落]　五二
土に絵を描く早春の国分寺　[伏]　一二三
黒砂糖舐め早春の伊賀にあり　[長]　二三八

雑煮（ぞうに）新年

年毎に雑煮うまくて死ねられず　[落]　六二

卒業（そつぎょう）春

卒業近きどの白息に声かけん　[落]　四四
卒業や普羅の山みなはるかなり　[長]　二四五

蕎麦刈（そばかり）冬

干蕎麦や山日しづかにわが鼻にも　[落]　五一
乾ききつて仏の国の蕎麦畑　[長]　二四九

蕎麦湯（そばゆ）冬

蕎麦湯呑みし瞼あたたか眠りゆく　[伏]　八四

蚕豆（そらまめ）夏

蚕豆を雁豆と呼びおひさきさま　[灘]　二〇三

橇（そり）冬

橇の子に翌檜の山そびえけり　[伏]　一〇三

た行

大寒（だいかん）冬

大寒のオリオンの声いつ聞こえん　[落]　三七
大寒の砂美しき海苔を干す　[落]　四三
大寒の夜祭の犬真赤なり　[伏]　一一三

大根（だいこん）冬
はればれと地の神様の大根ぞ　[伏]　一三一
大根のなかに眠らば祖母に逢はん　[灘]　一九六
大根にかこまれながら墓拝む　[長]　二三二
大根を抱へかんばせ充実す　[拾]　二六五

大根干す（だいこんほす）冬
口を離れて声あたたかし大根干し　[落]　一九
雀らもきて賑やかに大根干　[拾]　二七〇

大根蒔く（だいこんまく）秋
今頃は美規も大根蒔きをらん　[長]　二三四
大糸線跨ぎ大根蒔きにゆく　[長]　二五九

泰山木の花（たいさんぼくのはな）夏
日本武尊泰山木ひらく　[伏]　一三九
水呑んで泰山木は父の花　[灘]　一六六
無限憧憬泰山木は父の花　[長]　二二六
あめつちの鼓動泰山木の花　[拾]　二六五

大豆干す（だいずほす）秋
赤石山脈最南端に小豆干す　[長]　二二八
皆死んで天気つづきや小豆干す　[長]　二五四

颱風（たいふう）秋
台風圏ずつしり受ける醤油壜　[落]　一八
面あげて案山子はばたく台風裡　[落]　二一
姨捨山上台風を見送りぬ　[灘]　一五三
赤飯や台風遠く海にあり　[灘]　一六八
手が見えて台風前の火造場　[灘]　一九三
目を嚇と台風圏の土偶かな　[拾]　二六八

鯛焼（たいやき）冬
いつもくる学者の顔の鯛焼売　[拾]　二六七

田植（たうえ）夏
田植すみし夕日に身透き烏らと　[落]　二九
桐の箱田植しづかに進みをり　[灘]　一七一

田植時（たうえどき）夏
ころがつて槌のさみしき田植時　[伏]　一三八

田打（たうち）春
千年樫のなかにお日様荒田打　[灘]　一八七
田起しのいづこにをるも大没日　[灘]　一九九
田起しのあとまだなにも始まらず　[長]　二五〇

耕（たがやし）春
修羅の世の土をしづかに耕せる　[長]　二五二

鷹渡る（たかわたる）秋
鷹渡るどよめき芭蕉ひとり立つ　[灘]　二〇八
鷹渡り終へて茫々いつもの海　[灘]　二〇八
声断ちて鷹渡る日の来りけり　[長]　二六〇
鷹渡る一羽もかくれなかりけり　[拾]　二六八

鷹渡る日がもうそこに浦祭　[拾]　二七〇

多喜二忌（たきじき）春
むせて食ふ石焼甘藷よ多喜二の忌　[落]　二二
紅梅の夜空がそこに多喜二の忌　[長]　二三〇
ごぼりごぼりと今もこの川多喜二の忌　[長]　二三七

焚火（たきび）冬
焚火囲む新しき声誰も持ち　[落]　二四
焚火して腕組んで何を待つならん　[落]　六二
どれも短し焚火をめぐる鳥の声　[伏]　一一一
ふぐりもつ鹿が見てをり落葉焚　[灘]　一七五
王陵と焚火の間通りけり　[灘]　一九七

啄木忌（たくぼくき）春
鳥声の下に黙読啄木忌　[伏]　一〇六
古草の鳴りつつ暮るる啄木忌　[伏]　一二五
雄鶏よ雌鶏よ今日啄木忌　[灘]　一八八
奔流を一本の棒啄木忌　[長]　二五七

竹伐る（たけきる）秋
竹伐りを終へし横顔竹の中　[灘]　一五四

竹煮草（たけにぐさ）夏
濁流の空の万朶の竹煮草　[伏]　九九

竹の秋（たけのあき）春
竹秋の石階われものぼりけり　[伏]　一二七

筍（たけのこ）夏
旅終りぬどの筍に声かけん　[落]　二九
筍を断ち割つて日は高かりき　[伏]　一一六
神の山筍掘りのかすかなり　[伏]　一三七
筍の怖ろしきまでしづかなり　[灘]　一五二
筍ものせてたのしき乳母車　[灘]　一六六
筍の押しよせてくる火宅かな　[灘]　二〇二
筍の斜面にて子の号泣す　[灘]　二〇二

凧（たこ）春
凧あげて髪かがやかす一人つ子　[落]　二八
子とあぐる凧よ山脈あきらかに　[落]　二八
母疲れをりかはたれの凧を見て　[伏]　七九
国府跡真白な凧ひきずれる　[灘]　一八五
いかのぼり運河はなほも北を指す　[拾]　二六八

七夕（たなばた）秋
すさまじき山の桑の木星祭　[伏]　一四一
背負籠にぽつぽつと雨星祭　[灘]　一九〇
七夕の街に買ひたる切子皿　[灘]　一九二
密閉の貨車見送りぬ星祭　[灘]　二〇四
煮干嚙みしめて七夕迎へけり　[長]　二二八

田螺（たにし）春
田螺飼つて真夜中の雲ゆたかなり　[灘]　一六二

種蒔（たねまき）春
おのが影をしづかに移し籾蒔ける　〔落〕　六六
籾蒔に欅の冷の迫りけり　〔伏〕　八五
玉葱（たまねぎ）夏
咳一つ生きて玉葱岬に積む　〔落〕　一二三
返せ沖縄玉葱育つ砂嵐　〔落〕　一三二
玉虫（たまむし）夏
玉虫の大河を前に交むなり　〔灘〕　一七九
玉虫のことをしきりに雲の上　〔灘〕　二〇五
玉虫を見てきし眼鏡しづかに置く　〔長〕　二二八
玉虫を追ふ太陽の真中まで　〔長〕　二五三
田水沸く（たみずわく）夏
濱人の八十八年田水沸く　〔長〕　二三九
蒲公英（たんぽぽ）春
百のたんぽぽ灯るごとし操車場　〔落〕　三二
ヨハネ伝たんぽぽの絮高かりき　〔伏〕　一三一
父子草（ちちこぐさ）春
けぶれるは羅漢の山の父子草　〔伏〕　一〇七
父の日（ちちのひ）夏
父の日の旗ひらひらと饅頭屋　〔長〕　二四七
父の日や泰山木は夜明の木　〔長〕　二五二
粽（ちまき）夏
御岳のこと聞いてゐる粽かな　〔灘〕　一五六
御岳のまた見えてきし粽かな　〔拾〕　二七一
茶の花（ちゃのはな）冬
茶の花やゆつくり行けば水音す　〔落〕　三五
仲春（ちゅうしゅん）春
口紅や春も半ばの一番星　〔長〕　二五一
蝶（ちょう）春
蝶放つて原木置場奥光る　〔落〕　一九
千曲川まづ蝶渡り朝日さす　〔落〕　四六
蜆蝶枯れゆく草の声聞こゆ　〔落〕　六〇
築地塀たまゆらの蝶湧き出づる　〔落〕　七一
月見草（つきみそう）夏
雫して瓦重たし月見草　〔伏〕　八二
土筆（つくし）春
大井川線北指す固き土筆の頭　〔落〕　一七
土筆一点空気濃くなる東から　〔落〕　二三
土筆探す股間きらきら水が過ぐ　〔落〕　五二
土筆探す眼裏いつか汽車走り　〔落〕　六三
鶫（つぐみ）秋
この二日鶫のこゑの駅の空　〔灘〕　一八五
霾（つちふる）春
霾吹くや山なき国の地平より　〔落〕　九

霾るや阿修羅ひつさげ駒ヶ岳　〔伏〕　一二六
輪蔵にふれ黄塵のなかにあり　〔灘〕　一五六
霾るや田中正造どこにゐる　〔長〕　二五一
一隅に押切があり霾れり　〔拾〕　二七一

筒鳥（つつどり）夏
筒鳥や天のみ中の独神　〔伏〕　一二八

椿（つばき）春
海士の墓砂風椿ひびきあふ　〔落〕　二八
風とをれば椿の奥のものが見ゆ　〔落〕　五三
水を過ぎ椿過ぎわが誕生日　〔落〕　六四
椿仰ぐや人のうしろにやすらかに　〔落〕　七〇
疾風の椿の中へ石の道　〔落〕　七〇
遠椿樹間しづかに燃えをらん　〔落〕　七〇
一本の椿まぶしき山の村　〔落〕　七〇
鴉落ちてゆく大雨の椿山　〔伏〕　一一五
全景ゆれて一本は藪椿　〔伏〕　一三四
眠る間も椿の国の怒濤かな　〔灘〕　一八六
渡すべき椿の苗木二本あり　〔灘〕　一八九
群衆の前にて椿落ちにけり　〔長〕　二三七

茅花（つばな）春
茅花吹かれ帽子目深に一農婦　〔落〕　六六
舞ひ狂ふ茅花の中の一家族　〔伏〕　八二

燕（つばめ）春
沫あげて暗礁青し初燕　〔落〕　二三
祭壇は真裸つばめ溢れくる　〔灘〕　一五八
つばくらめ姉川に雨ぽつぽつと　〔灘〕　一六六
つばくらやうしろにいつも八ヶ岳　〔長〕　二四六
理髪師がつばくらの子に熱中す　〔長〕　二四七

燕帰る（つばめかえる）秋
幼子の満面つばめ帰りけり　〔灘〕　一五九
密集を解かず帰燕の夜に入りぬ　〔長〕　二四八
燕帰るころの約束ひとつあり　〔長〕　二五三
戦場のごとく帰燕の集結す　〔拾〕　二六六

燕の子（つばめのこ）夏
虚空なりつばくらの子も良寛も　〔灘〕　一六七
北向いて北が見えるか燕の子　〔灘〕　一七九

燕の巣（つばめのす）春
巣燕は喉の奥まで明るくて　〔落〕　一三

梅雨（つゆ）夏
梅雨夕日ほのかに匂ふ糊のばす　〔落〕　二六
人去りてまたふかぶかと梅雨の竹　〔落〕　五五
朝明けてまた美しき梅雨の竹　〔落〕　六七
籠下げてみどりの梅雨を母がくる　〔落〕　七一
梅雨茫々芋虫すすむきらきらと　〔落〕　七一

山神は米ひとつかみ梅雨の森　[伏]　一〇七
がらんどうのあたたかきこの梅雨の海　[伏]　一一七
荒梅雨の鶏の一語をききもらさず　[伏]　一三九
新刊書荒梅雨は隈なかりけり　[伏]　一三九
梅雨の海に顔突き出して木偶坊　[灘]　一九〇
俯きし男の額梅雨の海　[灘]　二〇三
棒投げし心ゆたかに梅雨の川　[灘]　二〇三

露（つゆ）秋
犬の息わが息露が目ひらく中　[落]　二三
露大粒鉄音ひびきわたる中　[落]　四八
朱の塔に対ひてわれも露けしや　[落]　四八
隣組どの屋根も露流れをり　[落]　五八
露深し欅に朝日さし入りて　[落]　五九
鶏をつれて人ゆく露の中　[灘]　一九二
露まみれにてがらんどう屋敷神　[灘]　二〇七
露滂沱すべて直立するものに　[長]　二二六
人形はみな立てり露来つつあり　[長]　二三四

梅雨明（つゆあけ）夏
つかむ受話器へ指令いきいき梅雨越えて　[落]　一八

露霜（つゆじも）秋
露霜の炎となりぬ桜の木　[伏]　一一二

梅雨空（つゆぞら）夏
伊賀甲賀梅天隙間なかりけり　[伏]　八五

梅雨の星（つゆのほし）夏
梅雨の星鑑真はもう来給はず　[落]　五五
繭雛の声をたどれば梅雨の星　[灘]　二〇四

鉄道草（てつどうぐさ）秋
花数知れず荒天の明治草　[灘]　一七三

天道虫（てんとうむし）夏
てんと虫わが影を出てどこへゆく　[落]　三三
てんと虫何ぞ可憐な脚持てる　[落]　四四
灯を負ひてまろくてかなしてんと虫　[落]　五五
てんと虫かく美しき朝ありぬ　[落]　六六
天道虫溺るるばかり露の墓　[伏]　一〇一
てのひらを蹴つて運河へてんたう虫　[長]　二四二
本流を渡りてきしか天道虫　[長]　二四六

唐辛子（とうがらし）秋
唐辛子遠く日あたり船がくる　[落]　二三
妻放たんかうかうと夜の唐辛子　[落]　三四
半日は山影を出ず唐辛子　[伏]　一〇〇
唐辛子燃えつきし川流れけり　[伏]　一〇二
唐辛子の空の隣に塔があり　[灘]　一七五
お年忌のくる軒先に唐辛子　[長]　二三一
日だまりがあり分銅と唐辛子　[拾]　二七〇

冬瓜（とうがん）秋
冬瓜をまはしてなにもなかりけり　［伏］　一〇一
冬瓜の雲のごとくに抱かれぬ　［伏］　一一〇
冬瓜を起して人はしづかなり　［伏］　一三三
追ひかけてきて冬瓜をくれにけり　［灘］　二〇六
冬瓜の誰のものでもなくなりぬ　［長］　二三九
ころがつて冬瓜と我存在す　［長］　二四〇
雑踏にあり冬瓜をはなさずに　［拾］　二六八

凍死（とうし）冬
凍死体運ぶ力もなくなりぬ　［落］　一〇

冬至（とうじ）冬
日も月も通る冬至の巨榎　［伏］　一二三
冬至南瓜海越えてきて座りをり　［伏］　一四五
冬至南瓜われも抱かせてもらひけり　［灘］　一五四
うるはしき冬至鷗外一代記　［灘］　一八四

冬眠（とうみん）冬
冬眠の蛙の瞼思ひをり　［伏］　一一二

玉蜀黍（とうもろこし）秋
唐黍枯るる底なしの天松川へ　［落］　二四
玉蜀黍あましもうすぐ善光寺　［伏］　一四一

蟷螂（とうろう）秋
遊ぶごとく蟷螂ゆるる妊りて　［落］　二一
靄流れて仮死の蟷螂みづみづし　［落］　三四
和一なき蟷螂今日もきてをりぬ　［落］　四七
蟷螂の妊りて木をのぼるなり　［伏］　一一〇
蟷螂の羽根ひろげたる砂の上　［伏］　一二一
遠目して修那羅峠のいぼむしり　［伏］　一四一
蟷螂の遊びにゆきて三日経つ　［灘］　一九二
ロシア革命記念日蟷螂の身籠れり　［拾］　二七〇

蟷螂生る（とうろううまる）夏
ふりかへりふりかへりゆく子蟷螂　［落］　三九

蜥蜴（とかげ）夏
青蜥蜴完全な尾をもつてゐる　［灘］　一六二

年越（としこし）冬
牡蠣売りの硬き瞬き年過ぎゆく　［落］　二一

年の市（としのいち）冬
木の高き北の盆地の年の市　［灘］　一七三

年の暮（としのくれ）冬
さるをがせ煙るがごとし年暮るる　［落］　四二
年の瀬や底うごかして牡蠣の海　［落］　六一
年の暮ひとの墓にも日がさして　［伏］　八七
年の瀬の駅裏や鳥かうと発つ　［伏］　一〇二
牛蒡一束泉に座る年の暮　［伏］　一〇三
母が焚く小さき紙の火年の暮　［伏］　一三三

長安大根もらはれてゆく年の暮 [灘] 一六〇
鵜がつれてくる歳晩の大没日 [灘] 二〇八
鵜も人も喉に声溜め年の暮 [長] 二四〇
抱へたき丹波大壺年の暮 [長] 二五五

年の夜（としのよ）冬
除夜ゆたか親星子星みんなゐて [落] 四三

年守る（としまもる）冬
雀らと年送る日の来たりけり [拾] 二七二

泥鰌掘る（どじょうほる）冬
泥鰌掘る幼なき息をまきちらし [落] 一八

栃の花（とちのはな）夏
山頂にとどろきて栃散りにけり [伏] 八〇

橡の実（とちのみ）秋
握つてみよこれが千年の栃の実ぞ [長] 二五四

土用（どよう）夏
満願の森の明けゆく土用かな [伏] 一二八
雉を見に田を越えてゆく土用かな [伏] 一四〇
理髪師と風を見てゐる土用かな [灘] 一九一
棄民伝一巻を手に土用入 [拾] 二六五

土用波（どようなみ）夏
久女遺墨ひらくや闇を土用浪 [拾] 二六六

鳥帰る（とりかえる）春
山上の幣うつて鳥帰るなり [伏] 一二五
鳥かへる風雨の夜の時計かな [灘] 一五五
北窓にありあまる空鳥帰る [灘] 一七八
鳥帰るどよめきか甲斐駒ヶ岳 [灘] 二〇二

鳥雲に入る（とりくもにいる）春
鳥雲にずつしりと北一輝伝 [灘] 一八七
鳥雲に東北本線海に着く [長] 二五〇

鳥曇（とりぐもり）春
鳥曇おんはは転びたまひけり [伏] 一一七
日時計のあらゆる線や鳥曇 [灘] 一六一
雲水の足うつくしき鳥曇 [拾] 二六九

鳥交る（とりさかる）春
落日や声なく鳥の交りをり [伏] 九五
鳥交りをり方丈記ゆらぎをり [伏] 一一四
黄塵をのぼりつめ鳥交りをり [伏] 一一六
鶏交む間も竹落葉とどまらず [伏] 一一六
鳥交る榊ひさかきまつくらに [伏] 一二五
鳥交る浅葱のこの峠空 [伏] 一二六
町へ出て無限反転鳥交る [灘] 一六九
法華経の空に出て鳥交るなり [長] 二二七

酉の市（とりのいち）冬
まつくらな海渡りきて酉の市 [伏] 一〇一

大風のぶつかつてゐる酉の市 〔灘〕 一六四
風浪の一夜きりなる酉の市 〔灘〕 一八二
宇平らの世にも小さな酉の市 〔灘〕 一九五
岸壁を潮押しつづけ酉の市 〔長〕 二四九

黄蜀葵（とろあおい）夏
火の如き泣声黄蜀葵かな 〔拾〕 二六九

団栗（どんぐり）秋
いまは亡き名よドングリ走る風の坂 〔落〕 四二

蜻蛉（とんぼ）秋
人送りきしが蜻蛉の翅やはらか 〔落〕 二六
蜻蛉交む羽音きよらや夕星に 〔落〕 三〇
いくたびも蜻蛉過ぎぬ岩の上 〔落〕 五七
鬼やんま交みて村を越えゆけり 〔伏〕 一〇八
鬼やんま虚子がのこしし眼はも 〔伏〕 一一〇
絵馬堂に入りてもどらず鬼やんま 〔伏〕 一一八
木の国の小学校の鬼やんま 〔伏〕 一三七
鬼やんまの無限飛翔のなかに入る 〔灘〕 一五七
いつまでも蜻蛉水うつ法隆寺 〔灘〕 一五八
鬼やんま見しこと幼子に話す 〔灘〕 一六一
しほからとんぼむぎわらとんぼ木喰よ 〔灘〕 一六二
一人子にいくたびもくる鬼やんま 〔灘〕 一八二
夕潮にいつ突つ込むか鬼やんま 〔灘〕 一九二
蜻蛉と越後の人を見送りぬ 〔長〕 二三三
禅寺をつかみに来たり鬼やんま 〔長〕 二三六
鬼やんまと行きたき所一つあり 〔長〕 二五九

蜻蛉生る（とんぼうまる）夏
蜻蛉生れ息みなぎらす風の中 〔落〕 二九

な行

苗木市（なえぎいち）春
幼ごゑ一つ走れり苗木市 〔伏〕 一〇五
苗木市とどろとどろと遠鳴れる 〔伏〕 一三六

梨の花（なしのはな）春
梨の花わが黙雲の黙と会ふ 〔落〕 一八

薺打つ（なずなうつ）新年
火の星に天窓開けよ薺打ち 〔伏〕 一三四
薺打ち了へし目やなに見しならん 〔伏〕 一三四
七種の庖丁鳴らせ我妹子よ 〔拾〕 二六七

茄子苗（なすなえ）夏
茄子苗に藁敷いてお日様とゐる 〔長〕 二五二
雑沓の中へ茄子苗消えゆけり 〔長〕 二五七

薺の花（なずなのはな）春
老母や薺の花の数知れず 〔伏〕 八九

野良猫のまりてさびしき花薺 [伏] 八九
茄子の馬（なすのうま）秋
茄子の馬ひとり歩まば滴るや [伏] 九九
三日目の脚ふんばつて茄子の馬 [灘] 一六二
雷鳴をきて真青な瓜の馬 [灘] 一八〇
天駈けてきしか凜々茄子の馬 [拾] 二六九
茄子の馬小さきは母のものならん [拾] 二六九
菜種梅雨（なたねづゆ）春
をうをうと爺が鳥呼ぶ菜種梅雨 [伏] 一〇六
夏（なつ）夏
天冥く炎帝の鷲翅ひらく [灘] 二〇五
夏草（なつくさ）夏
下駄脱ぎすて夏草の子となりゆけり [落] 一一
乳離れして夏草のなかにゐる [灘] 一九〇
夏草をつかみ阿修羅になつてゐる [拾] 二六六
夏木立（なつこだち）夏
岩波文庫手に駅前の夏木立 [灘] 二〇三
夏座敷（なつざしき）夏
五六本竹ころがれり夏座敷 [長] 二三六
夏シャツ（なつしゃつ）夏
真黒なTシャツと海を愛すなり [拾] 二六五
夏近し（なつちかし）春
ゆふぐれは牛の目ばかり夏隣 [伏] 一三八
夏の蝶（なつのちょう）夏
竹林にきてしづまりぬ黒揚羽 [落] 五六
黒揚羽煙のごとく人通る [落] 五七
夏の蝶七谷越えて落ちゆけり [伏] 九七
はばたきを駅に残して黒揚羽 [長] 二五八
夏の果（なつのはて）夏
夏果ての淦汲む諸手あがりけり [伏] 一〇〇
観世音まつくろに夏果てにけり [伏] 一〇〇
湾口に棒を拾ひて夏終る [長] 二四二
夏の星（なつのほし）夏
デモさなかうすきはがゆき夏星よ [落] 二〇
インディアンと逢ふ蠍座のしんの闇 [灘] 一五八
夏帽子（なつぼうし）夏
駅を去る羽公先生夏帽子 [長] 二五八
棗の実（なつめのみ）秋
いつしんに照る青棗子供会 [落] 二〇
夏休（なつやすみ）夏
板の間に少女が一人夏休 [長] 二五九
夏蓬（なつよもぎ）夏
暮六つの雨滂沱たる夏蓬 [伏] 九一
百姓の立てばまつくら夏蓬 [伏] 一一七

撫子（なでしこ）夏
ひとりゆるるは八重撫子にあらざるや　[伏]　一三〇
七種（ななくさ）新年
七種の小学校の雨の音　[灘]　一六〇
七種やいまも満蒙開拓団　[長]　二四五
七節虫（ななふし）夏
竹節虫の旅のをはりの眼かな　[灘]　一九三
菜の花（なのはな）春
奥信濃花菜終らば何あらん　[落]　六六
菜の花の輪中となりぬどこも海　[灘]　一八六
菜の花の笛吹川の谺かな　[灘]　一八八
菜の花や七十九年とはこれか　[長]　二三二
菜の花や一茶の道はそこからか　[長]　二四一
菜の花の五島生れの瞳かな　[長]　二四一
菜の花の沖に出てみよ雀らも　[長]　二四五
菜の花やわが名呼びしは阿修羅ならん　[拾]　二七一
海鼠（なまこ）冬
懸命に海鼠の口を探しけり　[長]　二三四
つつかれし海鼠がつひに口開く　[長]　二四〇
お歳暮の海鼠眺めてばかりゐる　[長]　二五五
岬に立つ海鼠の声が聞きたくて　[拾]　二七一
蛞蝓（なめくじ）夏
なめくぢの冷えきつて壁のぼるなり　[伏]　一〇七
成木責（なりきぜめ）新年
遠巻きの幼き声も成木責　[灘]　一七四
苗代（なわしろ）春
苗代にひびきて鶏の声やさし　[落]　三三
駒ヶ岳の残雪深くかぶりて苗代田　[落]　四六
物言はぬ苗代と石奥飛騨へ　[落]　五四
苗代にゐてまだ啼かぬ山鳥　[落]　六五
苗代にまだ何もなきさびしさよ　[落]　六五
門の辺の朝日夕日や苗代田　[伏]　一一六
てのひらを付け天上の苗代田　[伏]　一三七
満月に海立ちあがる苗代田　[灘]　一五二
苗代から真つ縦に甲斐駒ヶ岳　[灘]　一八八
砥の音が宙を渡りぬ苗代田　[灘]　二〇一
苗代のこの泥濘が開田村　[灘]　二〇一
苗代の風が役場のなか通る　[灘]　二〇二
南天の実（なんてんのみ）冬
実南天涼々と水ひかり出づ　[落]　四九
南風（なんぷう）夏
南風はるかどの乳牛も耳ふつて　[落]　二九
二・二六（にいにいろく）春
二・二六海は大きく一つなり　[長]　二五六

二月（にがつ）春
ふりむきて滴りやまず二月海人　[伏]　八八
紅もちて二月の山に入りゆけり　[伏]　一一三
笛鳴らす二月の童子地平線　[伏]　一二四
川も木も二月に入りし紬かな　[伏]　一三五
あかあかと二月の海にあそびけり　[伏]　一三五
吉野葛二月半ばの炎立つ　[灘]　一七六
二月尽（にがつじん）春
瓦葺く声やはらかし二月過ぐ　[落]　一九
幼な埴輪がいつもうしろに二月過ぐ　[落]　六四
にがな（にがな）春
安産の護符漂へるにがなかな　[伏]　一三八
逃水（にげみず）春
逃水のなかへ昨日を捨てにゆく　[長]　二四二
虹（にじ）夏
虹刻々信濃の山はもう見えず　[落]　三八
虹二日草の間深くなりしかな　[伏]　八三
西日（にしび）夏
西日中人ら行く何か持ちながら　[落]　一一
会議果つ西日の鞄にパン突つ込み　[落]　一三
貝殻を砕くしんかんたる西日　[落]　一三
鳶群れて墓の西日に眼磨ぐ　[落]　三四
岩の西日をどこまでのぼる島雀　[落]　三四
西日額にアルミを磨く光るまで　[落]　三九
ビロードの目の精薄児西日中　[落]　四七
野仏の目の父がくる西日中　[落]　五七
目をあげて蟹が見てゐる西日の街　[落]　六八
子が泣けり西日まみれの紫蘇畠　[伏]　八三
ナイフ置いてありアリゾナの大西日　[灘]　二〇五
二百十日（にひゃくとおか）秋
門前に緋の幹二百十日かな　[灘]　一九二
入学試験（にゅうがくしけん）春
蝶がめざす崖みづみづし吾子合格　[落]　一七
火を焚いて雲を見てをり受験生　[伏]　一一五
入梅（にゅうばい）夏
何よりも煮豆のうまき梅雨来たり　[拾]　二六六
韮（にらのはな）夏
鶏死んで韮高々と咲きにけり　[伏]　一一九
蒜（にんにく）春
鉄の鍬蒜畑に立ててあり　[灘]　一六〇
蒜のまばゆき畝よ母が死ぬ　[灘]　一七七
葱（ねぎ）冬
葱背負ひゆくきらきらと川渡り　[落]　二七
葱のせて音のやさしき乳母車　[伏]　八一

大風の葱畑よ祖父岩太郎　[長]　二四五
大正もとつくの昔葱畑　[拾]　二七〇
葱坊主（ねぎぼうず）春
葱坊主風と空あるばかりなり　[落]　五六
月の出の本流迅し葱坊主　[伏]　九六
鉄を切る炎中を過ぎぬ葱坊主　[伏]　一〇五
葱坊主川は重たくなりにけり　[伏]　一一五
葱坊主いつまで待たば消ゆるらむ　[伏]　一一六
秋桜子にあらず虚子なり葱坊主　[灘]　一七八
日の玉となりて門辺の葱坊主　[灘]　二〇〇
うらやましきまでにぼろぼろ葱坊主　[長]　二三九
素朴にて単純がよし葱坊主　[拾]　二七一
猫の子（ねこのこ）春
猫の子をのこし楸邨逝き給ふ　[長]　二三六
猫の恋（ねこのこい）春
恋猫の目にものぼりし月ならん　[伏]　七九
貌あげてうしろ暮れゐる孕猫　[伏]　九〇
闇中の水見てをりぬ孕猫　[伏]　一〇六
恋猫の恋の目閉ぢて眠りゆく　[伏]　一〇七
野良猫の恋の三日月走りゆく　[伏]　一一三
孕み猫がをりて韮山小学校　[伏]　一三八
恋猫に旧本陣の玻璃つよし　[灘]　一五五
海へ出てもうどこも見ず孕み猫　[灘]　一七六
突堤に鳴きにきてをり孕猫　[灘]　一九九
猫の恋風呂まつくろに沸きにけり　[長]　二三五
しみじみと田に尿して孕み猫　[長]　二四二
猫柳（ねこやなぎ）春
田を通る産土の風猫柳　[伏]　一〇三
根木打（ねっきうち）冬
田の涯に山うごかざる根木打　[伏]　一〇二
涅槃会（ねはんえ）春
涅槃図のなかに哭かざるもの探す　[灘]　一五二
涅槃図のそとは驟雨の日本海　[灘]　一六一
涅槃図になき海に出て遊ぶなり　[灘]　一九八
合歓の花（ねむのはな）夏
室生寺へあと山いくつ合歓の花　[伏]　八五
まぐはひの空を流るる合歓の花　[伏]　九九
凌霄の花（のうぜんのはな）夏
臍の緒やのうぜんかづらは空の中　[伏]　一〇八
のうぜんは円空さまの火柱ぞ　[伏]　一一八
のうぜんかづら川は全面うごきをり　[灘]　一五七
残る鴨（のこるかも）春
街空に来てはたはたと残り鴨　[伏]　九七
天真青なれば春鴨絶叫す　[拾]　二六七

野蒜（のびる）春

庭先のわが野蒜夜も見ゆるなり 〔伏〕 一二七

野焼（のやき）春

曇りきて蟇のごとくに野焼人 〔伏〕 八四
鳥鳴いて野火の火中の八ヶ岳 〔伏〕 一二七
野火を前に棒数本の遺跡かな 〔灘〕 一八六
伊勢の野火伊賀の野火天つらなれり 〔灘〕 二〇〇
ふるさとの野火あつけなく終りけり 〔長〕 二三二
土民の面野火はるかにて狂奔す 〔長〕 二五七

海苔掻き（のりかき）春

海苔採りの貌昏れてゆく海の上 〔落〕 三二
海苔粗朶の一本に旗強く結ふ 〔長〕 二四一

野分（のわき）秋

夕野分爪切りをれば子の体温 〔落〕 一二
夕野分子が寄居蟹と話しをり 〔落〕 一三
化石のごとき蟇の眠りよ野分雲 〔落〕 二四
人形と息交しをり野分過ぐ 〔落〕 三五
野分雲走るはどれも消え失せぬ 〔落〕 四〇
木椅子一つ野分の月と対ひをり 〔落〕 四〇
やどかりの嬉々とあそべる野分かな 〔伏〕 一一一
遠野分桜子はどこ歩きゐむ 〔伏〕 一三一
納豆の渦しづまりぬ野分満ち 〔伏〕 一四三
カルメンを野分の灘へ幼稚園 〔灘〕 一九三
野分中東天紅にぶつかりぬ 〔灘〕 二〇七
つくづくと空よ野分の物干場 〔灘〕 二〇八

は行

羽蟻（はあり）夏

羽蟻翔つ五右衛門風呂のほとりより 〔伏〕 一三八
羽蟻とぶか東京湾がぐらぐらす 〔灘〕 一七一
羽蟻群どの一匹も真中なり 〔灘〕 一八九

白菜（はくさい）冬

白菜積んで童話の国の乳母車 〔落〕 二一

薄暑（はくしょ）夏

われも触れゆく薄暑の手摺屋上へ 〔落〕 一三

白鳥（はくちょう）冬

越後人来て白鳥のことつひに言はず 〔拾〕 二七二

縷蔞（はこべ）春

はこべらや壜罐なども真昼時 〔落〕 五三
はこべらや少年砂をこぼしゆく 〔落〕 六二
護符を身に佇てばはこべら花もてる 〔伏〕 七九
はこべらや法隆寺道雲迅し 〔伏〕 八一
はこべらの縷々の終りの善光寺 〔伏〕 一一三

卵手に風ちりぢりのはこべ道　[伏]　一一四
はこべらの風もきてをり国分寺　[伏]　一二三
天保の絵馬の人々はこべ咲く　[灘]　一五四
はこべらよ雀よ戦後五十年　[長]　二四一
はこべらは公民館の二月の花　[長]　二五〇

稲架（はざ）秋
幾千うごく「ペンギン稲架」に声あげて　[落]　二四
稲架どれも朝日の中へ息しづかに　[落]　四一
もう眠い兎真つ赤な夕焼稲架　[落]　四九
稲架結ひの山に対ひてみな独り　[落]　五九
あかあかと棒稲架吉次目みはりぬ　[伏]　一四四
くらやみの棒稲架に声かけてゆく　[灘]　一九五

葉桜（はざくら）夏
葉桜や生あたたかき赤ん坊　[伏]　九〇
葉桜がすきでずぶぬれ雀ども　[灘]　一七八

芭蕉忌（ばしょうき）冬
芭蕉忌や飯碗に日がさしわたり　[灘]　一九六
里芋のこんなにうまき翁の忌　[長]　二四〇

蓮（はす）夏
長き長き貨車音なりき蓮の花　[落]　五七
何か持つ真昼の老婆大蓮田　[落]　五七
蓮咲いて漂へり貨車過ぎゆけり　[落]　七一
烏らの空高く会ふ蓮の花　[伏]　一二九

蓮根掘る（はすねほる）冬
蓮掘りの降りりんと手足鳴りにけり　[伏]　一〇二
蓮掘りの笑へば股間滴るや　[伏]　一〇二
蓮洗ひ一歩歩みてはたと暮れぬ　[伏]　一一一
蓮掘りしあとの狼藉見事なり　[灘]　一八四

蓮の実（はすのみ）秋
蓮の実のとべる真闇よはらからよ　[長]　二四八

畑打（はたうち）春
畑打つて喜寿漣のごとくをり　[灘]　一六五

裸（はだか）夏
裸子とをれば大粒海の雨　[伏]　一〇〇
しんと立つ裸子は臍一つかな　[伏]　一二九

斑雪（はだれ）春
おんおんと鳴る捨井戸や斑雪　[伏]　九〇
斑雪みねもあかねもきてあそべ　[灘]　二〇一

蜂（はち）春
蜂ゆらり蜂の生命はかがやかに　[落]　三三

八十八夜（はちじゅうはちや）春
八十八夜一枚の田へ歩むなり　[灘]　一五六
遠景に八十八夜の理髪店　[灘]　一八八
八十八夜すべての波が陸めざす　[長]　二三五

初明り（はつあかり）新年
初明り目覚めゐてまだもの言はず ［落］ 三六
初秋（はつあき）秋
婆が出てくる初秋の種物屋 ［灘］ 一六三
きりこきりこと初秋の乳母車 ［長］ 二二八
初秋の潮目くつきり能登へつづく ［長］ 二四三
初午（はつうま）春
初午の野のうすぐもり幼妻 ［伏］ 九五
初午の風吹きとほる男の手 ［伏］ 一〇四
風塵のかたまつてゆく一の午 ［伏］ 一〇四
田の涯に鳶の舞へるは午祭 ［伏］ 一一四
炎々と鴉相搏つ午祭 ［伏］ 一一四
手の甲をながるる朝日午祭 ［伏］ 一二四
軒下に一束の棒午祭 ［伏］ 一三五
初午の藁の穂先のふれあへり ［灘］ 一五五
点々と森点々と午祭 ［灘］ 一五五
初午の村にかぶさり聖岳 ［灘］ 一六〇
一の午二の午山が遠ざかり ［灘］ 一七七
雨がきて初午がきて樫欅 ［灘］ 一九九
何ぞやさしき初午の人垣は ［灘］ 二〇〇
人垣にゐるがうれしき午祭 ［長］ 二二五
初午の夜は鼬の話など ［長］ 二五六
初午がくる竹の束棒の束 ［拾］ 二七〇
初釜（はつがま）新年
初釜に座して少年まばたける ［灘］ 一五一
初釜の百姓のただにこにこと ［長］ 二三七
初釜や黒潮は沖進みをらん ［拾］ 二六六
その中に童女が一人初茶会 ［拾］ 二六七
初釜の釜真つ黒に滾りをり ［拾］ 二六八
初竈（はつかまど）新年
火の奥に父まだひとり初竈 ［伏］ 一〇三
初鴨（はつがも）秋
こんなところに初鴨の円居かな ［灘］ 一九五
初句会（はつくかい）新年
モンローがふと頭をよぎり初句会 ［拾］ 二六八
初景色（はつげしき）新年
倭健の火は見えざるや初山河 ［長］ 二二九
ありたけの雀出て来よ初山河 ［拾］ 二七〇
初声（はつごえ）新年
初声はわが雀らぞ幾羽ならん ［伏］ 一一三
初潮（はつしお）秋
初潮の海見えてをり切子皿 ［伏］ 一四三
初時雨（はつしぐれ）冬
伏流を追へば追ひくる初時雨 ［伏］ 一四四

初硯（はつすずり）新年
大風の吹きめぐりをり初硯 ［伏］一〇三
だんだんに底潮の音初硯 ［灘］一九七
初空（はつぞら）新年
ともに中透け初空をとぶ親子雲 ［落］五一
螇蚸（ばった）秋
脚揉んでばつたなかなか跳びたたず ［落］二六
おんぶばつたを夕日にのこし不破の関 ［伏］一二〇
きちきちとつれ立つてゆけ善光寺 ［長］二五四
法隆寺おんぶばつたも来てゐたり ［長］二五四
初蝶（はつちょう）春
乳母車より初蝶の現れぬ ［拾］二六九
初日（はつひ）新年
只の木の下に初日を迎へけり ［伏］一一二
棒置場初日のほかは何も来ず ［拾］二六五
初日待つ焚火勢ひに勢ひけり ［拾］二七〇
初蜩（はつひぐらし）夏
初蜩水車の音の混りをり ［灘］一九一
馬方の風呂敷包初蜩 ［灘］一九一
万象のなかにわが杖初蜩 ［拾］二六九
初冬（はつふゆ）冬
紺絣冬の初めの音立てぬ ［灘］一五九
週刊誌手に初冬の海の駅 ［灘］一六八
初冬のこだまが通る棒置場 ［灘］一六八
初詣（はつもうで）新年
海人の子のものまだ言はぬ初詣 ［伏］一一二
初湯（はつゆ）新年
身をはなれふぐりの遊ぶ初湯かな ［長］二二七
初夢（はつゆめ）新年
山中の池のみ見ゆる夢はじめ ［伏］九四
初漁（はつりょう）新年
鵜の群のしきりに渡る初漁前 ［拾］二六八
花（はな）春
花ひらく癒えたる父の眉の上 ［落］六四
姨捨や花渦なせる直中に ［伏］九六
ことごとくはなびらとなり慈眼仏 ［伏］一二六
はなびら遊ぶ鼬の消えしあたりにも ［伏］一三七
まはらんと花の上なる北斗星 ［灘］一六〇
眼中のはなびらとなりとはにとぶ ［長］二三八
花終へし平らかな日の続くなり ［長］二五七
花万朶革命の代は遠くなり ［拾］二七一
花曇（はなぐもり）春
花曇地図ずつしりと掌にあまり ［伏］八五
海人の子の大きな耳や花曇 ［灘］一五一

弟が掻く鰹節花ぐもり 〔灘〕 一八七

花時（はなどき）春

花時を見送る海に出でにけり 〔伏〕 九六

諏訪人の巨きな足やさくらどき 〔伏〕 九六

花過ぎの渦を見てゆけ大井川 〔長〕 二五一

花菜漬（はななづけ）春

啄木の空八方に花菜漬 〔灘〕 一七七

ことばなき父子の時間花菜漬 〔灘〕 二〇〇

花菜漬鞄に夜の京都駅 〔長〕 二三八

花の雨（はなのあめ）春

花の盆地の雨聞きおはす樹胎仏 〔落〕 五五

花火（はなび）夏

遠花火運河見つめて一老婆 〔落〕 六八

花祭（はなまつり）春

田の隅の矮鶏の絶叫花祭 〔伏〕 一三七

花祭鍬をかついで現れぬ 〔灘〕 二〇一

羽抜鳥（はぬけどり）夏

楸邨のいまほのぼのと羽抜鶏 〔伏〕 八二

羽抜鶏聳ゆるほかはなかりけり 〔伏〕 九九

学校の隅にまばたき羽抜鶏 〔伏〕 一〇七

はたはたと霧の怒濤の羽抜鶏 〔伏〕 一三一

良寛の天上大風羽抜鶏 〔伏〕 一四〇

羽抜鶏転べばこの世真赤ならん 〔灘〕 一六六

羽抜鶏相ふれつ相弾けけり 〔灘〕 一七〇

四五羽にて川を見てをり羽抜鶏 〔灘〕 二〇二

一本の縄たれてゐる羽抜鶏 〔長〕 二三〇

尋常に餌を啄めり羽抜鶏 〔長〕 二三五

羽抜鶏中仙道へ出没す 〔長〕 二三五

どしやぶりの藪を見てをり羽抜鶏 〔拾〕 二六七

帚木（ははきぎ）夏

濱人忌帚木のほかなかりけり 〔灘〕 一八一

見えてゐて全く暮れぬ帚草 〔灘〕 一八八

祖父の代からかんかん照りの帚草 〔長〕 二二八

この空が濱人の空帚草 〔拾〕 二六五

帚草火となりぬ村風となりぬ 〔拾〕 二七〇

破魔弓（はまゆみ）新年

海人の子に真紅の破魔矢にぎらしむ 〔灘〕 一五一

破魔弓に今日の田風の起りけり 〔拾〕 二六七

隼（はやぶさ）冬

隼の岬に人としたしみぬ 〔灘〕 一六四

隼の海峡夕日ぐらぐらす 〔拾〕 二六八

春（はる）春

オーロラ見たりと生きて告ぐべき春いつぞ 〔落〕 一〇

川鳴つて春くる土橋犬と越す 〔落〕 一九

鶏鳴いて春まぼろしの幾峠 [伏] 八一
わだつみの最中も見えて春の寺 [伏] 一一五
湖渡りきてうつくしき春の蟻 [伏] 一二五
新しき俎があり春の寺 [伏] 一三六
春の蟻疾駆して相逢ひにけり [伏] 一三八

春浅し （はるあさし）春
春浅きにはとり人に蹤きゆけり [伏] 一一四

春一番 （はるいちばん）春
春一番わが家も闇に声あげて [落] 七〇
春一番牧車の背中いまも見ゆ [長] 二四六
春一番姨捨山を置き去りに [長] 二五六

春風 （はるかぜ）春
鵜の留守の村を通りて春の風 [灘] 一九九

春着 （はるぎ）新年
うなづきて欅の下の春着の子 [伏] 一三四
縁側に日のまはりきし春着かな [長] 二三二
百合鷗よりかるがると春着の子 [拾] 二六七

春北風 （はるきた）春
王陵にくれば春北風漲れり [灘] 一九九

春雨 （はるさめ）春
木仏のどこもやさしき春の雨 [落] 五五
魚屋の灯の中にゐて春の雨 [拾] 二六七

春椎茸 （はるしいたけ）春
わが顔いま煙りてをらん春椎茸榾 [落] 五三

春驟雨 （はるしゅうう）春
霾風をしづめて春の驟雨来ぬ [落] 九
九頭竜の春の驟雨の雀たち [灘] 一五二
卵掌に春の驟雨にうたれをり [灘] 二〇一

春田 （はるた）春
婆二人春田に出でて漂へり [伏] 一〇五
いちめんに春田流るる父子かな [伏] 一一四
春田越え春田こえ雛鳴いてゆく [伏] 一二四

春大根 （はるだいこん）春
海越えて春大根の町に着く [灘] 一五五

春近し （はるちかし）冬
女らと鱏をかこみて春隣 [拾] 二七〇
別れゆくもの・人・吾も春隣 [拾] 二七二

春の雨 （はるのあめ）春
をみならに春の豪雨の栃欅 [伏] 一二六

春の海 （はるのうみ）春
根まで見ゆ春の岬のほんだはら [灘] 一六五
俎の前は真赤な春の灘 [灘] 一七六

春の雲 （はるのくも）春
羽衣のそれより淡し春の雲 [落] 一一

春の雲子の掌の砂と光りあふ　〔落〕　五二
樅に対へば春雲うごきやまざるも　〔落〕　五三
春の暮（はるのくれ）春
春の暮仁王の臍もおぼつかな　〔落〕　五四
春の暮火を焚きて火は見ざりけり　〔伏〕　一〇五
忽然と百済観音春の暮　〔伏〕　一一五
らくがんに雲かぎりなき春の暮　〔伏〕　一一六
音立てぬ学校の鶏春の暮　〔伏〕　一三五
ズック並ぶ納豆寺の春の暮　〔灘〕　一五五
槇垣のなかの嬰児春の暮　〔灘〕　一八七
金精様と向き合ふ少女春の暮　〔灘〕　一八七
大湯屋を上から眺め春の暮　〔灘〕　一八八
人も仏も同じ方見て春の暮　〔長〕　二三〇
天窓を宇陀に見上げて春の暮　〔長〕　二五七
春の筍（はるのたけのこ）春
春筍を掘りゐて稀に空を見る　〔灘〕　一五四
春の月（はるのつき）春
春月や野をゆくパイプ内鳴つて　〔落〕　二八
ゆるく息してわが影とをり春の月　〔落〕　三一
水汲めば音のぼりゆく春の月　〔落〕　三一
春の月莚ゆつくりたたまうか　〔落〕　五三
星つれて春月なりきのぼりゆく　〔落〕　五三
粘土掌にたそがれをれば春の月　〔落〕　五三
わが声ものぼりゆくなり春の月　〔伏〕　八一
藪を出るかごめかごめの春の月　〔伏〕　九七
紙切つて十七日の春の月　〔灘〕　一六九
春月や庄吉は祖父祖母はかも　〔灘〕　一七六
魚屋を出て春月にはたと逢ふ　〔灘〕　一九八
前髪や春月はいま村の上　〔灘〕　二〇一
春の鳥（はるのとり）春
枕木を野に置き去りぬ春の鳥　〔伏〕　一二四
ちちちちと古事記の春の石叩　〔灘〕　一七一
春の波（はるのなみ）春
鵜のあそぶ春の怒濤に神輿着く　〔灘〕　一五二
菰抱いて春の怒濤に下りてゆく　〔灘〕　一六六
百姓の顔にかかりぬ春怒濤　〔灘〕　一六九
鵜はどれも瞼をもてり春怒濤　〔長〕　二三五
春の虹（はるのにじ）春
をのける雄鶏一羽春の虹　〔伏〕　一三〇
春の野（はるのの）春
荒凪に鳥ちりばめて三月野　〔伏〕　九四
地獄絵を見にひらひらと三月野　〔伏〕　一二五
春の日（はるのひ）春
父鵜かあはれ春日の岩に立ちつくす　〔落〕　四四

雲のごとく春日の樅に向かはんとす　[落]　五三
少年一人春の夕日に罐抱いて　[落]　六三
春日をきて暗き仏に灯をささぐ　[落]　七一
つぶやきて春の夕日の鬼媼　[伏]　八九
地の神も泣かんばかりに春夕日　[伏]　八九
姨捨の春の夕日の雀ども　[伏]　九六

春の星（はるのほし）春
春星や聞けば聞こゆる子の寝息　[落]　一三
藪の上殊に春星満つるかな　[落]　六五
春星や阿波は夜の国太鼓鳴り　[落]　七一
満天の木賊の上の春の星　[伏]　一二五
裏街や天狼ももう春の星　[長]　二三〇
一つはなれて黄金の春の星　[長]　二三三
ふと死んでとはに死んだる春の星　[長]　二四一

春の鵙（はるのもず）春
空谷の宙にのこりて春の鵙　[伏]　一〇六
ひとりゆく高虚子先生春の鵙　[伏]　一二四
川に沿うてどこまでもゆけ春の鵙　[灘]　一八七
火造りの炎のぞきに春の鵙　[灘]　一九九
大川の見えるところに春の鵙　[長]　二五六

春の山（はるのやま）春
雲深き仁王に会ひに春の山　[伏]　一一五
水底の一塊の鉄春の山　[伏]　一三六

春の闇（はるのやみ）春
陶狐爪立ちゐたり春の闇　[伏]　一〇四
山神と会ふ春の闇ざんざ降り　[伏]　一二六
戸へだてて山伏塚の春の闇　[灘]　二〇一

春の雪（はるのゆき）春
鉋磨ぐ春雪消ゆる地の明るさ　[落]　二三
春の雪麓泉のごと灯る　[落]　二五
剝製の雉子くらがりに春の雪　[落]　五一
奈良井川春雪とめどなかりけり　[伏]　八四
大空の榧のくらがり春の雪　[伏]　九六
あすなろの春の雪なり漆掻　[伏]　一一三
春雪の欅の町の裏通　[伏]　一三四
真夜中のでんでん太鼓春の雪　[灘]　一八六
砂畑に一本の縄春の雪　[長]　二五〇
この壺が汝の宇宙か春の雪　[拾]　二六五

春疾風（はるはやて）春
青澄みていま一つ星春疾風　[落]　四四
かうかうと鵜が身を立たす春疾風　[落]　四四
群の鵜の砥のごとき黙春疾風　[落]　四四
竹林のまつくらがりへ春嵐　[落]　五二
春疾風矮鶏懸命に道走る　[落]　六五

声落す鷗もありて春疾風　[伏]　八二
吹きめぐる春の大風きんざんじ　[伏]　一二四
寺に生れ春大風のあめんぼう　[灘]　一七七
春荒れの果の曲線磨崖仏　[灘]　一八六
春荒れの丑三つの灯が大井川　[灘]　二〇〇
神の怒りの春の嵐に吾妹抱く　[長]　二四二
白雲木春の大風孕みをり　[拾]　二六七
韃靼の春嵐より五十年　[拾]　二六九

春祭（はるまつり）春
春祭鵜の岩に鵜の立ちあがり　[伏]　一〇五
ゆれるゆれると春の祭の屋敷神　[伏]　一三六
鉄工の短き指や春祭　[灘]　一五一
人参を供へてよりの春祭　[灘]　一六九
鶏駆けて春の祭の不破の関　[長]　二三五
飯盛りあげて山の部落の春祭　[長]　二四六
田よ川よ越はいづこも春祭　[拾]　二六七

春三日月（はるみかづき）春
金平牛蒡春の三日月見ゆるなり　[灘]　一六五

春休（はるやすみ）春
ほんだはら滅多うちして春休　[灘]　一七七

晩夏（ばんか）夏
島晩夏鶏鳴はなほつづきをり　[落]　三四
サッカーの子らへひたひた森の晩夏　[落]　三四
晩夏光断崖は胸をひろげをり　[落]　三九
基地晩夏立ち枯れ松が脂を噴き　[落]　四七
一本の榊溢るる晩夏かな　[伏]　一三〇
駅晩夏なりおごそかに印度人　[拾]　二六五

半夏生（はんげしょう）夏
かもめらも翅たたみて半夏かな　[伏]　一四〇

晩春（ばんしゅん）春
晩春の夕空渡る虫一つ　[落]　三七

万緑（ばんりょく）夏
夜は何がくる万緑の水呑み場　[灘]　一九〇
万緑の山の赤子の拳二つ　[拾]　二六五

柊の花（ひいらぎのはな）冬
柊咲く日あたれば香を高めつつ　[落]　二七
年々の柊の花小学校　[伏]　一四四

日傘（ひがさ）夏
日傘このかろやかにゆたかなるものよ　[灘]　二〇三
白日傘一向宗の村に消ゆ　[長]　二四二
渡船場の跡漣と白日傘　[長]　二四七

彼岸（ひがん）春
へろへろと彼岸の空へ鉢の草　[伏]　一一五
乳房熱からむ彼岸の千枚田　[伏]　一一三

門を出て彼岸の潮迅かりき 〔伏〕 一二五
風濤の栄きはまりし彼岸かな 〔伏〕 一三五
登りきて山井戸覗く彼岸かな 〔伏〕 一三六
水うまき大風彼岸十日前 〔伏〕 一三六
完全に濡れし魚河岸彼岸入 〔灘〕 一七〇
男来て彼岸の海に顔つけぬ 〔灘〕 一七七
たつぷりと彼岸の風雨悉皆屋 〔灘〕 一八七
ふつふつと大がんもどき彼岸過 〔灘〕 二〇〇
お彼岸がもう見えてきぬ船着場 〔灘〕 二〇〇
お彼岸の峠部落の荒筵 〔長〕 二四五
お彼岸の水がうましと山の衆 〔拾〕 二六九

蟇（ひきがえる）夏

風呂敷手に見知らぬ灯下蟇と遭ふ 〔落〕 三〇
出歩きてわが家の蟇も大人びぬ 〔落〕 三七
おのが卵に息深くして雨の蟇 〔落〕 三七
夜の蟇の背に雨ひかり島帰る 〔落〕 五五
見送られつつゆつくりと蟇 〔伏〕 九二
蟇二度鳴いて山二度暮れぬ 〔灘〕 一六一
山からくる庚申講の夜の蟇 〔灘〕 一八九
裏山の蟇よ「今日は」「今晩は」 〔灘〕 一八九
蟇も婆も喉を見せて雨の中 〔灘〕 一九一
いくたびも蟇の日暮の男ごゑ 〔灘〕 二〇四
蟇が鳴けば山が動くと村の衆 〔長〕 二四七

蜩（ひぐらし）秋

かくれんぼの母子の暮光遠蜩 〔落〕 三三
開けば白し蜩聞きし夜のノート 〔落〕 三三
ひとすぢの光のごとく遠蜩 〔落〕 三九
かなかなや放牛の貌もう見えず 〔落〕 四七
かなかなや水輪ぽつんと奥三河 〔落〕 五六
歳月やかなかなかなの前水いそぎ 〔落〕 五六
ひぐらしの聞けざりし山夜も見ゆ 〔伏〕 八六
ひぐらしや卵手にひとほのかなり 〔伏〕 一〇八
箸と膳ひぐらしの山暮れてゆく 〔伏〕 一一九
ひぐらしの山のどの木も男の木 〔伏〕 一四〇
天井やひぐらしのこゑ湧き起り 〔伏〕 一四一
蜩をきく包丁をはなさずに 〔灘〕 一六二
ひぐらしの短き交尾雲の中 〔灘〕 一八一
ほのと幼子ひぐらしの東大寺 〔灘〕 二〇四
椅子の上にビロードの帽夕蜩 〔拾〕 二六五
蜩の終りし山河馬とゐる 〔拾〕 二七一

日盛（ひざかり）夏

日盛りの一本蓼や飛鳥川 〔伏〕 七九
日盛りの修那羅の水を呑みあへり 〔伏〕 一四一

菱の実（ひしのみ）秋
幼くて滴りやまず菱の実は　［長］　二四七
鶲（ひたき）秋
鶲らに草みな枯れて日あたりて　［落］　三七
一番星鶲はいつか来てゐたり　［長］　二二六
旱（ひでり）夏
雀浮くよ沈むよ会議の窓旱　［落］　一五
大旱の人影一つ大井川　［落］　四六
さびしくて男臭くて旱畑　［伏］　八三
一人静（ひとりしずか）春
ひとりしづか鞍馬を出でてどこへゆく　［伏］　二三七
日永（ひなが）春
永き日の遠き山脈滑り台　［灘］　二〇三
雛流し（ひなながし）春
襟かたく渚に遊ぶ流し雛　［伏］　八一
雛祭（ひなまつり）春
雛の日近き雲が溶けさう皿買ひに　［落］　一九
瞼にたどる飛騨の奥山雛の日過ぐ　［落］　五二
雛の日のちちはは眼鏡ともに澄み　［落］　五二
駄菓子屋が真つ赤に灯り雛の日　［落］　六三
くらがりに雛見ては過ぐ奥信濃　［落］　六五
雛の前海人の両眼血走れる　［伏］　八一
雛の日の川越えてゆく雀たち　［伏］　八四
弱星も渡りゆくなり雛祭　［伏］　九五
月が出て重たくなりぬ紙雛　［伏］　一〇五
雛の日の風かすかなり竈口　［伏］　一一四
槇垣のなかの青空雛祭　［伏］　一三六
三月三日いろいろの木の声聞けり　［灘］　一五五
湾深く海上の道雛祭　［灘］　一七六
はなれ鵜のつよき首筋雛祭　［灘］　一九九
繭雛の群のひとりがつぶやきぬ　［灘］　一九九
繭雛の顔あげて何見送れる　［灘］　一九九
どこまでもゆけて田の道雛祭　［灘］　一九九
やはらかなあれは木の音雛祭　［長］　二三八
雛の日や「胡笳の歌」など喉元に　［長］　二五〇
雛祭といふやさしき祭ああ日本　［拾］　二七二
雲雀（ひばり）春
牛と聞けば八ヶ岳にひびきて揚雲雀　［落］　四五
天の青さに雲雀は消えぬわが刻も　［落］　六七
雲雀の子もう飛びたくて飛びたくて　［落］　七一
向日葵（ひまわり）夏
朝の向日葵呼んで豆腐を窓から買ふ　［落］　一五
子を生んで大向日葵に蹤いてゆけ　［灘］　一七二
向日葵を追ひつづけきし眼かな　［拾］　二六九

日焼（ひやけ）夏
浜の子の臍まで日焼唐辛子　［落］　一五
ヒヤシンス（ひやしんす）春
日がまはり月がまはるよヒアシンス　［灘］　一七八
鵯（ひよどり）秋
犬葬る父子の日向鵯啼いて　［落］　二五
鵯の森空青ければ空ひびき　［落］　三六
水あれば冴あをあを鵯の森　［落］　三六
満月生みて深き眠りの鵯の森　［落］　三六
鵯や仰げばゆらぐ塔ありき　［落］　四八
鵯ふりかぶりて永久の勘介井戸　［落］　四九
鵯去つて墓の絵島とのこされぬ　［伏］　八一
瓢の実（ひょんのみ）秋
ひよんの実のきよらかに手を渡りけり　［伏］　九五
ひよんの実の闇こんこんと流れをり　［伏］　一一一
ひよん笛を吹きをり山が見えてをり　［伏］　一一二
昼顔（ひるがお）夏
万象のなか昼顔のひらくなり　［灘］　一五七
星歩みをり昼顔の急斜面　［灘］　一八〇
枇杷（びわ）夏
一語湧いてはばたくごとし枇杷むくとき　［落］　一三
鞴祭（ふいごまつり）冬
大風のかたまりとなり火床祭　［伏］　一一二
山は今日も生れつつあり火床祭　［伏］　一二一
風知草（ふうちそう）夏
雨の日は森の音して風知草　［灘］　一八〇
茫々とその奥知れず風知草　［拾］　二六九
風蘭（ふうらん）夏
風蘭を置いて没日とともに去る　［長］　二二八
飯にせん風蘭の花も暮れたれば　［長］　二三一
風鈴（ふうりん）夏
はるかなる風ときて売る風鈴屋　［落］　一七
田舎駅どこか風鈴鳴つてゐて　［落］　二九
風鈴聞く父の声とも母かとも　［落］　三〇
風鈴しまふおのれの声をしまふごとく　［落］　三〇
蕗（ふき）夏
蕗煮えて日は石倉に移りけり　［伏］　一三七
蕗の薹（ふきのとう）春
蕗の薹この一瞬の全世界　［拾］　二七二
蕗味噌（ふきみそ）春
耳鳴りや蕗味噌の壜すきとほり　［伏］　九五
河豚（ふぐ）冬
河豚食ひし眼へうへう日本海　［伏］　八八
虎河豚の魚籠すさまじく滴れり　［灘］　一九三

声とんでゐて昨日から河豚の海 [長] 二三六
十キロ先のあの闇が河豚の海 [長] 二四〇
河豚漁へ出る一瞬の微笑かな [拾] 二六五
梟（ふくろう）冬
顔干してをり梟の信濃人 [伏] 一三二
噴井（ふけい）夏
手を入れて鉄の重さの噴井かな [伏] 一〇九
二日（ふつか）新年
よくあがる二日の凧よ兄妹 [拾] 二六五
鶫らと二日の空の暮るるまで [拾] 二七二
仏桑花（ぶっそうげ）夏
にんげんの舌ばかり見え仏桑花 [伏] 一〇八
かはたれの鬼が下げゆく仏桑花 [灘] 一六七
船虫（ふなむし）夏
背てらてらあくたれ小僧舟虫は [落] 六七
おのが穴へ帰る舟虫髭暮れて [落] 六八
舟虫のきらりきらりと子を捨つる [灘] 一七九
親ばなれせし船虫の目玉かな [長] 二四七
船虫の都がしんと波の下 [長] 二五八
舟虫の勢揃ひしてどこへゆく [拾] 二七一
冬（ふゆ）冬
冬に真向ふ没日がのぞみ坂下る [落] 一八
冬凜々金星燃ゆる歳月よ [落] 三五
師に会ふ今日空へ空へと冬の竹 [落] 五二
牛と青年美しき冬もうそこに [落] 六一
冬の竹没日は今日もその中に [落] 六二
牛がゐてどつかりと冬阿武隈川 [伏] 八四
めくるめく朝の直線冬の駅 [灘] 一六四
干棹の先端が見え冬の寺 [灘] 一六四
この青の密集が冬の曼珠沙華 [灘] 一七四
石棺へぞくぞく冬の曼珠沙華 [灘] 一九七
うつくしき鉄の暗闇冬の駅 [長] 二五五
冬暖か（ふゆあたたか）冬
縁先のひよこの楽隊冬あたたか [落] 一五
冬あたたか千の空樽海へ向き [落] 二二
冬あたたかわが野仏に会ひにゆく [落] 三一
冬あたたか人見えて何か拾ひをり [落] 六一
冬苺（ふゆいちご）冬
寒苺夜の充実もうそこに [落] 五一
冬霞（ふゆがすみ）冬
冬霞にはとりの陰はどこならん [伏] 一三一
冬霞菩提樹の只ごつごつと [灘] 一五四
悪餓鬼の声のうれしき冬霞 [長] 二三二
冬枯（ふゆがれ）冬

畦枯れて縦横に日を走らしむ　[落]　六二
一本の棒の荒魂惣枯れぬ　[伏]　八七
蓬枯れて村は漂ひ始めたり　[伏]　一一〇
喝采や木も草も枯れ始めたり　[伏]　一一二

冬木（ふゆき）冬
デモ終へし息深くして冬木の前　[落]　二六
土器が根元照らして冬欅　[伏]　九二
近づけば冬木微塵の襞もてる　[伏]　九三

冬木立（ふゆこだち）冬
鳥かへる千秋楽の冬木立　[伏]　一三三
臍の緒や遠く日あたる冬木立　[灘]　一五九
約束やふくいくとして冬木立　[灘]　一九五
冬木立鳥も噂もきらきらす　[長]　二三〇
一本は北限の榧冬木立　[拾]　二七二
一本は祖父岩太郎冬木立　[拾]　二七二

冬籠（ふゆごもり）冬
屑繭をびつしり軒に冬籠　[伏]　八四

冬桜（ふゆざくら）冬
幼子も雨を見てをり寒桜　[長]　二三〇

冬菫（ふゆすみれ）冬
冬菫泣声遠く起りけり　[伏]　一一二
冬菫フォッサ・マグナはここから海　[長]　二三七
冬菫天上に墓かたまれり　[長]　二五五

冬薔薇（ふゆそうび）冬
冬薔薇天上知子明日くる　[灘]　一六九
一弁ほぐれ青年寮の冬薔薇　[灘]　一七六

冬田（ふゆた）冬
肥桶洗ふや冬田の艶に負けられず　[落]　一六
冬田鷺一羽頭あぐるは何ならん　[落]　四二
一隅に笊俯して冬田村　[伏]　八八

冬菜（ふゆな）冬
抱へ出て日はすぐ強し漬菜桶　[伏]　八四
陵と冬菜の間通りけり　[長]　二三七

冬の朝（ふゆのあさ）冬
寒暁の一羽雀のほの明り　[落]　五〇

冬の泉（ふゆのいずみ）冬
わが声を冬の泉にのこしおく　[伏]　一〇三

冬の鶯（ふゆのうぐいす）冬
冬鶯少女のかたき足いそぐ　[伏]　七九

冬の海（ふゆのうみ）冬
鳶つひに日に透けてきぬ冬の海　[落]　四三
ふかぶかと桶を浸すや冬の湖　[落]　六一
鉄鉢のなかは怒りの冬の海　[伏]　一三二
日月を同じ高さに冬の海　[伏]　一三三

鵜はかならずわが前にをり冬の灘　[灘]　一六四
交淡く信貫けり冬の海　[灘]　一七四
父と子の背中が二つ冬の灘　[灘]　一九五
太陽がゆき棒がゆき冬岬　[灘]　一九六
見ゆるかぎり宇野重吉の冬の海　[灘]　一九七
光太夫らの声の断片冬の海　[長]　二三〇
紬着て溢れやまずも冬の湾　[拾]　二六七

冬の川（ふゆのかわ）冬
犬とゆく冬川光るところまで　[落]　二二
冬川に杭打つておのれ光らしむ　[落]　三一
冬の川肥桶燦とわたり終る　[落]　四二
冬の川禱りの齢われにきて　[落]　四三
光るところへ光るところへ冬の川　[落]　四三
少年少女指きらきらと冬の川　[伏]　八四
にはとりの鳴きつつ越ゆる冬の川　[伏]　一二二
楢山を出て父と子の冬の川　[伏]　一四五
真暗な厨子より流れ冬の川　[灘]　一七五
そこはいつも父との時間冬の川　[長]　二二五

冬の霧（ふゆのきり）冬
冬夜霧わが顔はいまやさしからん　[落]　三六
冬霧や下水さえざえ街をゆく　[落]　四三
冬霧へ盲のごとく耳澄ます　[落]　四四
冬霧のどの畦行かんみづうみへ　[落]　六三

冬の空（ふゆのそら）冬
冬青空叩けば肥桶よき音す　[落]　二七
冬青空過去より未来ひびきけり　[落]　四九

冬の蝶（ふゆのちょう）冬
冬の蝶遠く体操腕ひらく　[落]　一九
冬蝶の羽音ほとほと千枚田　[伏]　一二二
駅前広場冬蝶のはらはらと　[長]　二三四

冬の月（ふゆのつき）冬
蟹食つて冬三日月に向ふなり　[伏]　一四五
冬三日月鶏がまだ鳴いてゐる　[灘]　一八四
冬三日月石敷きつめて男去る　[灘]　一九五

冬の鳥（ふゆのとり）冬
冬燕砂丘さらさらさらさらす　[落]　六二
冬燕砂丘の時間誰も知らず　[落]　六二
飛ぶほかはなし楢山の冬の鳥　[伏]　一三二
王の岬の冬鵜火となりぬ　[拾]　二六五
わが千夜一夜の夢の寒鶲　[拾]　二七〇

冬の波（ふゆのなみ）冬
冬濤を聞きをりいつか烏らと　[落]　三一
木曾長良呼び合へどもう冬怒濤　[落]　五二
冬怒濤陸に達してなくなりぬ　[長]　二二九

先生のうしろをいまも冬怒濤 [長] 二五四
冬の虹（ふゆのにじ）冬
冬虹や鉄門の奥少女過ぎ [落] 六〇
貨車は只一方向へ冬の虹 [伏] 一二三
みどり子に翌檜の山の冬の虹 [伏] 一四四
東京を瞼に消せば冬の虹 [灘] 一六四
足音は芭蕉と杜国冬の虹 [長] 二二九
冬の蜂（ふゆのはち）冬
干物にきて冬蜂のかがやくよ [落] 一九
冬蜂のくるもかへるも日を負へり [伏] 七九
冬蜂の死ぬ気全くなかりけり [長] 二三一
冬の日（ふゆのひ）冬
ゆたかに尿る荷馬冬日に耳あげて [落] 一五
尾をひらきとぶ一羽鳩冬没日 [落] 三六
鳶の胸ふくよかなるを冬日に見き [落] 四一
何の羽か冬日に舞ひてうすみどり [落] 四一
もう会へぬ野仏冬日に目つむれる [落] 四二
遠き乳牛もじつと動かず冬没日 [落] 五一
手にとれば冬日たばしる物干竿 [落] 五一
群を出て冬日の中へ幼な牛 [落] 六〇
方寸の冬日に眩みめんどりら [伏] 九四
鵜の海に額づきて冬日浴びゐたり [伏] 一四五
世界地図冬日に開く河口かな [長] 二二九
分銅と冬日の縁に再会す [長] 二三九
岬に来て芭蕉と同じ冬日の下 [長] 二三四
大いなる冬日と会へり狼煙山 [長] 二六一
わが蟹も目玉をあげて冬没日 [拾] 二七〇
冬の星（ふゆのほし）冬
組織固めん冬星おのづから光る [落] 二五
藁抱き出づ冬星どもの凝視の中 [落] 三六
またたきてどの冬星もわが星ぞ [落] 四二
ユーカリをずたずたにして冬銀河 [灘] 一六五
冬の鵙（ふゆのもず）冬
冬鵙の去りし羽音の重かりき [落] 三一
冬鵙に硝子ひからせ駄菓子屋よ [落] 四九
羽音抑へ抑へてあはれ冬の鵙 [落] 六三
パン袋掌に冬鵙とはたと会ふ [落] 六三
師の顔を宙に探せば冬の鵙 [伏] 一〇二
夢にきてまばたき一つ冬の鵙 [伏] 一〇四
田のなかの納豆寺の冬の鵙 [伏] 一四三
冬の山（ふゆのやま）冬
声がまづ来て冬嶺真青き浅蜊売 [落] 一六
山枯れて栄光のごと父立てり [落] 三五
全山枯れぬ一坪ほどの水の上 [落] 四一

遠き雪嶺牛が歩めばわが歩み　［落］　六〇
山枯れぬ巨石一つがふところに　［落］　六〇
遠雪嶺羽毛一片きらきら過ぐ　［落］　六四
只眠るなり雪嶺の前の山　［灘］　一七六
枯山に尿ゆらゆらと測量士　［灘］　一八三
山枯れの始まつてゐる湯呑かな　［長］　二二五

冬の雷（ふゆのらい）冬
寒雷の二度目はやさしかりしかな　［伏］　八〇
寒雷の置きゆきし闇猫が鳴く　［伏］　八四
寒雷やこけしは眠り埴輪覚め　［伏］　八八
寒の雷花屋の中をまだ去らず　［長］　二二五
冬の雷桜並木の上通る　［長］　二四〇

冬晴（ふゆばれ）冬
冬麗の駅頭一人本開く　［灘］　一七三
釦落つ冬うららなる伊良湖岬　［灘］　一九六
寒晴の岬の村の惣菜屋　［拾］　二七〇

冬深し（ふゆふかし）冬
竹伐れば湖にひびきて冬深し　［落］　三二
ひとり乗る真冬の奈良の昇降機　［灘］　一七五

冬帽子（ふゆぼうし）冬
吊皮つかみ考へる顔冬帽子　［落］　一一

冬牡丹（ふゆぼたん）冬
赤か白かそらみつ大和の寒牡丹　［長］　二二五
楸邨にひらかんとして寒牡丹　［拾］　二六五
寒牡丹いつの世よりの怒濤なる　［拾］　二六八

冬芽（ふゆめ）冬
師へいそぐ紅ほのかなる冬芽を過ぎ　［落］　五一
冬芽天にあり黒潮は沖にあり　［拾］　二七〇

冬夕焼（ふゆゆやけ）冬
巨人我に来つつあり冬夕焼　［拾］　二七〇

芙蓉（ふよう）秋
芙蓉ひらく芙蓉の他は茫々と　［落］　三九

古草（ふるくさ）春
古草をかき鳴らしてはめんどりら　［伏］　九五

文化の日（ぶんかのひ）秋
腰籠に朝日十一月三日　［長］　二四〇
物置がいつものやうに文化の日　［長］　二四九

ペチカ（ぺちか）冬
生くるは飢うることあかあかとペチカ燃ゆ　［落］　一〇

紅の花（べにのはな）夏
紅花に近づく口を閉ぢにけり　［伏］　九九
市に出てひとかたまりの紅の花　［灘］　一六一
紅藍花の抱へられゆく朝の市　［灘］　一七九

蛇（へび）夏

くちなはは追はず夕日を追ひゐたり　[伏]　一一八
誰か咳して大寺の赤棟蛇　[灘]　一六二
蛇穴に入る（へびあなにいる）秋
穴まどひ漣かぎりなかりけり　[伏]　一四三
蛇穴を出づ（へびあなをいず）春
蛇穴を出ればがうがう穂高川　[拾]　二六九
報恩講（ほうおんこう）冬
吹き降りの甕に灯を向け親鸞忌　[灘]　一七四
法師蟬（ほうしぜみ）秋
一代終る天にひびきて法師蟬　[落]　五七
硯の辺いつも暗くて法師蟬　[落]　五八
法師蟬死に死にて屋根ばかりなり　[落]　五八
法師蟬ばかりとなりぬ弥陀の辺も　[落]　六八
毛糸解く母まつさをや法師蟬　[伏]　九一
飛ぶが見ゆ桜並木の法師蟬　[伏]　一三一
法師蟬春屋の壁を濡らしけり　[灘]　一六三
はなればなれに時の真中を法師蟬　[灘]　一七二
すし半に日はあかあかと法師蟬　[灘]　二〇七
鳳仙花（ほうせんか）秋
鳳仙花その子そつくりの母と会ふ　[落]　二七
朴落葉（ほおおちば）冬
ゆらゆらと朴の落葉や山の昼　[落]　九
朴落葉朴より高きところより　[長]　二六一
頬白（ほおじろ）春
源流の頬白辛うじて鳴けり　[灘]　一六一
頬白の鳴かなくなりし荒筵　[灘]　一八九
今日だけは賑かに来よ頬白も　[灘]　二〇四
鬼灯（ほおずき）秋
立ち暗みして鬼灯にかこまれぬ　[灘]　一八四
鬼灯が恋しこひしと摩利支天　[灘]　二〇六
朴の花（ほおのはな）夏
山伏の空にひらきて朴の花　[伏]　一三八
背負籠の空に今朝から朴の花　[灘]　一八九
朴咲くと眼うるませ摩利支天　[長]　二四七
木瓜の花（ぼけのはな）春
一輪の一日風の木瓜の花　[伏]　八二
木瓜の実（ぼけのみ）秋
木瓜の実を発してひかりゆくものぞ　[伏]　一〇九
あたたかし手をはなれたる木瓜の実は　[伏]　一二〇
干柿（ほしがき）秋
柿を吊して碑に生きてきし村一つ　[落]　六九
干柿やもうオリオンも天狼も　[長]　二四四
あれが後立山連峰吊し柿　[長]　二四八

榾（ほだ）冬
榾の火の框の高さ越えにけり 〔灘〕 一六〇
菩提樹の花（ぼだいじゅのはな）夏
菩提樹の花のまひるの来りけり 〔伏〕 二二四
蛍（ほたる）夏
螢あはれと思ひしよりの一生涯 〔落〕 二六
螢待つやはらかな闇唇に 〔落〕 六七
螢火や夜が充ちくるわが眼 〔落〕 六七
螢火のまのあたりなるうれしさよ 〔落〕 六七
螢火や闇ことごとく水の音 〔落〕 六七
蛍袋（ほたるぶくろ）夏
倉陰のほたるぶくろを見にゆけり 〔伏〕 一三九
海近きほたるぶくろのふくろかな 〔灘〕 一七九
雨は天から天から螢袋かな 〔灘〕 一九〇
螢袋の袋のどれに天寿国 〔長〕 二五一
牡丹の芽（ぼたんのめ）春
風と日をひとり占めして牡丹の芽 〔拾〕 二七一
仏の座（ほとけのざ）新年
大いなる羽根越えゆけり仏の座 〔伏〕 一〇四
つんぼ爺の摘んでをりしは仏の座 〔長〕 二四五
時鳥（ほととぎす）夏
ほととぎす夕闇を絵馬かけめぐり 〔伏〕 九一
明神の森の荒星ほととぎす 〔伏〕 九八
ほととぎす闇中なにもまだ見えず 〔伏〕 九八
絵馬の馬も火を見てをりぬほととぎす 〔伏〕 一〇七
臼のなかはなにもなかりきほととぎす 〔伏〕 一一七
石立てて村始まりぬほととぎす 〔灘〕 一五七
落日の一断片かほととぎす 〔長〕 二四二
盆（ぼん）秋
盆三日眼くらくら過ぎにけり 〔伏〕 八二
盆過ぎの月日みるみる唐辛子 〔伏〕 八三
盆に来て頭大きくもの言はず 〔伏〕 八六
あをあをと盆来て過ぎぬ帚草 〔伏〕 八六
盆三日三日胸中親不知 〔伏〕 九八
盆近き大樹の下の山の子ら 〔伏〕 一〇九
うねりては西も東も盆の海 〔伏〕 一一八
冬瓜のうつくしかりき盆の町 〔伏〕 一一九
冴して盆の山々近づけり 〔伏〕 一二八
裏口は鳶の群れゐる盆の海 〔伏〕 一二八
盂蘭盆の少年一人青畳 〔伏〕 一二八
盂蘭盆のよせてはかへす草の原 〔伏〕 一二九
盂蘭盆の河岸ゆるやかに傾斜せり 〔灘〕 一五八
前をゆく人のつぶやき海の盆 〔灘〕 一六一
みんみんの今日から盆の終着駅 〔灘〕 一八〇

盆の雨階を洗ひて流れけり　［灘］　一八〇
盆の海に陰を濡らして母子かな　［灘］　一八一
雨が田に雨が田に盆近づけり　［灘］　二〇四
長老の立ちあがりたる海の盆　［長］　二二八
二階から盆の太平洋が見ゆ　［長］　二四三
ひたひたと山から海から盆がくる　［拾］　二六六
盆のもの手に満潮の俄なり　［拾］　二六八
雀らの背中濡らして盆の雨　［拾］　二六九

ま行

マーガレット（まーがれっと）夏
マーガレット詩が湧くときのまばたきよ　［落］　二六
鼓虫（まいまい）夏
まひまひの水輪から暮れ山の国　［長］　二五一
松納（まつおさめ）新年
たんぽ径からはひとりの松納　［灘］　一九七
松落葉（まつおちば）夏
父の忌の騒然として松落葉　［伏］　一〇九
松過（まつすぎ）新年
松過ぎのまつさをな湾肋骨　［灘］　一八五
一頭の馬松過ぎの山の中　［長］　二三〇
松過ぎの小さき畑を打つてゐる　［長］　二四五
豆の花（まめのはな）春
一列に鳳来寺山へ豆の花　［灘］　二〇一
豆撒（まめまき）冬
二つ三つ豆を打たれて屋敷神　［拾］　二六八
金縷梅（まんさく）春
まんさくの黄のもじやもじやの世界かな　［長］　二四一
曼珠沙華（まんじゅしゃげ）秋
曼珠沙華朝の汽笛をふりかぶる　［落］　一六
曼珠沙華道標読めばひかりだす　［落］　一八
曼珠沙華うごく保護帽うごくたび　［落］　二一
曼珠沙華の全裸が燃ゆる鉄下す　［落］　二四
曼珠沙華屋上の人いつうごく　［落］　三四
ひつそりとマラソン過ぐる曼珠沙華　［落］　五八
曼珠沙華この村はもう峠口　［落］　五八
曼珠沙華水映りして走りけり　［伏］　九二
短くて奈落をのぼる曼珠沙華　［伏］　一〇〇
入りつ出でつちちははの野の曼珠沙華　［伏］　一〇〇
幼くて真裸なりき曼珠沙華　［伏］　一一〇
火の国の火のはじまりの曼珠沙華　［伏］　一二一
川はみな山を出てゆく曼珠沙華　［伏］　一三一
曼珠沙華部落二つがすきとほり　［伏］　一四二

伏流の上は雨ふる曼珠沙華　〔伏〕　一四二
曼珠沙華ゆつくりと消ゆいまも消ゆ　〔灘〕　一五九
曼珠沙華をいつぱい咲かせ男立つ　〔灘〕　一九二
億年のなかにわれあり曼珠沙華　〔長〕　二二六
蕊をゆたかにしんがりの曼珠沙華　〔長〕　二三六
ひとり立つニニギノミコト曼珠沙華　〔長〕　二五九
にんげんの声はとどかず曼珠沙華　〔拾〕　二六六
天上にお日様ひとり曼珠沙華　〔拾〕　二七一
曼珠沙華消ゆれば遠野物語　〔拾〕　二七一

三日月（みかづき）秋
新月や鞄の底に文庫本　〔伏〕　一二〇

蜜柑（みかん）冬
蜜柑時の水すきとほり鉄男亡し　〔落〕　一六

短夜（みじかよ）夏
短夜の越の国発つ絵馬の馬　〔伏〕　一二八
短夜の魂一つ河童の図　〔伏〕　一二八

水涸る（みずかる）冬
寺高く置き川涸れの甲斐の国　〔伏〕　一一二

水温む（みずぬるむ）春
水温む遺品のごとく壜ひかり　〔落〕　二八

鷦鷯（みそさざい）冬
馬頭観音暮れむとすれば鷦鷯　〔伏〕　一三二
三十三才神の大地のここにありき　〔長〕　二六一

三日（みっか）新年
踊子草三日またたく過ぎにけり　〔拾〕　二六五
よく潜る鵜が二羽をりて三日かな　〔拾〕　二七〇

蓑虫（みのむし）秋
蓑虫の暗し暗しと妊るや　〔伏〕　一〇〇
蓑虫はみなゆれてをり父も母も　〔灘〕　一七三

蚯蚓（みみず）夏
干涸びてまばゆきばかり蚯蚓の屍　〔落〕　六七

蚯蚓鳴く（みみずなく）秋
百年に革命二つ蚯蚓鳴く　〔拾〕　二六六

都鳥（みやこどり）冬
市へきて羽根強靭の百合鷗　〔灘〕　一八四
百合鷗渡りきし火を妻に焚かす　〔灘〕　一九四
昨日きて今日きてどつと百合鷗　〔灘〕　一九四
放浪の胸ゆたかなる百合鷗　〔灘〕　一九七
母たちの朝のまなざし百合鷗　〔灘〕　一九七
赤脚を見せてくれぬか百合鷗　〔長〕　二四九
大風の日の学校へ百合鷗　〔拾〕　二七〇

迎火（むかえび）秋
まだ消えぬ門火の跡や蜥蜴過ぐ　〔落〕　三九
迎火や今日うつくしき日暮きて　〔落〕　六八

引潮の怖ろしき時門火立つ　［灘］　一七二
億年の怒濤に向けし門火かな　［灘］　二〇四
迎火の火のいくたびも勢ひけり　［長］　二三三
迎火に蹠たのしき草履かな　［長］　二五二
大灘のふところに住み門火焚く　［拾］　二六八

麦（むぎ）夏
麦枯れて地蔵の瞼重くなりぬ　［落］　五五

麦の秋（むぎのあき）夏
麦秋のわが息子の息亀覗く　［落］　二九
月も屋根もほとほと疲れ麦の秋　［落］　四六
麦秋の黙の奥なる一母子　［落］　六六
啞啞と鳥嗚呼と人間麦の秋　［拾］　二六五

麦の芽（むぎのめ）冬
芽麦夕焼あしたへ残す声しまふ　［落］　一九

麦踏（むぎふみ）春
雪嶺の真下小さき麦踏めり　［落］　六五

椋鳥（むくどり）秋
椋鳥といそぐ胸中悪路王　［伏］　九四
椋鳥も仏も溢れきたりけり　［伏］　二一〇
椋鳥の信濃の子らの瞼かな　［伏］　二一〇
椋鳥に限りなき空と飛翔力　［拾］　二七一

無患子（むくろじ）秋
大声にむくろじの実を呼ばふなり　［伏］　一四三

虫（むし）秋
虫も終りの星との会話生命欲し　［落］　一八
灯を消せば虫の彼方になほ虫あり　［落］　四八
何の虫か光のごとく鳴きゐたり　［落］　四八

虫干（むしぼし）夏
固く封じてレーニン全集曝書せず　［伏］　一一八

名月（めいげつ）秋
満月と位牌の間の母の座よ　［伏］　八〇
家を出て満月の猫となりゆけり　［伏］　九二
周恩来伝満月の渡りをり　［長］　二四八

眼白（めじろ）夏
目白ども一間ばかり海へとぶ　［長］　二六〇

藻刈（もかり）夏
藻刈見し眼一日流れけり　［伏］　一〇六
藻を刈れるしづかさやその背が一つ　［伏］　一〇八
藻を刈りし奥眼二つやかへりゆく　［伏］　一一六
藻刈二人一人は顔が真赤なり　［灘］　一五七
藻刈鎌夕日の中にふつと消ゆ　［灘］　一六三

虎落笛（もがりぶえ）冬
ひれ伏して鷺みな祈る虎落笛　［落］　四一

茂吉忌（もきちき）春
あぶらげを下げて街ゆく茂吉の忌 ［灘］ 一七〇
水洟のなまあたたかき茂吉の忌 ［長］ 二五六
木犀（もくせい）秋
木犀匂ふ正しく深く墓石の文字 ［落］ 一四
鵙（もず）秋
初鵙や起きれば時間隙間なき ［落］ 二四
鵙の天墓みな胸を正しくす ［落］ 四一
耳底にいつも鵙をり離別以後 ［落］ 四一
凪はもうどこにも見えて鵙の丘 ［落］ 五八
ジープ過ぎ鵙過ぎ眼乾きをり ［落］ 五八
鵙啼いて人みな帰る没日の前 ［落］ 五九
初鵙や一遍絵伝まつさをに ［伏］ 一二〇
千年の木ぞゆふぐれの鵙の木は ［伏］ 一三〇
いくたびも鵙聞きし日の夜の海 ［灘］ 一五三
鵙の時間なり三方ヶ原郵便局 ［灘］ 一六八
鵙がゐて滅法暮れぬ家の中 ［灘］ 一八二
いつからか鵙がくるあの棒置場 ［灘］ 二〇七
鵙のこと十日その他のこと一日 ［拾］ 二六八
大雨のあと初鵙が東から ［拾］ 二七一
桃（もも）秋
白桃を睨み幼子ひとり立つ ［灘］ 一七二
桃食つて雨美しと出てゆけり ［灘］ 一八二
白桃の滴れば我も滴りぬ ［拾］ 二六六
桃の花（もものはな）春
桃満開蒟蒻桶を抱へ出す ［落］ 一七
桃の花用宗の海高かりき ［伏］ 一三六
みねたちの闇底知れず桃の花 ［伏］ 一三七
界隈の床屋の桃がまづ咲けり ［灘］ 一六一

や行

焼薯（やきいも）冬
てのひらや石焼甘藷の笛が鳴り ［伏］ 八八
焼藷が大事ハーバード大学生 ［長］ 二三四
矢車草（やぐるまそう）夏
街中を紺の矢車草一束 ［長］ 二三五
焼野（やけの）春
末黒野の一本の川夜がくる ［伏］ 九五
大和三日末黒野のほかみな忘る ［灘］ 一九八
寄居虫（やどかり）春
こんこんと寄居蟹眠るビルの根に ［落］ 三九
やどかりに歩かれし掌も暗くなりぬ ［伏］ 一四〇
藪柑子（やぶこうじ）冬

われのみの父の横顔藪柑子 ［伏］ 一一〇

山薊（やまあざみ）秋
妻遠し蹠熱く掘る山薊 ［落］ 二六
鬼薊クレージーホース必ずくる ［灘］ 一六七

山桜（やまざくら）春
忽然と日本武尊の山桜 ［灘］ 二〇一

山眠る（やまねむる）冬
帯ゆるやかに少年仏山眠る ［落］ 四二
神の山眠らむと天に入りにけり ［伏］ 一三二
眠りたる女の神山を一瞥す ［灘］ 一七四
山はまだ眠れり赤子日あたれり ［灘］ 一八五

天蚕（やままゆ）夏
山繭と別れて雲の中をゆく ［灘］ 一五二
山蚕生れしとふれ歩くなり ［灘］ 一七〇
目の眩むまで満月に天蚕蛾 ［灘］ 一九三
山繭を入れて男の紙袋 ［灘］ 二〇六

山焼（やまやき）春
焼山や一本の樒高く出て ［伏］ 一三六
焼山の上は樒山全天青 ［灘］ 一五六

夕顔の実（ゆうがおのみ）秋
夕顔の実がほし円なるものがほし ［拾］ 二六六

夕立（ゆうだち）夏
夕立の百日紅ふと越天楽 ［灘］ 一七一

夕凪（ゆうなぎ）夏
夕凪の底ひあをあを喉仏 ［伏］ 九一

夕焼（ゆうやけ）夏
ひろがりゆく声夕焼の地搗唄 ［落］ 一七
夕焼へ駈け出してもうはるかな声 ［落］ 一八
東京夕焼電線はみな声あげて ［落］ 二〇
紀伊夕焼艪を漕いでゆく喉仏 ［落］ 三四

雪（ゆき）冬
囚列遅々いづれ死ぬべき雪を行く ［落］ 一〇
雪に垂らす血便ああわれ生きてあり ［落］ 一〇
倒れ伏すや雪茫として綿のごとし ［落］ 一〇
鶴を折る子の目が熱す夜の雪 ［落］ 二五
連峰雪その北知らず夕映す ［落］ 二五
ブルドーザー眠る目深に雪かぶり ［落］ 二五
新雪に声あげ父と伊那にあり ［落］ 三五
落葉松に雪積むごとき言葉欲し ［落］ 三五
雪降ればここも地の涯しあはせに ［落］ 四三
老父母の深き目雪は舞ひ始む ［落］ 五一
雪無限川音無限暮れてゆく ［落］ 五二
雪茫々欅の街を通りけり ［落］ 六四
死に近き父か恍惚と雪を見て ［落］ 七〇

雪降るや見えきて縷々と衣川 [伏] 九四
源流は飛雪の天にありにけり [伏] 九四
鳥声を身近に雪の啄木碑 [伏] 九四
六根をとほりて雪の衣川 [伏] 九四
目くるめく雪のうつばり女ごゑ [伏] 一〇三
掌中の無音の炎雪の国 [伏] 一〇三
北岳の新雪に出て鋳物工 [伏] 一一一
楢山に雪くる夜の框かな [伏] 一二二
馬の神に馬のくらやみ雪がふる [伏] 一四五

雪起し（ゆきおこし）冬
人麻呂の闇ゆるがして雪おこし [伏] 一三三

雪解（ゆきげ）春
墓にひびきて青滔々と雪解川 [落] 六五
炎一点伊那谷いそぐ雪解川 [落] 六五
雪解音一番小さきこけし買ふ [落] 六九
水澄目が見ゆるなり雪解谷 [伏] 九四
祭近き星の鋭き雪解川 [伏] 一〇六
鉄鉢にひびきて天の雪解かな [伏] 一一五
天の木の朴うちあへる雪解かな [伏] 一二六
鍬漬けて鉄充ち満ちぬ雪解川 [灘] 一九八
みつさんのまだ呼んでゐる雪解かな [長] 二五〇
鍬漬けて鍬はくろがね雪解川 [長] 二五七

雪しろ（ゆきしろ）春
かんざしや今日雪しろの奈良井川 [伏] 一二四

雪催い（ゆきもよい）冬
犀星の花の一文字雪催 [灘] 一七七
天窓や山の辺の道雪催 [灘] 一八五

行く秋（ゆくあき）秋
ゆく秋の丹波黒豆食べてくれと [長] 二四〇

行く年（ゆくとし）冬
廻し洗ふ肥桶の木目年逝くよ [落] 一六
年逝くよ青き藻の水日が透り [落] 三一
玉葱畠夜は年歩む風の音 [落] 六〇
逝く年の木曾の日の香の真中に立つ [落] 六九
年ゆくや花のある菜を味噌汁に [灘] 一六九
台秤滴れり年歩みをり [長] 二二九
あの雀この雀年歩むなり [長] 二四九

行く春（ゆくはる）春
春尽きて鶏鳴遠くなりにけり [伏] 八二
ゆく春を遠目送りに蚕神 [長] 二四六

柚子（ゆず）秋
柚子とペンあひふれずして暮れにけり [伏] 一一二
親鸞記一日柚子の前に置く [伏] 一三一

百合（ゆり）夏

百合落ちて音なき世界ひろがりぬ [拾] 二六五

百合の木の花（ゆりのきのはな）夏
百合の木の花戒律は破るべし [灘] 二〇二

夜桜（よざくら）春
牛はみな耳ひらきをり桜の夜 [伏] 一〇五

葭切（よしきり）夏
葭切や運河さびしく突き出せり [灘] 二〇三
はるかなる古事記葭切鳴いてゐる [長] 二五八

夜鷹（よたか）夏
大風の賢治の夜鷹飛びゆけり [伏] 九五

読初（よみぞめ）新年
一枚の田を胸中に読始 [伏] 一三三
読初は飛騨河合村辰次郎のこと [灘] 一五一

蓬（よもぎ）春
火の神の山這ひのぼり蓬摘み [伏] 九六

ら 行

ライラック（らいらっく）春
面しづかにリラに歩移す兵ありき [落] 九

落花（らっか）春
花散るや仁王のまはりうらがなし [落] 五四
虚子三鬼花ひらき花ちりにけり [長] 二三三
大仏も出歩きたきか花吹雪 [長] 二五一
花吹雪牧車はいまも立つてゐる [長] 二五一
玄室のなかへなかへと落花いそぐ [長] 二五七

落花生（らっかせい）秋
落花生の小さき影の数知れず [伏] 一三一

立秋（りっしゅう）秋
くろがねの蟹の背に秋立ちにけり [伏] 八三
立秋の寺昆虫の眼満つ [灘] 一八一
郵便局鶏が鳴き秋立ちぬ [灘] 一八一
秋立つと河童の墓を尋ねけり [長] 二三三

立春（りっしゅん）春
掌ひらけば立春の星降るごとし [落] 三七
立春の大路さやかに乳母車 [落] 四三
立春の昼真つ青に牡蠣の島 [落] 四三
肥桶置く立春の日のまんなかに [落] 五二
立春の星の彼方のほの明り [落] 六三
立春の怒濤の隙のいかのぼり [伏] 九五
立春の満目の田や赤ん坊 [伏] 一〇四
立春の満月をとぶ破れ壺 [伏] 一〇四
遠国の川のことなど春立ちぬ [伏] 一一三
卵呑んで立春大吉のなかに立つ [伏] 一三五

卯一つ立春の藪動乱す　［灘］一五一
立春大吉鶏が木に舞ひ上り　［灘］一六四
子がなくて立春の川海に入る　［灘］一八五
立春の海に滴り鉄鋤簾　［灘］一八六
立春の水仏壇にこぼれけり　［灘］一九八
春立つと飛火野の木の中をゆく　［灘］一九八

立冬（りっとう）冬
赤城山総落葉して冬来たり　［落］九
口紅や田も川も冬立ちにけり　［伏］二一一
立冬の夜の海夜のほか見えず　［長］二四九

竜の玉（りゅうのたま）冬
波郷忌の過ぎていよいよ竜の玉　［拾］二七〇

流氷（りゅうひょう）春
流氷やわが音楽はその中より　［長］二六一

冷房（れいぼう）夏
冷房に投げ出されある大辞典　［長］二三〇

連翹（れんぎょう）春
連翹に夕日ある間の硝子拭く　［落］四四

六月（ろくがつ）夏
六月の塔おろかなり雀らと　［落］六七
子を呼びに出て六月の澪標　［伏］二二七
人の背を見て六月の海の木場　［灘］一六六
六月の鳥激しくまばたきぬ　［灘］一七〇
六月の菊もて馬穴満たしけり　［灘］一七九
石牛に六月の気のみなぎれり　［灘］一八九
六月や真言宗が真赤なり　［長］二三六
陸洗ひをり六月の夜の海　［拾］二六九

わ行

若牛蒡（わかごぼう）夏
火造りの火のとぶ土間に新牛蒡　［灘］一九三

若潮（わかしお）新年
若潮汲むつぶやきひとつ海に落つ　［拾］二七〇

若布（わかめ）春
吾子受洗水にひろがる若布のきめ　［落］一四

若布刈る（わかめかる）春
目に燃ゆる無風の岬若布干し　［落］二二
若布乾く真昼縁下しんの闇　［落］二三

病葉（わくらば）夏
病葉の炎をひきて落ちゆけり　［落］三九

山葵（わさび）春
独り見つけし山葵田にわが息充たす　［落］二六

鷲（わし）冬

鶯消えし底なしの天泉鳴る 〔灘〕 一五八

棉（わた）秋

大風の棉の実大唐西域記 〔灘〕 一六〇
真青なる亀裂棉の実置かれあり 〔灘〕 二〇七
すさまじき亀裂棉の実渡されぬ 〔長〕 二五三
棉の実をつかみて何をつかみしや 〔長〕 二六〇

綿取（わたとり）秋

綿繰機種子はうしろにこぼれけり 〔灘〕 一五九

棉の花（わたのはな）夏

荒天に蕊をかかげて棉の花 〔伏〕 一四二

綿虫（わたむし）冬

大綿や野仏と会ふ目を澄ます 〔落〕 三一
父へ帰るや綿虫流れつぐ日なり 〔落〕 三一
綿虫や土蔵内側暗からん 〔落〕 五〇
綿虫や浄土の日ざしわが辺にも 〔落〕 五〇
綿虫とぶダムの蕎麦屋に薄日さし 〔落〕 五〇
綿虫の息を見んとて立ちつくす 〔落〕 五九
大綿に出づれば遠野物語 〔伏〕 一〇一
大綿を見てきたる火を強く焚く 〔伏〕 一〇二
綿虫の間を通り火に近づきぬ 〔伏〕 一一一
大綿のこんこんと湧く春屋かな 〔灘〕 一五四
綿虫のもう出る頃の道具箱 〔灘〕 一六八
綿虫の時間満ちきし軒端かな 〔灘〕 一七四
綿虫の湧くごつごつの木のほとり 〔灘〕 一八三
綿虫がとぶ御岳とわが間 〔長〕 二三一
綿虫の二つとなりてすぐ消えぬ 〔長〕 二六〇
いくたびも綿虫といくたびも火と 〔拾〕 二七〇

渡り鳥（わたりどり）秋

砂をはなるる一塊の火や渡り鳥 〔伏〕 一一九
はらからに那須火山脈渡り鳥 〔伏〕 一三〇
殺生石ほとほと鳴れよ渡り鳥 〔伏〕 一三一
盛砂に立つ五六人渡り鳥 〔灘〕 一六四
ありたけの幡出して待つ渡り鳥 〔灘〕 一七二
積み上げし石が祭壇渡り鳥 〔灘〕 一九三
乗鞍の鞍が見えるぞ渡り鳥 〔長〕 二三一
天山のこと聞かせてよ渡り鳥 〔長〕 二五四
とよもして海高ければ渡り鳥 〔拾〕 二六八

藁塚（わらづか）秋

遠き回想藁塚一つ肩やさし 〔落〕 二六
藁塚の勢揃ひしてどこへゆく 〔長〕 二二九
わが眠る地続きに藁塚密集す 〔長〕 二三四
藁塚に乗らば見ゆるか衣川 〔長〕 二三六
藁塚のへたへたと腰抜けにけり 〔長〕 二四八

蕨餅（わらびもち）春

雲のなかの火の神の山蕨餅　［伏］　一〇四

無季

今も軍手と呼ばれ吊され売られけり　［落］　一二

茹卵しんじつ光るデモ起す　［落］　二二

密閉されておのれの復る貨車西日　［落］　二三

水音のあたりまぶしき初歩き　［落］　三六

初歩きわが野仏にまづ会ひに　［落］　三六

藻が泳ぐ寒流亡き子目みはれる　［落］　三七

歯を抜きし口中鬼火遊びをり　［伏］　一〇四

眠らざる雲中の山が普羅の山　［灘］　一八三

原田喬全句集

二〇一五年五月二五日第一刷
定価＝本体五〇〇〇円＋税
●著者――原田　喬
●編者――『原田喬全句集』刊行委員会
●発行者――山岡喜美子
●発行所――ふらんす堂
〒一八二―〇〇〇二　東京都調布市仙川町一―一五―三八―二F
TEL〇三・三三二六・九〇六一　FAX〇三・三三二六・六九一九
ホームページ http://furansudo.com/　E-mail info@furansudo.com
●装幀――君嶋真理子
●印刷――株式会社トーヨー社
●製本――株式会社松岳社
落丁・乱丁本はお取替えいたします。
ISBN978-4-7814-0771-5 C0092 ¥5000E